हिन्द पॉकेट बुक्स

लाजो

शांताकुमार एक सफल लेखक होने के साथ-साथ कुशल राजनीतिज्ञ भी हैं। वे हिमाचल प्रदेश के भूतपूर्व मुख्यमंत्री और भारत सरकार के भूतपूर्व मंत्री हैं। वर्तमान में आप भाजपा के एक सक्रिय नेता और क्रियाशील लेखक हैं। शांताकुमार दो बार हिमाचल प्रदेश राज्य के मुख्यमंत्री रह चुके हैं और अति व्यस्त समय में भी आपकी लेखनी ने कभी विराम नहीं लिया है।

AF669602

लाजो

शान्ताकुमार

हिन्द पॉकेट बुक्स
पेंगुइन रैंडम हाउस इम्प्रिंट

हिन्द पॉकेट बुक्स

यूएसए। कनाडा। यूके। आयरलैंड। ऑस्ट्रेलिया। सिंगापुर
न्यू ज़ीलैंड। भारत। दक्षिण अफ्रीका। चीन

हिन्द पॉकेट बुक्स, पेंगुइन रैंडम हाउस ग्रुप ऑफ़ कम्पनीज़ का हिस्सा है,
जिसका पता global.penguinrandomhouse.com पर मिलेगा

पेंगुइन रैंडम हाउस इंडिया प्रा. लि.,
चौथी मंजिल, कैपिटल टावर -1, एम जी रोड,
गुड़गांव 122 002, हरियाणा, भारत

पेंगुइन
रैंडम हाउस
इंडिया

प्रथम हिन्दी संस्करण हिन्द पॉकेट बुक्स द्वारा 1979 में प्रकाशित
यह हिन्दी संस्करण पेंगुइन रैंडम हाउस द्वारा 2021 में प्रकाशित

कॉपीराइट © शान्ताकुमार 1979

सर्वाधिकार सुरक्षित

10 9 8 7 6 5 4 3 2

इस पुस्तक में व्यक्त विचार लेखक के अपने हैं, जिनका यथासंभव तथ्यात्मक सत्यापन किया गया है, और इस संबंध में प्रकाशक एवं सहयोगी प्रकाशक किसी भी रूप में उत्तरदायी नहीं हैं।

ISBN 9789353490812

मुद्रकः रेप्रो इंडिया लिमिटेड

यह पुस्तक इस शर्त पर विक्रय की जा रही है कि प्रकाशक की लिखित पूर्वानुमति के बिना इसका व्यावसायिक अथवा अन्य किसी भी रूप में उपयोग नहीं किया जा सकता। इसे पुनः प्रकाशित कर विक्रय या किराए पर नहीं दिया जा सकता तथा जिल्दबंद अथवा किसी भी अन्य रूप में पाठकों के मध्य इसका परिचालन नहीं किया जा सकता। ये सभी शर्तें पुस्तक के ख़रीददार पर भी लागू होंगी। इस संदर्भ में सभी प्रकाशनाधिकार सुरक्षित हैं।

www.penguin.co.in

MIX
Paper from
responsible sources
FSC® C047271
FSC www.fsc.org

This is a legitimate digitally printed version of the book and therefore might not have certain extra finishing on the cover.

दो शब्द

नाहन जेल में बिताए उन्नीस मास मेरे जीवन का एक महत्त्वपूर्ण समय रहा है। अध्ययन और मनन के साथ-साथ कुल छः नई पुस्तकें मैंने लिखीं। दो उपन्यास, जेल-डायरी, कविता-संग्रह एवं कहानी-संग्रह (संयुक्त) प्रकाशित हो चुके हैं। नाहन जेल में लिखी मेरी अन्तिम पुस्तक यह तीसरा उपन्यास 'लाजो' आज मैं हिन्दी-जगत् को समर्पित कर रहा हूं।

जेल में जो कुछ भी लिखा था, वह कापियों व कागजों में अस्त-व्यस्त पड़ा था। लिखने की विधिवत् अनुमति तो वहां मिली न थी। इसलिए सब रचनाओं को संवारने व ठीक करने में कुछ समय लगा। नई राजनैतिक ज़िम्मेदारी में समय निकालना भी काफी कठिन रहता है। तो भी यज्ञ की तरह प्रतिदिन प्रातः थोड़ा-सा समय सरस्वती-साधना के लिए मैंने निश्चित कर लिया है। उसीका परिणाम है कि ये रचनाएं इतने थोड़े समय में प्रकाशित हो सकीं।

हिमाचलप्रदेश फौजी जवानों का घर कहा जाता है। विशेषकर कांगड़ा, हमीरपुर व उना के क्षेत्र तो इसके लिए प्रसिद्ध हैं। वहां हर तीसरे घर से एक व्यक्ति सेना में है। किसी भी युद्ध में सबसे अधिक शहीद इसी इलाके के होते हैं। शहीदों की जवान विधवा एक बहुत बड़ा उग्र सामाजिक प्रश्न हैं। १९६२ के युद्ध में सैकड़ों शहीद हुए। तब मुझे सोलह-सत्रह वर्ष की विधवाओं से मिलने का मौका मिला था। यह प्रश्न मन में घुमड़ता रहता था। वही इस उपन्यास की धुरी बन गया।

'लाजो' एक आंचलिक उपन्यास है। हिमाचल प्रदेश के कांगड़ा जिला में धौलाधार के आंचल में बसे पालमपुर व खैरा का क्षेत्र, उसकी समस्याएं व विशेषताएं इसमें चित्रित करने का प्रयास किया है।

मेरी पिछली पुस्तकों पर मुझे पाठकों की बहुत-सी प्रतिक्रियाएं पत्रों द्वारा मिली हैं। यह मेरे लिए पाठकों के स्नेह के साथ-साथ लिखने में मार्गदर्शन भी देती हैं। अपने पाठकों की सम्मति का स्वागत करूंगा।

—शान्ताकुमार

□□

रात अपने फैलाए काले केशों को अभी पूरी तरह समेट भी न पाई थी। अन्धकार और प्रकाश की मिलन-बेला थी। दूर खड़ी धौलाधार की सफेद चोटियों की उजली शुभ्रता दिखने का यत्न कर रही थी। पहाड़ के बहुत पीछे से सूर्य ने अभी अपनी यात्रा शुरू ही की थी। सारी सृष्टि अभी जग भी न पाई थी। कुछ सोई, कुछ अलसाई-सी पड़ी थी। बाहर दूर वन में जंगली मुर्गों की आवाज़ प्रातःकाल की सूचना दे रही थी।

लाजो अपने नियम के अनुसार उठ गईं थी। हाथ-मुंह धोकर उसने थाली सजाई, सामने के आंगन में लगे फूल तोड़कर रखे, एक दीपक जलाया, कुमकुम रखा, और लाल दुपट्टा ओढ़ा। हाथ में लाल चूड़ा, माथे पर बिन्दी, सिर में सिन्दूर और विवाह के नये कपड़ों में सज-धजकर थाली हाथ में लिए जब वह घर के बड़े दरवाज़े से धीरे-धीरे कदम उठाती बाहर की ओर निकली, तो ऐसा लगा, जैसे वह सुहागरात के लिए पति की सेज की ओर जा रही हो। उसके चेहरे पर एक दिव्य आनन्द झलक रहा था। पांव धरती पर पड़ते ही न थे। वह बहुत यत्न करती कि उसके चलने की आवाज़ न हो, तो भी उसके हाथों की लाल चूड़ियां खनक जातीं और पांव की पायजेबें झनक उठतीं।

लाजो अपने घर से निकलकर कच्चे रास्ते पर आईं। वह गांव का बड़ा रास्ता था। लगभग चार फुट चौड़ा कच्चा रास्ता दिन-भर चलने वालों की पदचाप से ध्वनित रहता, पर इस समय बिलकुल सुनसान पड़ा था। कुछ गज़ की दूरी पर ही एक विशाल वट-वृक्ष था। उसीके नीचे रास्ते के

बिलकुल बीच में वह अपना लाल दुपट्टा व रेशमी वस्त्र संभालती हुई बैठ गईं। थाली धरती। पर रख दी। रास्ते के बीच की थोड़ी-सी जगह उसने हाथ से साफ की। उसके मेहंदी लगे कोमल हाथों में रास्ते की रेत, मिट्टी व कंकड़ ज़रा भी न चुभे, क्योंकि उसकी चेतना वहां थी ही नहीं। वह तो हज़ारों मील दूर पर्वतों की ऊंचाइयों पर विचर रही थी। साफ की हुई जगह पर उसने थोड़ा पानी छिड़का, फिर गोबर से उसे लीपकर उसपर अल्पना बना दी। कुछ फूल, अक्षत, कुशा रखी। जलते हुए दीपक को इस जगह पर रख आंखें बन्द कीं, मन ही मन कुछ गुनगुनाती रही और फिर सिर झुकाकर प्रणाम कर दिया।

पन्द्रह दिन पूर्व ही लाजो का विवाह हुआ था। घर में पति व वृद्ध ससुर के अलावा और कोई न था। इसलिए नई बहू को कुल व गांव की रीति-नीति समझाने का काम कान्ता की मां को ही करना पड़ा था। वैसे भी कांता की मां सारे गांव की स्त्री समाज की मुखिया मानी जाती थी। उसकी वाणी अधिकारपूर्ण थी। विवाह के समय, 'जनेऊ'[१] के समय या किसी और पूजन-त्योहार पर कहां किस प्रकार पूजा की जाती है तथा किस रंग का कपड़ा कौन-सी दाल की थैली पर रखकर ग्रह टाले जाते हैं—इस प्रकार की सभी बातों के लिए कान्ता की मां का वचन अन्तिम समझा जाता था। उसे सब बड़ी दादी कहकर पुकारते थे।

लाजो के विवाह के बाद उसका 'अन्द्रोन'[२] भी बड़ी दादी ने करवाया था। उसकी पालकी घर के बाहर रख दी गईं थी। पुरोहित ने ठीक लगन व मुहूर्त निकाला था। उसीके अनुसार बड़ी दादी के नेतृत्व में सब स्त्रियां इकट्ठी हुई थीं। दूल्हा प्यारचन्द पीछे व दुल्हन लाजो को आगे खड़ा कर दिया गया था। एक लाल डोरी के घेरे में दोनों को घेर दिया गया था। निकट के कुछ सम्बन्धी भी साथ आ गए थे। सभी स्त्रियां गीत गाती घर के मुख्य द्वार की ओर बढ़ने लगी थीं। पुरोहित मन्त्र पढ़ता व मिट्टी के एक पात्र से पानी की धार गिराता आगे चल रहा था। इस प्रकार लाजो ने अपने पति के घर में प्रथम प्रवेश किया था। कुछ ही देर बाद बड़ी दादी

---

१. यज्ञोपवीत संस्कार। २. वधू का गृह-प्रवेश।

ने आकर लाजो को कई प्रकार के विधि-विधान बताकर अन्त में कहा था—'लाड़िए, रोज़। भियागा उठी करि बत्ता दी पूजा करा कर। नौईं नुहं इक्की साले तिकर बत्ता दी पूजा ज़रूर कर दी।'[1]

लाजो कुछ ही देर में समझ गईं थी कि बड़ी दादी एक प्रभावशाली महिला है। स्त्री समाज पर तो उसका पूरा आदेश चलता है। दूसरे ही दिन से उसने प्रातः रास्ते की पूजा करनी शुरू कर दी थी, पर तब उसे इसका कुछ भी महत्त्व समझ नहीं आया था। सुहागरात की सुहावनी नींद की मदमस्त खुमारी को छोड़ जब उसे पूजा करने उठना पड़ा था तो उसे बड़ी दादी पर बहुत क्रोध आया था। लाजो को लगा था कि ये किस प्रकार के व्यर्थ के रीति-रिवाज हैं, इनमें रखा ही क्या है ! गन्दे रास्ते को साफ करो, उसपर फूल, अक्षत रखो, दीप जलाओ, फिर कुछ ही देर के बाद वह फूल रास्ते पर चलने वालों के पैरों तले रौंदे जाएंगे। लाजो को यह सब कुछ तब व्यर्थ लगा था।

लाजो के विवाह के तीसरे ही दिन भारत-पाक सीमा पर युद्ध छिड़ गया था। उसका पति काश्मीर में तैनात था। उसे तार आ गया और वह एक मास की छुट्टी की प्यारी कल्पनाओं को रौंदकर अपने पिता और पत्नी से विदाई लेकर चला गया था।

पति के जाने के बाद जब प्रातः उठकर लाजो रास्ते की पूजा करने लगी, तो उसे इस रिवाज की सार्थकता का पता लगा था। उसका पति इसी रास्ते से होकर गया था। उसका पति इसी रास्ते से वापस भी आएगा। अब रास्ते की पूजा का एक नया अर्थ उसके साने स्पष्ट हो गया। अब यह रिवाज व्यर्थ नहीं रहा था। अब वह इस रास्ते की पूजा करती, जिससे होकर उसके पति ने युद्ध से सुरक्षित लौटना था। वह प्रतिदिन रास्ता साफ करती, तो अपने पति के पैरों के लिए; उसपर फूल धरती, तो प्रिय के कदमों के लिए; दीपक जलाती, तो प्राणेश्वर को घर का मार्ग दिखाने के लिए; सिर झुकाती, तो एक ही प्रार्थना उसके शरीर के अणु-अणु से मुखरित होती—'हे प्रभु, !

---

१. बहू, प्रतिदिन प्रातः उठकर रास्ते की पूजा किया कर। नई बहू एक साल तक रास्ते की पूजा अवश्य करती है।

मेरे पति को सुरक्षित घर लौटा देना।'

लाजो केवल दो दिन, दो रात ही अपने पति के साथ रह सकी थी। क्या होते हैं दो दिन ! परिचय तो एक तरफ, वह अपने पति को पूरी तरह देख भी न पाई थी। अभी तो संकोच व लज्जा से वह पूरी नज़र भी न मिला पाई थी, कुछ बात भी न कर सकी थी। इतना थोड़ा समय, फिर गांव का पुराणपन्थी समाज। सारे दिन एक ही छत के नीचे रहते हुए भी लाजो पति से बात न कर सकी थी। विवाह पर आए बहुत-से सम्बन्धी भी घर पर ही थे। वैसे भी पास-पड़ोस वालों का आना-जाना रहता था। उसका पति प्यारचन्द भी संकोच में रहता। वे दोनों पास-पास होते, पास से गुज़र जाते। प्यारचन्द लाजो की चूड़ियों की झंकार सुनता, तो उसके दिल की कोई अज्ञात वीणा स्वयं ही बज उठती। लाल दुपट्टे के लम्बे घूंघट में लिपटी लाजो जब अपने ससुर के हुक्के की चिलम भरकर लाती, तो उसके मेहंदी लगे पैरों की ओर चोरी की नज़र दौड़ाकर प्यारचन्द सिहर उठता। सारे दिन दोनों की यह आंखमिचौनी चलती रहती। एक-दो बार एकांत देखकर प्यारचन्द ने उसका दुपट्टा पकड़ा, बात भी करनी चाही थी, पर तभी लाज की मारी लाजो भागकर 'ओबरी'[१] में घुस गई थी। दो दिन यों ही बीत गए थे, जैसे बीते ही न हों।

इन्हीं कल्पनाओं में खोई लाजो रास्ते की पूजा करके उठी और अपने घर की ओर चल पड़ी। लम्बा घूंघट निकाले विचारों में खोई वह चुपचाप आगे बढ़ रही थी, तभी रास्ते के एक पत्थर की ठोकर लगी और वह गिर पड़ी। पूजा की थाली उसके हाथों से नीचे गिरी। सारा सामान बिखर गया। उसके हाथ की एक लाल चूड़ी टूटकर रास्ते के धूल-कणों में चमकने लगी। लाजो चौंक उठी। उसके दिल में किसीने गहरी हूक भरी—'यह कैसा अपशकुन... रास्ते की पूजा के समय चूड़ी क्यों टूट गई?' वह संभली, उठी—चलने लगी, फिर खड़ी होकर कुछ सोचने लग पड़ी। उसकी आंखों से अनायास कुछ आंसू मोती बन ढुलक पड़े।

घर पहुंचकर उसने प्रातः का सारा काम-काज किया। उसके ससुर 'जंगल'[२] हो आए थे। लाजो ने हुक्का साफ किया, उसपर चिलम भरकर

---

१. ग्रामीण घरों में कोने का छोटा अंधेरा कमरा। २. गांव में प्रातः शौच जाना।

रखी और अपने ससुर को दे दिया। वह बरामदे में बैठकर हुक्के की गुड़-गुड़ करने लगा। लाजो चूल्हे के पास बैठ चाय बनाने लगी।

लाजो को बड़ी दादी की बात याद आईं। बड़ी दादी हर रोज़ कोई न कोई सीख देती थी। एक दिन उसने लाजो को समझाते हुए कहा था—'बिड़ी लाड़ी, हत्थे दियां सूईयां चूड़ियां सम्हाली सम्हाली रखेयां। एह टुटी जाण तां बुरा सगुण हुंदा,"[१] यह याद आते ही लाजो सिहर उठी। उसने अपने हाथ की ओर देखा तो कलाई पर लगे खून से वह चौंक पड़ी। उठी और भीतर जाकर एक पुराने कपड़े से खून साफ किया। वह मन ही मन किन्हीं अज्ञात आशंकाओं से कांप उठी।

अपने ससुर को चाय पिलाकर वह सीधी 'घराल'[२] गईं। गाय-बछड़े को बाहर बांधा, गोबर इकट्ठा किया, उसे एक टोकरी में डाला, टोकरी सिर पर उठाकर, लम्बा घूंघट निकाले हुए लाजो कुछ दूरी पर गईं और वह गोबर 'मलहूं'[३] में फेंक दिया। फिर घराल के अन्दर ऊपर की छत पर बांस की बनी एक सीढ़ी से चढ़कर सूखी घास उतारी और वह घास दोनों पशुओं के सामने डाल दी। दूध वह बहुत प्रातः ही दुह चुकी थी।

सूरज की प्रथम किरण अभी निकली ही थी कि लाजो ने घड़ा उठाया और 'बावड़ी'[४] की ओर चल पड़ी। हाथ में एक 'बिन्ना'[५] व घड़ा लिए लाजो गोल-गोल पत्थरों के बने रास्ते पर बढ़ती गईं। उसे याद आया, कुछ ही दिन पूर्व गांव की सभी स्त्रियां उसे इस बावड़ी की पूजा करने के लिए ले आईं थीं। यद्यपि नई नवेली बहू को कुछ दिन पानी भरने नहीं भेजा जाता था, पर इस घर की स्थिति ही अलग थी। प्यारचन्द कुछ दिन के बाद सेना में जाने वाला था। घर में वृद्ध ससुर ही थे। अतः पानी कौन लाता? गांव में बावड़ी घर से दो फर्लांग के अन्तर पर थी। घर के सारे प्रयोग के लिए, पशुओं के लिए भी उन्हें वहीं से पानी लाना पड़ता था। पड़ोस की सब स्त्रियों ने यह समस्या बड़ी दादी के

---

१. अरी बहू, हाथ की लाल चूड़ियां संभालकर रखना। ये टूट जाएं तो अपशगुन होता है। २. पशु बांधने का अलग कमरा ३. खाद के लिए बनाया हुआ गड्ढा। ४. पानी का चश्मा, जहां से पीने के लिए पानी लाया जाता है। ५. पत्तों का बना हुआ नरम गोल गिद्दा, जिसे सिर पर घड़े के नीचे रखा जाता है ताकि घड़ा सिर में न चुभे।

पास रखी तो वह इस बात के लिए मान गईं थी कि लाजो पानी भरने का काम कर ले, परन्तु नई नवेली बहू सबसे पहले बावड़ी की पूजा करती थी। उसके बाद ही वह पानी भर सकती थी।

लाजो को याद आया कि कुल-पुरोहित से पूजा का मुहूर्त तय करवाया गया था, फिर गांव की सभी स्त्रियां बड़ी दादी के साथ बावड़ी की ओर जाने के लिए इकट्ठी हो गईं थीं। ओबरी में आकर बड़ी दादी ने लाजो को कहा था—'लाड़ी, घड़ोलुए चुक कने बांई जो पूजने ताई चल। सारियां जनासां तिज्जो निहाला कर दिया।'[१]

रंग-बिरंगे कपड़े पहने स्त्रियों की वह मस्त टोली गीत गाती हुई बावड़ी की ओर चली थी। लाजो के साथ चलने के लिए लड़कियों में होड़-सी लगी थी। हर लड़की की यह इच्छा थी कि वह लाजो के पास आए, उससे बात करे और उससे परिचित हो। ग्राम्य गीतों की सुरीली ऊंची धुत में गाती हुई सब स्त्रियां बावड़ी पर पहुंचीं। तब बड़ी दादी ने लाजो को आगे किया, फूल, धून व अक्षत से वरुण देवता की पूजा करवाई। लाजो ने मस्तक नवाया और फिर बड़ी दादी के कहने पर अपना घड़ा पानी से भर लिया था।

उसके बाद अन्य स्त्रियों ने भी अपने घड़े भरे और वापस घर की ओर चल पड़ी थीं। लाजो को याद आया कि घड़ा लेकर जब वह घर वापस पहुंची थी तो वह सिर पर रखे घड़े को स्वयं न उतार सकी थी। तभी बड़ी दादी ने प्यारचन्द को आवाज़ लगाई और बड़ी गम्भीरता से उसे कहा था—'मुन्नुआं, लाड़ियां दे सिरे ते घड़ा तू उतार। ए भी अज ज़रूरी रिवाज ही है।'[२] प्यारचन्द बड़ी दादी की गम्भीरता से कही बात टाल न सका था। वह आगे आया तो लाजो सिर पर घड़ा उठाए लाज के मारे सिमट-सी गईं थी। प्यारचन्द ने अपना हाथ उठाया, लाजो के पास आया और उसका घड़ा उतारकर ज्योंही नीचे रखा था, बड़ी दादी के पीछे खड़ी सभी स्त्रियां खिलखिलाकर हंस पड़ी थीं। तब प्यारचन्द को अनुभव हुआ कि बड़ो दादी इस उमर में भी मज़ाक कर सकती है।

---

१. बहू, घड़ा उठा और बावड़ो की पूजा करने के लिए चल। सब स्त्रियां तुम्हारी प्रतीक्षा कर रही हैं। २. बेटा, बहू के सिर से घड़ा तुम उतारो। यह भी ज़रूरी रिवाज है।

इन्हीं प्यारी-प्यारी यादों में खोई लाजो बावड़ी पर पहुंची। पानी बहुत नीचे था, कुछ समय लगाकर घड़ा भरा और सिर पर बिन्ना रख, उसपर घड़ा टिकाकर, वह घर की ओर चल पड़ी।

उसे धीरे-धीरे चलना पड़ रहा था। एक तो रास्ता भी परिचित न था, फिर उसे पूरा घूंघट निकालना पड़ता था। रास्ता सीधा साफ भी न था। शहरी रास्ते की तरह वह तारकोल बिछी पक्की सड़क न थी। वहां मिट्टी के साथ गोल-गोल पत्थरों को जमाकर छोटा-सा रास्ता बनाया गया था। लाजो के लिए यह रास्ता भी नया था और घूंघट में चलने का उसका अभ्यास भी कुछ दिन का ही था।

एक जगह उसका पैर कुछ अटका। शलवार संभालने के लिए उसने एक हाथ से सिलवन साफ की तो हाथ का लाल चूड़ी खनक उठा। उसकी स्मृति सुहागरात की याद में उलझ गईं। उसे याद आया, उस रात वह ओबरी में चुप-चाप बैठी थी। एक प्रतीक्षा में खोई-सी थी। उसका सर्वांग सिहर रहा था। कुछ सोचकर वह पुलकित हो उठती थी। तभी उसने बाहर के कमरे में बड़ी दादी को यह कहते सुना था—'प्यारूआ, ए थाली लें। इस बिच फल कने म्योये रखेओ कन्ने पैसे भी। अज जाई करी लाड़िए जो एह सब कुछ सबते पहले देणा फिर कुछ होर' और दादी ने प्यारचन्द के गाल पर प्यार की चपत लगाई थी। प्यारचन्द शर्म से चुप रहा था। इसके साथ ही ओबरी का दरवाजा खुला और लाजो ने अनुभव किया था कि कोई चुपचाप उसके पास बैठ गया था और थाली उसकी गोद में रख दी थी। वह घूंघट में लिपटी एक कोर से आंख खोल देखने लगी थी। तभी दो अंगुलियां किशमिश के कुछ दाने उसके मुंह में डाल गईं थीं। वह उसके पति का प्रथम स्पर्श था। एक बिजली-सी दौड़ गईं थी उसके सारे शरीर में। वह कुछ सकुचाई, सिमटी और स्वयं को संभालने की कोशिश की, पर तब तक किसीको बाहुपाश में जकड़ी वह भी सुध-बुध खो चुकी थी।

लाजो सिर पर घड़ा उठाए घर के पास पहुंचने लगी तो उसकी कल्पना

---

१. प्यारचन्द, यह थाली संभाल। इसमें फल, सूखे मेवे और पैसे रखे हैं। अन्दर जाकर अपनी पत्नी को सबसे पहले यह सब कुछ देना। उसके बाद कुछ और..।

ने एक और रंग बिखेर दिया। विवाह की वह दूसरी रात याद हो आईं, जब उसका पति काश्मीर जाने की तैयारी में लग गया था। वह कितना कुछ कहना चाहती थी, पर कुछ भी न कह सकी थी। न तो पूरा परिचय हुआ था, न ही उसने पूरी तरह पति को देखा था। संकोच व लज्जा की सीमाओं ने उसे। खुलकर कुछ भी कहने, करने नहीं दिया था। जब उसका पति चलने को तैयार होकर उसे मिलने ओबरी में आया था तो वह कुछ भी न बोल सकी थी। उसकी वाणी भी मानो मूक हो गईं थी। दोनों कुछ देर खड़े रहे थे, लाजो ने पति के चरण छू लिए थे। उसकी आंखों के रुके आंसुओं के वेग ने बहकर पति के पैर धो दिए थे। और उसके देखते-देखते वह सामने के रास्ते से दिखता-दिखता ओझल हो गया था।

अतीत की इन यादों में खोई लाजो अब अपने घर के पास रास्ते के बड़े वट-वृक्ष के पास आ गईं थी। तभी उसे एक शोर सुनाई दिया। वह ज्यों ज्यों आगे बढ़ती गईं, वह शोर रोने की आवाज़ में बदल गया। उसकी चेतना कांप उठी। पैरों की पायजेबें झनझना उठीं। चूंघट को उठाकर कुछ आगे देखना चाहा, परन्तु उसे कुछ भी समझ न आया। कुछ सिसकियां, रोने-चिल्लाने की आवाज़ और स्पष्ट होती गईं। वह अपने घर के पीछे की दीवार के पास ही थी कि दो छोटे बालक आपस में बात करते हुए गुज़र गए। एक ने दूसरे को कहा कि 'तार' आया है।

'तार' का नाम सुनते ही लाजो के मानो सभी तार एक ही बार टूटने लग पड़े। साधारण परिवार की तीन कक्षा पढ़ी लाजो 'तार' का मतलब यही समझती थी कि कुछ अशुभ हो गया है। गांव में तार किसीकी मृत्यु का समाचार लेकर ही आता था। अब उसके पांव मानो मन-भर के हो गए। घूंघट के आगे एक पर्दा छा गया, सिर चकराने लग पड़ा। सिर पर रखा घड़ा घूम उठा। वह खड़ी हो गईं। तभी सामने से बड़ी दादी ज़ोर-ज़ोर से रोती हुई उसके घर की ओर जाती हुई दिखाई दी। अब लाजो संभल न सकी, धड़ाम से गिर गईं। घड़ा टूट गया। पानी से उसके लाल कपड़े भीग गए, पैरों में चोट आ गईं।

अब तक बड़ी दादी ने उसे अपने हाथ में थाम लिया था और ज़ोर-ज़ोर से रोने लगी थी। लाजो को जब कुछ होश आया था तो वह अपने घर

की ओबरी में थी। चारों तरफ रोना-धोना चल रहा था। होश आते ही उसे बताया गया कि तार आया है और उसका पति हाजीपीर की चौकी पर युद्ध करते-करते शहीद हो गया है। सुनते ही उसकी चेतना फिर गायब हो गई। वह कटी टहनी की तरह लुढ़ककर बेहोश हो गई। बड़ी दादी ने एकदम पानी मंगवाया, उसकी आंखों पर छिड़का और उसे होश में लाने की कोशिश करने लगी।

सारा गांव इकट्ठा हो गया था। प्यारचन्द का वृद्ध पिता सुमेरचन्द अस्सी वर्ष की आयु का था। वह एक ओर बरामदे में तड़प रहा था, लोग उसे सान्त्वना देने में लगे थे। सभी स्त्रियां ओबरी में लाजो की देखभाल कर रही थीं।

लाजो कभी थोड़ा होश में आती, आंखें खोलती, इधर-उधर देखती और फिर बेहोश हो जाती। उसकी आंखों में आंसू थे ही नहीं, मानो जम गए हों। आंखें भी पथरा-सी गईं थीं। वह न रो रही थी न ही जाग रही थी। तभी बड़ी दादी ने सबको एक तरफ करके उसे पंखा करना शुरू किया, दो-तीन स्त्रियों को पास बुलाया और उनके कान में कहा कि किसी भी प्रकार लाजो को रोना चाहिए, यदि वह न रोएगी तो उसका यह गम उसके सिर चढ़ जाएगा। ज्योंही लाजो की आंखें खुलीं, बड़ी दादी ने उसके पति का नाम लेकर विलाप में रोना शुरू किया। सभी स्त्रियां भी रोने लग पड़ीं। लाजो भी तुरन्त फूट पड़ी। उसकी आंखें रो-रोकर लाल हो गईं, आंसुओं से कमरे का कच्चा फर्श भी भीग गया।

सूर्यदेव अपना रास्ता तय करके जा चुके थे। रात की कालिमा मानो आज इसी घर पर छा रही थी। पास-पड़ोस के सभी पुरुष-स्त्रियां अपने घर को जा चुके थे। कुछ देर अपने घर का काम निपटाकर बड़ी दादी फिर वहां आ गईं थी। आज लाजो को अकेला नहीं छोड़ा जा सकता था। बड़ी दादी उसके पास सोने के लिए वहां आ गईं थी। इस घर में आज न चूल्हा जला, न रोटी पकी। बड़ी दादी एक थाली में रोटी ले आईं थी, पर उसके लाख कहने पर भी न सुमेरचन्द रोटी खा सका और न लाजो।

लाजो टिमटिमाते लैम्प की लौ में ओबरी में बैठी थी। बड़ी दादी उसे समझा रही थी। तभी लाजो का ध्यान अपनी कलाई पर गया। अब वहां

लाल चूड़ियां नहीं थीं। उसने अपनी नाक पर हाथ रखा तो नाक की तीली भी न थी। उसकी बेहोशी की हालत में ही सुहाग के ये सभी चिह्न उतार लिए गए थे। अपने वैधव्य की प्रथम अनुभूति पर वह हाहाकार कर रो उठी। उसकी सिसकी सुनकर सुमेरचन्द वहीं आकर बैठ गया। बड़ी दादी एक तरफ घूंघट निकालकर बैठ गईं।

रात के अंधेरे से संघर्ष करती लैम्प की धीमी लौ में अस्सी वर्ष के सुमेरचन्द के चेहरे की झुर्रियां चमक रही थीं। दोनों हाथों में अपना सिर रखकर वह कितनी ही देर कुछ कहने की कोशिश करते हुए वहीं बैठा रहा। फिर आंखें उठा हिम्मत समेटकर बोला, "बहू! मैं तुम्हें क्या कह सकता हूं... क्या दिलासा दे सकता हूं...पर...देख...रोने-धोने से कभी कुछ नहीं बनता है। जाने वाला वापस नहीं आता। हिम्मत कर..."

कहते-कहते सुमेर की आंखें पहले गीली हुई, फिर बरस पड़ीं। घूंघट में सिमटी लाजो घुट-घुटकर रो उठी। हवा के छोटे-से झोंके से टिमटिमाते लैम्प की लौ बुझते-बुझते बच गई।

अपने घूंघट को थोड़ा ऊपर उठाकर बड़ी दादी बोली, "तुसां दोयों दिले जो पक्का करा। होर कुण है तुसां दा? देर जी, इसा बचारिया जो तुसां ही हैन। कने हुण तुसां जो भी ए ही सहारा है। जिन्नी पाई सै नभाई भी दिन्दा। जीण-मरण माह्णुए दे हथै नीं। तुसां दा दुख तां बड़ा भारा है, उस बड्ड़े प्हाड़े सांई। पर करना क्या इत्यु माह्णुए दा कोई बस नीं चलदा।"[१]

"भाभीजी, आप ठीक कहती हैं। मैं सब कुछ सहन कर लूंगा, पर यह बेचारी...देखो, इसके मेहंदी लगे पीले हाथ...यह इसकी सोलह वर्ष की आयु ...ओह, बेटा प्यार चन्द, तू इतना बड़ा छल करके कहां चला गया! मुझे ठग लेता; पर इस बेचारी के साथ तो..."

---

१. आप दोनों दिल पक्का करें। अब दोनों का और कौन है देवरजी! इस बेचारी के लिए आप ही हैं और अब आपके लिए भी इसका ही सहारा है। जिसने यह विपत्ति डाली है, वह निभा देगा। जीवन-मरण मनुष्य के हाथ में नहीं है। आपको दुःख तो इस बड़े पहाड़ की तरह है, परन्तु कुछ किया नहीं जा सकता। यहां मनुष्य का कोई वश नहीं चलता।

वृद्ध सुमेर बच्चे की तरह फूट फूटकर रो पड़ा। वह आया था लाजो को धीरज बंधाने, पर उसका अपना ही अन्तर फूट पड़ा। सुमेर और लाजो कितनी ही देर रोते रहे। रोकर थक गए तो सिसकियां भरने लग पड़े। बड़ी दादी बीच में समझाने की कोशिश करती रही। काफी देर के बाद सुमेर बोला, "बेटी, जो तेरा व मेरा छिन गया है, वह कभी भी वापस नहीं आएगा। पर मैं तुम्हें विश्वास दिलाता हूं कि जब तक सांस है, मैं तुम्हें ज़रा भी कष्ट नहीं होने दूंगा। तुम्हें किसी भी प्रकार की कमी नहीं होगी। मैं हर धूप-छांव में तुम्हारे साथ रहूंगा..." कन्धे पर रखे हुए 'परने'[१] से अपनी आंखें पोंछकर सुमेर फिर बोला, "अब मेरे लिए इस बुढ़ापे का तू ही सहारा है, तू ही पुत्र है और तू ही बहू, इसलिए हिम्मत कर। हमारा प्यारू देश के लिए कुर्बान हुआ है, वह सीधा स्वर्ग गया है। बस, तू धैर्य कर, मैं अब तुम्हें देखकर ही जीवन की बाकी सांस गिनूंगा।"

पल-क्षण करके दिन बीतने लगे। प्यारचन्द की याद गांव वालों की स्मृति में धुंधली होने लगी। सम्बन्धी आए, दुःख प्रकट किया, सान्त्वना दी और चले गए। गांव के स्कूल में पंचायत की ओर से जलसा भी हुआ। उसमें प्यारचन्द की शहादत पर फूल चढ़ाए गए। उसकी यादगार बनाने के लिए समिति का गठन भी कर दिया गया।

लाजो, लाजवन्ती के नाम से लाजो के पिता ने पाली थी। उसके पिता भी सेना में साधारण सिपाही थे। कुछ वर्ष पूर्व उनकी मृत्यु हो गईं थी। घर पर विधवा मां और एक छोटा भाई था। भाई स्कूल में पढ़ रहा था। पेंशन की साधारण आय में परिवार का गुज़ारा चलता था। पिता जो थोड़ी-सी जमा पूंजी पीछे छोड़ गए थे, वह लाजो के विवाह पर लगा दी गईं थी। लाजो की विधवा मां लाजो के वैधव्य पर घर पर तड़पती रही। छोटा भाई आकर बहन के आंसुओं में आंसू मिलाकर चला गया। लाजो का कब विवाह हुआ, कब वह सुहागिन बनी और कब वह विधवा हो गईं—जैसे कुछ पता ही न चला। एक सपना आया और चला गया। अब उसके सामने जीने के अलावा और कोई चारा भी न था। घर-गृहस्थी के कामों में वह अपने को व्यस्त रखने लगी।

१. कन्धे पर रखा जाने वाला तौलिये की तरह का कपड़ा।

२

दिन-भर की थकी लाजो शाम को घर की रसोई में गईं और चाय बनाने लगी। उसके ससुर चाय के बड़े शौकीन थे। पीतल के बड़े गिलास में चाय डालकर लाजो बरामदे में बैठे हुक्का गुड़गुड़ा रहे अपने ससुर के पास रखकर अन्दर चली गईं।

सामने से गांव के डाकिये ने प्रवेश किया। अब इस परिवार का डाकिये के प्रति कोई आकर्षण न रहा था। पहले डाकिया प्यारचन्द की चिट्ठी, मनीऑर्डर लाता था, इसलिए सुमेरचन्द डाकिये को देखते ही खुशी से उछल पड़ता था, पर जब से वह तार लेकर आया था, अब कुछ आने को बाकी बचा ही न था।

डाकिये ने एक खाकी लम्बा लिफाफा सुमेरचन्द के हाथ में दिया। खोला, तो वह प्यारचन्द के कमांडिंग ऑफिसर का पत्न था, लिखा था :

'आपके पुत्न श्री प्यारचन्द के स्वर्गवास से आपको जो आघात लगा है, उसका वर्णन शब्दों में नहीं हो सकता। मुझे पता लगा है कि प्यारचन्द आपका इकलौता पुत्न था और उसका विवाह हुए तब केवल तीन ही दिन हुए थे, जब उसे सीमा पर बुला लिया था। मैं इतने दूर बैठे हुए भी आप जैसे पिता तथा उस नवविवाहिता विधवा के दिल की हालत का अनुमान लगा रहा हूं। सोच-कर ही मेरा दिल बैठने लगता है, परन्तु जीवन-मरण मनुष्य के हाथ में नहीं, हम सब इस सम्बन्ध में बिलकुल बेबस और मजबूर हैं।

'मैं यह कहे बिना नहीं रह सकता कि प्यारचन्द मरा नहीं, बल्कि देश के लिए शहीद होकर सदा-सदा के लिए अमर हो गया है। यदि वह उस दिन जीवन पर खेलकर ठीक समय पर ठीक दिशा में हाजीपीर की चौकी पर अपनी हिम्मत व बुद्धि का कौशल न दिखाता तो हाजीपीर की चौकी हमारे पास न आती और यदि उस चौकी पर हम अपना कब्ज़ा न कर पाते तो हमारी सेना के पैर ही वहां से उखड़ जाते।

प्यारचन्द ने अपनी शहादत के लाल लहू से जिस हाजीपीर चौकी को शत्नुओं से जीता है, उस पर लहराता हुआ भारत का राष्ट्रीय झडा आज भी

प्यारचन्द की कुर्बानी की गवाही दे रहा है तथा सदा देता रहेगा। यह वही झंडा है, जिसे शत्रु की गोली लगने के समय भी प्यारचन्द ने अपने हाथ में थाम रखा था। जब तक प्यारचन्द के प्राणों से जीती हाजीपीर की यह जमीन रहेगी, तब तक आपके उस शहीद को कौन भूल सकता है?

'आप धैर्य रखें। मेरे योग्य सेवा हो तो अवश्य लिखें...'

पत्र पढ़ते-पढ़ते सुमेर की आंखें बहने लगीं। सारा पत्र उसकी आंखों के पानी से भीग गया। दूर बैठी लाजो भी समझ गईं कि उसके स्वर्गीय पति के सम्बन्ध में ही कोई पत्र आया होगा।

"लाजो, बात सुन।" सुमेर ने आवाज़ लगाई।

लाजो घूंघट में छिपती-सी पास आ गईं। सुमेर ने दिल पर पत्थर रख-कर उसे सारा पत्र पढ़ सुनाया। लाजो का घूंघट नहा उठा। सिसकियों से हवा भी सिहर उठी।

तभी सामने से गांव के नम्बरदार का लड़का आता हुआ दिखाई दिया। उसे देखते ही सुमेरचन्द ने बड़े प्यार से आवाज लगाई, "आ भाई बेटा प्रेमू, तू बहुत दिनों में इधर आया है।"

"बाबाजी, क्या बताऊं! इस घर की ओर देखते ही प्यारू की याद दिल तोड़ देती है।" प्रेम ने कहा।

"तू ठीक कहता है। तू और मेरा प्यारू कितने गहरे मित्र थे! तुम्हें देखते ही मुझे तुम दोनों के बचपन की कितनी यादें सताने लगती हैं! तुम्हारी वह मित्रता, लड़ाई-झगड़े सब याद आ जाते हैं, पर अब..." सुमेर ने एक लम्बी गहरी सांस छोड़ी।

"बाबाजी, जिस दिन प्यारचन्द सेना को गया था, मैं उसे बस पर चढ़ाने सड़क तक गया था। उसका दिल तो घर की ओर पीछे लौट रहा था, पर उसकी कर्तव्य-भावना उसे आगे ले जा रही थी। कितने विश्वास से उसने जाते समय कहा था कि वह शत्रुओं को पराजित करके शीघ्र घर लौटेगा।"

"हां बेटा, उसने शत्रुओं को तो परास्त कर दिया, पर वह लौटा नहीं। उसके कमांडिंग ऑफिसर का पत्र आया है, उसमें लिखा है कि हाजीपीर चौकी उसीकी शहादत के कारण ही जीती जा सकी थी। मेरे बुढ़ापे की एकमात्र लाठी थी वह...और देख वह बेचारी लाजो...यह उसकी उमर और

यह भयानक वैधव्य की काली छांव...”

सुमेर की आंखें छम-छम बरस रही थीं। पास बैठी लाजो भी सिसकियां भरकर फूट-फूटकर रो रही थी। प्रेम सुमेर के पास जा बैठा और उसके आंसू पोंछकर बोला, “बाबा, हिम्मत करो। आप तो स्वयं सेना में रहे हैं। देश के लिए बलिदान देने वाले मरते नहीं, बल्कि सदा के लिए अमर हो जाते हैं। फिर आप और भाभी अकेले नहीं हैं, सारा गांव आपके साथ है।”

सुमेर के कहने पर लाजो चाय बनाने के लिए रसोई में चली गई। वह पीतल के दो गिलासों में चाय बनाकर ले आईं। दोनों ने चाय पीनी शुरू की। प्रेम बोला, “बाबाजी, मैं आपको यह कहने आया हूं कि कल एक सरकारी अफसर गांव में आ रहे हैं। भाभीजी के नाम यह एक सूचना पिताजी ने भेजी है।”

“अच्छा, तो तुम्हारे पिता नम्बरदार हैं न, इसलिए उनके द्वारा यह सूचना आई है। क्या लिखा है उसमें?” सुमेरचन्द ने पूछा।

“उसमें लिखा है कि कल भाभीजी गांव के स्कूल के पास इस अधिकारी के सामने पेश हों।”

“प्रेम, किस बात के लिए बुलाया होगा इसे?”

“बाबाजी, सरकार शहीदों की विधवाओं के लिए बहुत कुछ दे रही है। इसी सम्बन्ध में वह अधिकारी आ रहे हैं।”

“ठीक है, पर इतनी दूर यह अकेली कैसे जाएगी?” सुमेर ने चिन्ता प्रकट करते हुए कहा।

“अकेली क्यों, आपको भी साथ आना चाहिए।”

“बेटा, मुझसे स्कूल तक कहां चला जाएगा ! यह वृद्ध शरीर प्यारू की चोट के बाद तो बिलकुल ही टूट गया है।”

“आप चिन्ता न करें, वहां पर पिताजी भी होंगे, पंचायत-प्रधान भी होंगे।”

“पर प्रेम, उनमें से तो कोई भी लाजो को पहचानता नहीं।” चिन्ता में सुमेर की आंखें डबडबा गईं।

“तो क्या हुआ, मैं चला जाऊंगा। वहां पर पिताजी व पंचायत के प्रधान को इनका परिचय दे दूंगा।” प्रेम यह कहकर उठने ही लगा, तभी उसे कुछ

याद आया। जेब से एक कागज़ निकालकर बोला, "बाबाजी, मुझे याद ही नहीं रहा, कार्यालय से सूचना का यह कागज़ आया है, इसपर भाभीजी के हस्ताक्षर करवा दें।"

"बेटी लाजो, अन्दर देख, कोई कलम हो तो ला और इस कागज़ पर अपने दस्तखत कर दे।"

लाजो घूंघट संभालती सारे मकान में घूम गईं, पर उसे कहीं कोई कलम न मिला। वह कुछ देर के बाद चुपचाप सामने आकर खड़ी हो गईं। ससुर से वह बात तो कर ही नहीं सकती थी। सुमेर ने पूछा, "क्या लिखने के लिए कोई भी कलम नहीं है?"

लाजो ने सिर हिला दिया। प्रेम ने भी अपनी जेब देखी तो वह भी अपना पेन घर छोड़ आया था। वह उठकर बाहर गया, पास के किसी घर से एक पेन ले आया। कागज़ और पेन उसने नीचे रख दिए। सुमेर के इशारे पर लाजो ने पेन उठाया; पर कहां क्या लिखना है, उसे कुछ भी मालूम न था। वह तो बड़ी कठिनाई से कितनी देर लगाकर केवल अपना नाम ही लिख सकती थी। सुमेर समझ गया।

"प्रेम, इसे दूसरे कमरे में ले जाकर तुम बता दो कि कहां पर दस्तखत करने हैं। मेरे सामने यह घूंघट न उठाएगी और इतने लम्बे घूंघट में यह कुछ देख न सकेगी।" सुमेर ने कहा।

लाजो और प्रेम उठे और दूसरे कमरे में चले गए। लाजो सकुचाई, पर खड़ी हो गईं। प्रेम ने कागज़ सामने रखा और इशारे से एक ओर हस्ताक्षर करने को कहा। लाजो ने घूँघट कुछ उठाया। उसका घूंघट आंखों के पानी से गीला था। कांपते हाथ से पेन पकड़ा और धीरे-धीरे अपना नाम लिखने लगी। उसके छोटे गोरे हाथ की लाल मेहंदी पर नज़र पड़ी तो प्रेम के आंसू भी टपक पड़े। गिरते आंसुओं को लाजो ने भी देख लिया।

"भाभीजी, हिम्मत व धैर्य रखें। आपके दु:ख की कोई थाह नहीं है, पर अब कुछ हो नहीं सकता। कभी कोई सेवा हो तो अवश्य बताएं, मैं काम आ सकूंगा तो सौभाग्य मानूंगा।" लाजो कुछ न कह सकी। प्रेम ने कागज़ उठाया और सुमेर को विदा कहकर चला आया।

प्रेम, गांव के नम्बरदार का इकलौता लड़का था। वह उस समय कांगड़ा

ज़िला में धर्मशाला के राजकीय कॉलेज में बी० ए० का छात्र था। उसकी प्रतिभा चहुंमुखी थी। हर परीक्षा प्रथम श्रेणी में पास करता था। अच्छी पुस्तकें पढ़ने का उसे इतना शौक था कि घर में एक छोटा-सा पुस्तकालय ही बन गया था। उसपर स्वामी दयानन्द व विवेकानन्द के विचारों का विशेष प्रभाव था। इसलिए ग्राम्य जीवन के रूढ़िवाद व धार्मिक उन्माद पर उसका कोई विश्वास न था। वह भारतीय संस्कृति के मूल तथ्यों को मानता था, परन्तु बाह्य आडम्बरों पर उसकी कोई आस्था न थी।

लाजो का गांव एक ऊंची पहाड़ी पर था। वहां से चारों ओर की बस्तियां उसी प्रकार नज़र आती थीं, जैसे हवाई जहाज़ में बैठे यात्रियों को धरती पर की वस्तुएं नज़र आती हैं। धौलाधार के नीचे बसी मनोरम पालमपुर तहसील का एक बड़ा गांव 'खैरा' था और उसीका एक भाग वह गांव था। जब भी कोई सरकारी अधिकारी आता तो वह खैरा ठहरता था और वहीं पर सबको बुला लिया जाता था। खैरा उन सभी बाईस छोटे गांवों का केन्द्र था।

दूसरे दिन प्रातः ही प्रेम सुमेर के घर आ गया। लाजो प्रेम के साथ चल पड़ी। विवाह के बाद आज पहली बार लाजो घर से बाहर निकल रही थी। वह इसी घर में एक दुलहन बनकर आईं थी, पर आज वह एक विधवा के रूप में बाहर जा रही थी।

प्रेम आगे-आगे चल रहा था और लाजो उसके पीछे। लाजो ने एक फुट लम्बा घूंघट निकाला था। उसे चलने में कुछ कठिनाई हो रही थी। एक जगह तो उसके पैर में ठोकर लगते-लगते बची। दोनों चुपचाप चल रहे थे। बात करने की प्रेम की इच्छा प्रबल होती जा रही थी, पर उसे यह समझ नहीं आ रहा था कि वह कहां से क्या बात शुरू करे। उसके मन में एक अजीब-सी अनुभूति सरसरा रही थी। बहुत प्रयत्न करने के बाद वह बोला, "भाभीजी, आप इतना बड़ा घूंघट न निकालें। रास्ता खराब है, कहीं गिर न जाएं।" पर लाजो ने कुछ भी उत्तर न दिया।

कुछ देर के बाद प्रेम फिर बोला, "आप मुझ से भी घूंघट निकालती हैं, ऐसी तो कोई भी आवश्यकता नहीं है। प्यारचन्द होता तो मैं स्वयं ही आपका घूंघट उठा देता।"

लाजो उत्तर देने की इच्छा रखते हुए भी कुछ न बोल सकी। नई नबेली

बहू अपनी ससुराल में हर किसीसे बात नहीं करती, ऐसी सीख उसे बड़ी दादी ने दी थी। प्रेम ने भी अधिक बोलना ठीक नहीं समझा। थोड़ी देर में गोल पत्थरों का ऊंचा-टेढ़ा रास्ता समाप्त हो गया। अब वे बड़ी सड़क पर आ गए। वह बस की कच्ची सड़क थी। स्कूल के पास पहुंचे तो प्रेम ने अपने पिता को बता दिया कि लाजवन्तीजी आ गईं हैं। लाजो स्कूल के गेट के बाहर लगी बाड़ की ओट में चुपचाप खड़ी हो गईं।

जब आवाज़ पड़ी तो लाजो को लेकर नम्बरदार दीनानाथ तथा पंचायत-प्रधान स्वरूपचन्द आगे आए। उस दिन स्कूल में छुट्टी थी। बरामदे में कुर्सी, मेज़ लगाकर विशेष अधिकारी भगतराम बैठा था। साथ की एक मेज़ पर उसका क्लर्क था। इधर-उधर कुछ लोग खड़े थे। चारों ओर मौन था। गांव में ऑफिसर का आना एक बड़ी घटना थी। किसीको सामने आने की हिम्मत नहीं होती थी। सब भीगी बिल्ली की तरह आगे-पीछे दुबककर आते-जाते व खड़े रहते थे।

''शहीद प्यारचन्द की विधवा कौन है?" विशेष अधिकारी भगतराम का स्वर गुंजा।

"यह है जनाब, यह अभागिन लाजवन्ती !'' नम्बरदार ने हाथ जोड़कर कहा। अब लाजो आगे आकर खड़ी हो गईं।

भगतराम की आंखें लाजो के सिर से पैर तक घूम गईं। वह इतनी पैनी व तीखी नजरों से देख रहा था, जैसे वह घूंघट में उसकी आकृति का चित्र उतारना चाह रहा हो। तभी उसे एक विचार आया। कुछ संभलकर बोला, "लाजवन्तीजी, मुझे बड़ा दुःख है, आपके पति शहीद हो गए। मैं सरकार की ओर से आपसे पूरी सहानुभूति प्रकट करता हूं। क्यों नम्बरदारजी, इनके घर में और कौन-कौन हैं?"

"जनाब, कोई नहीं। केवल इसका बूढ़ा ससुर है, अस्सी वर्ष की आयु है। अपने गांव के बाहर नहीं जा सकता।"

"ओह, तब तो बड़ा अनर्थ हो गया !" भगतराम फिर उसकी ओर देखने लगा।

''क्या बताएं सरकार, एक तरफ वह मृत्यु के इंतज़ार में बैठा बूढ़ा और दूसरी तरफ यह जवान विधवा। हमें तो समझ नहीं आता, इनका

गुज़ारा भी कैसे होगा !" नम्बरदार ने जोड़े हुए दोनों हाथ अपने माथे से लगा दिए।

भगतराम की तीखी नज़रें फिर घूम गईं, वह बोला, "कोई बात नहीं। मैं सरकार से कहकर पूरी कोशिश करवाऊंगा कि इसे अधिक से अधिक सहायता मिले। इस कागज़ पर इसके हस्ताक्षर करवा दो।"

साथ बैठे क्लर्क ने एक कागज़ मेज़ पर रखा। कलमदान से एक पेन उठाकर लाजो की ओर बढ़ाया। लाजो अब तक एक पत्थर की मूर्ति की तरह खड़ी थी। उसकी आंखों के आंसू घूँघट के पल्ले को भिगोकर उसीके कदमों में नीचे गिर रहे थे।

लाजो ने हाथ में पेन पकड़ा और खड़ी हो गईं। उसे घूँघट में कुछ भी दिखाई नहीं दे रहा था। कुछ देर सब मौन रहे।

"नम्बरदार, उसे कहो कि घूँघट जरा उतार दे, तभी तो वह कागज़ पर हस्ताक्षर कर सकेगी।" भगतराम ने आदेश दिया। लाजो ने थोड़ा घूंघट ऊंचा किया और हस्ताक्षर करने लगी।

भगतराम ने देखा तो एकदम रोमांचित हो उठा। घूंघट हटते ही उसे लगा, जैसे आसमान पर काले बादल हटे और चांद चमक पड़ा हो। लाजो के सौन्दर्य से भगतराम छटपटा उठा। उसने अपनी जेब से काले रंग की ऐनक निकाली और अपनी आंखों पर लगा ली। जब भी उसके सामने स्त्रियां आती थीं, वह यही ऐनक लगा लेता था। इससे उसकी आंखों को कोई देख नहीं पाता था और वह निःसंकोच उन्हें देखता रहता था।

अब भगतराम के सामने शहीद की शहादत भी न थी और विधवा का वैधव्य भी न था। उसकी आंखें लाजो की सुन्दरता व जवानी को एक ही। नज़र में पी जाने के लिए बेताब हो गईं।

मेज़ पर दोनों हाथ रखकर वह एकटक लाजो को देखने लगा। लाजो के छोटे-छोटे हाथ मेहंदी की लाली के अवशेष लिए कांप रहे थे। उसकी टांगे भी कांप रही थीं। बड़ी कठिनाई से पेन से उसने धीरे-धीरे अपना नाम लिखा। पेन रखा और चुपचाप खड़ी रही। वह अपने को भूल-सी गईं थी। एक अजीब दुनिया में खड़ी थी। सब पराये थे, उसका अपना परिचित कोई न था। उसे घूंघट डालना भी याद न रहा। उसकी आंखें अभी भी पानी की

बूंदें गिरा रही थीं।

पंचायत के प्रधान स्वरूपचन्द ने भगतराम की एकाग्रता को भंग करते हुए कहा, "सरकार, एक अर्ज़ करनी है।"

मानो एक योगी की समाधि भंग हो गई। भगतराम अभी भी अपलक लाजो को देख रहा था। उसने झुंझलाहट-सी अनुभव की, फिर बोला, "कहो, क्या बात है?"

"जनाब, प्यारचन्द हमारे गांव का एक हीरो था। देश के लिए कुर्बानी करके उसने हमारे गांव का नाम भी अमर कर दिया है। हमने गांव में उसकी यादगार बनाने के लिए एक कमेटी बनाई है। हम उसके लिए आपका आशीर्वाद चाहते हैं।"

"बड़ी अच्छी बात है। सरकार भी यही चाहती है कि जनता अपने शहीदों का खूब मान-सम्मान करे।" भगतराम ने अपनी जेब से बटुआ निकाला। उसमें से पचास रुपये देते हुए बोला, "यह उस यादगार के लिए मेरी तरफ से भेंट। मैं और भी बहुत-सा धन इकट्ठा करने की कोशिश करूंगा।"

भगतराम की इस उदारता पर सबने तालियां बजाईं। सबके सिर स्वाभिमान से ऊंचे हो गए। प्यारचन्द शहीद होकर सारे गांव का ही बन गया था। लाजो की नज़रें भी कृतज्ञता में झुक गईं थीं। उसे लगा, यह सरकारी अधिकारी उसके पति का कितना सम्मान करते हैं! लाजो घूंघट खींचकर कुछ दूर खड़ी हो गई।

प्रेम भी दूर खड़ा सब देख रहा था। भगतराम की लाजो पर गड़ी नज़रें उसे बहुत बुरी लगी थीं। जितनी तेज़ी से भगतराम लाजो को घूरता रहा, उतनी ही तेज़ी से दूर खड़ा प्रेम भगतराम को घूरता रहा। भगतराम की नज़रों में प्रेम को बुरी नीयत की शंका हो रही थी। जब तालियां बजीं तो वह संभल गया। उसे लगा, वह इस सम्बन्ध में कुछ गलत तो नहीं सोच रहा। जिसने पचास रुपये निकालकर शहीद की यादगार के लिए सबसे पहले चन्दा दिया, वह भला इस शहीद की विधवा के प्रति बुरा कैसे सोच सकता है? प्रेम इस विचार में खोया-सा खड़ा रहा।

नम्बरदार आगे आकर बोला, "जनाब, पंचायत के प्रधान भी आए हैं। जैसीकि हमें इत्तिला दी गई थी, अब आप लाजो को वह धन दे दें ताकि उसे

घर भेज दिया जाए।"

यह सुनते ही भगतराम चौंककर इधर-उधर देखने लगा।

"धन...हां-हां...पर...कौन-सा धन?" कुछ गहरी सोच में पड़कर भगतराम ने पूछा।

"जो धन सरकार की ओर से प्यारचन्द की विधवा के लिए भेजा गया है।" नम्बरदार ने कहा।

"और जिसके लिए जनाब ने आज लाजो व हम सबको यहां बुलाया है।" प्रधान स्वरूपचन्द ने हाथ जोड़ आगे होकर कहा।

"बात यह हुई...कि...बाद में सरकार ने अपना निर्णय बदल लिया। लाजवन्तीजी को धन तो मिलेगा, पर यहां नहीं मिलेगा। कागज़ पर उनके हस्ताक्षर हो गए हैं। उन्हें पालमपुर आना पड़ेगा। मैं बैंक से धन निकलवा लूंगा। अगले सोमवार पालमपुर आकर यह अपना धन ले जाएं।" अपने क्लर्क को आंखों का इशारा करते हुए भगतराम ने कहा।

यह सुनकर सब अपने-अपने घर जाने लगे तो दीनानाथ ने प्रेम को बुलाकर कहा, "बेटा, लाजो को घर छोड़ आओ।"

"पिताजी, उस अधिकारी ने हस्ताक्षर करवाए, पर धन क्यों नहीं दिया?"

"वह कहता है कि पालमपुर आने पर धन मिलेगा।"

"पर सरकार ने तो यह घोषणा की है कि शहीदों की विधवाओं को उनके घर पर जाकर सरकारी अधिकारी सारा धन देंगे।" विस्मय से प्रेम ने पूछा।

"मैंने भी ऐसा ही सुना था, और ऊपर से हमको सूचना भी यही आई थी।" स्वरूपचन्द बोला।

पास खड़े प्रेम के मित्र रमेश ने कहा, "भगतराम का क्लर्क कह रहा था कि धन तो वे आज भी लेकर आए थे। फिर दिया क्यों नहीं? यह क्या तमाशा है?"

प्रेम उतावला होकर बोला, "चल रमेश, चलकर भगतराम को पूछेंगे।"

स्वरूपचन्द, दीनानाथ व कुछ अन्य लोगों ने उन दोनों को समझाया। उन्होंने कहा कि सरकारी ऑफिसर है, उससे पूछने वाले वे कौन होते हैं?

सरकारी ऑफिसर ने जो कहा, वह ठीक ही कहा होगा। धन तो मिलेगा ही। यहां न सही, पालमपुर मिल जाएगा। बात यहां समाप्त हो गई।

प्रेम लाजो को घर छोड़ने उसी रास्ते से वापस चला। लाजो उसी प्रकार घूंघट में लिपटी कठिनाई से रास्ता टटोलती चली जा रही थी। प्रेम ने उससे सहानुभूति प्रकट करते हुए कहा, "आपका आज का आना व्यर्थ गया। अब धन लेने आपको पालमपुर जाना पड़ेगा।" लाजो की ओर से कोई उत्तर न मिला। प्रेम ने आगे बात चलाई, "मुझे समझ नहीं आता, सरकार घोषणा कुछ करती है और व्यवहार कुछ और। जब विशेष अधिकारी यहां आए ही हैं तो वह अनुदान का धन यहां आपको क्यों नहीं दिया गया? मैं तो उसी समय उन्हें पूछ लेता, पर पिताजी ने रोक दिया। यह सब बड़े-बूढ़े कुछ बोलते नहीं, सब अन्याय चुपचाप सहते हैं, इसीलिए अफसर मनमानी करते जाते हैं।"

रास्ता ऊंचाई का था। गोल-गोल पत्थरों को मिट्टी से सटाकर एक ऊंची पहाड़ी पर से होकर रास्ता बनाया गया था, शाम कुछ गहरी हो रही थी। प्रेम कुछ जल्दी चल रहा था। लाजो उसकी गति से गति भी नहीं मिला पा रही थी। वह उसे यह भी नहीं कह पा रही थी कि वह धीरे चले। जब लाजो ने भी कुछ तेज़ चलने का प्रयत्न किया तो एक गोल पत्थर पर से उसकी चप्पल फिसली और वह धड़ाम से गिर पड़ी।

आवाज़ सुनकर प्रेम पीछे मुड़ा। उसके पास गया, पर दूर खड़ा रहा। लाजो का घूंघट उतर गया था, दुपट्टा दूर पड़ा था, वह उठने का यत्न कर रही थी। लाजो पीड़ा छिपाती हुई उठी, दुपट्टा लिया, घूंघट निकालकर एक तरफ बैठ गई और अपना पैर सहलाने लगी। प्रेम ने उसका खुला मुंह देख संकोच से अपनी आंखें फेर ली थीं।

"क्षमा करें, मैं अनजाने में जल्दी-जल्दी चल रहा था और आपका पैर फिसल गया।" प्रेम ने सकुचाते हुए कहा।

लाजो चुपचाप उठी, लंगड़ाई और फिर चल पड़ी। प्रेम भी आगे चल पड़ा। अब वह धीरे चल रहा था। कुछ देर चुप रहकर उसे लाजो को लगी चोट की याद आई। उसने सोचा, उसने चोट के बारे लाजो से पूछा ही नहीं। वह नीचे देखते हुए ही बोला, "आपको ज़्यादा चोट तो नहीं लगी?" और फिर

उत्तर की प्रतीक्षा किए बिना बोल पड़ा, "लगी तो अवश्य होगी, पर मैं कैसे जानूं कि लगी या नहीं? आप मुझसे बोलेंगी ही नहीं।"

घर के पास पहुंचते ही प्रेम ने फिर कहा, "आपको अगले सोमवार फिर पालमपुर बुलाया है, पर देखिए, आप अकेली न जाएं। पता नहीं क्यों मुझे उस अफसर का व्यवहार ठीक नहीं लगा। वह चाहता तो अनुदान का धन आपको वहां भी दे सकता या। व्यर्थ में आपको इतनी लम्बी याला के झंझट में डाल दिया। मुझे उसकी नज़रें भी ठीक नहीं लग रही थीं। आप अगले सोमवार बाबाजी को साथ अवश्य ले जाएं।"

लाजो कुछ क्षण खड़ी हुई। शायद वह कुछ कहना चाहती थी, पर कह नहीं सकती थी, क्योंकि कुल और गांव की रीति के अनुसार नई नवेली बहू अपने देवर के साथ भी बात नहीं करती। फिर प्रेम तो दूसरी बिरादरी का लड़का था। रीति-नीति के अनुसार वह न उससे बात कर सकती थी और न ही उसके सामने घूंघट उठा सकती थी। लाजो राजपूत परिवार से थी और प्रेम ब्राह्मण परिवार से।

लाजो को खड़ी देख प्रेम समझ गया कि लाजो कुछ कहना चाहती है पर वह जानता था कि उसकी वाणी कुछ बोलेगी नहीं। कुछ सोच वह स्वयं ही बोल पड़ा, "शायद आप यह सोच रही हैं कि बाबाजी तो चल नहीं सकेंगे। मेरी कठिनाई यह है कि मुझे उस दिन कॉलेज जाना है। आप किसी और को लेकर जाएं। मैं यहां होता तो अवश्य आपके साथ चल पड़ता।"

घर पास आया तो प्रेम ने हाथ जोड़ लाजो को नमस्ते की। वह अपने घर को वापस चल पड़ा। लाजो रुकी और उसका घूंघट कुछ हिला। प्रेम बोला, "अब रात पड़ने वाली है, मेरे पास टॉर्च भी नहीं, इसलिए मैं शीघ्र घर को जा रहा हूं। मेरे योग्य कभी कोई सेवा हो तो अवश्य बताएं।" यह कहकर लम्बा-लम्बा डग भरता प्रेम दूसरी ओर चल पड़ा।

"नहीं...ऐसे नहीं...चाय पीकर।"

अकस्मात् लाजो के मुंह से शब्द फूट पड़े। वह यह सहन नहीं कर सकी कि प्रेम बिना चाय पिए उसके घर से चला जाए। पूरे दिन के मौन का बांध यूं टूटकर प्रवाहित हो गया। प्रेम यह शब्द सुनकर विस्मय से खड़ा हो गया। मुंह से यह शब्द निकलते ही लाजो शर्म से और भी सिमट गईं।

उसे सबसे बड़ी चिन्ता यह थी कि यदि बड़ी दादी को पता लग गया कि दूसरी बिरादरी के लड़के से लाजो ने बात की है तो उसे अच्छी डांट पड़ेगी।

प्रेम उसके घर की तरफ चल पड़ा। सुमेरचन्द ने देखा तो पास बिठा लिया। लाजो थोड़ी ही देर में चाय बनाकर ले आई। प्रेम ने सुमेरचन्द को सारी बात कह सुनाई। उठते समय बोला, "बाबाजी, उन्हें पालमपुर अकेले मत भेजिए, किसीको साथ अवश्य भेजें।"

"बेटा प्रेमू! तुम ही हो, जिसे मैं कुछ काम कह सकता हूं और यहां पर कौन है? सब अपने-अपने काम लगे हैं।"

"मैं तो आपको कहने की नौबत ही न आने देता, पर मैं तो अपने कॉलेज चला जाऊंगा।"

"खैर, कुछ और प्रबन्ध सोच लूंगा।"

हाथ जोड़कर प्रेम वहां से चला गया।

लाजो घर के काम में लग गई। गऊ को अन्दर घराल में बांधा, बछड़ा छोड़ा, घास डाली, दूध दुहा और फिर दूध को 'दधूनू'[१] में डालकर चूल्हे पर रख दिया।

चूल्हे के पास बैठकर वह रात का भोजन बनाने लगी। सारे दिन की घटनाएं उसके सामने घूम गईं। वह सोचने लगी, कितने ही अपरिचितों के बीच उसे आज रहना पड़ा। कोई भी उसकी जान-पहचान का न था। वह किसीसे भी बात नहीं कर सकती थी। पर उसे यह लगा कि उस सारी दुनिया में प्रेम परिचित था। वह कुछ अपनापन लिए था। उसके हृदय में प्रेम के लिए कृतज्ञता का भाव जागने लगा।

३

भगतराम से पचास रुपये प्राप्त कर शहीद-स्मारक कमेटी का उत्साह बहुत बढ़ गया। कमेटी के प्रधान स्वरूपचन्द थे, मन्त्री दीनानाथ। उन दोनों

१. दूध गर्म करने का मिट्टी का बर्तन।

ने स्मारक की रूपरेखा बनाने के लिए गांव के प्रमुख लोगों की एक बैठक बुलाई।

कमेटी के प्रधान स्वरूपचन्द ने कार्रवाई शुरू करते हुए कहा, "भाइयो ! शहीद प्यारचन्द का स्मारक बनाना सब गांव वालों का कर्तव्य है। वह देश के लिए शहीद होकर सारे गांव का नाम ऊंचा कर गया है।"

उसके बाद दीनानाथ ने कहा, "आप सबको अपनी नेक कमाई में से कुछ न कुछ इस पवित्र काम के लिए अवश्य दान देना चाहिए। अपने लिए तो रोज़ ही सब कमाते हैं। इस शुभ काम के लिए जो दिया, वही धर्म है। वही अगले जनम में काम आएगा।"

भीखूराम से भी न रहा गया। खड़ा होकर उसने भी बोलना शुरू किया, "पहले यह तो तय किया जाए कि प्यारचन्द की याद में आप किस प्रकार की यादगार बनाना चाहते हैं। उसपर कितना खर्च आएगा। उसी के अनुसार चन्दा इकटठा किया जाए। एक और बात मैं साफ कहूंगा कि जनता के धन का हिसाब ठीक रखने का प्रबन्ध कर लिया जाए।"

यह सुनते ही ध्यानसिंह कुछ गरम होकर बोला, "अभी धन इकट्ठा हुआ नहीं और आपको हिसाब ठीक रखने की सूझ पड़ी ! अरे भाई, क्या यहां कोई बेईमान लोग हैं?"

भीखूराम कुछ तुनककर बोला, "बिलकुल हैं। कौन नहीं जानता कि गांव की सहकारी समिति में पिछले साल बीस हज़ार रुपये का गबन किया गया था? गबन करने वाले कुछ नेताओं की सहायता से बच निकले। फिर श्मशानघाट के लिए चन्दा इकट्ठा किया गया। उसका भी आज तक कोई पता नहीं चला। मैं साफ कहता हूं, हम तब तक एक पैसा भी नहीं देगे, जब तक धन को किसी बैंक में रखने का प्रबन्ध नहीं किया जाता।"

"यह सब झूठ है। इस प्रकार के गलत आरोप हम सहन नहीं करेंगे।" ध्यानसिंह की आवाज़ आईं।

सामने बैठे लोगों में कुछ फुसफुसाहट शुरू हो गईं थी। लोग भीखूराम का समर्थन कर रहे थे। कुछ उसकी बातों में रस भी ले रहे थे। अब ख्यालीराम खड़ा हुआ और बोला, "मैं भीखूराम की बात का समर्थन करता हूं। हमारी पंचायत में भी कई हज़ार रुपयों का घपला है। कागज़ में दिखाया गया कि

पिछले वर्ष एक पुल बनाया गया। उसपर दस हज़ार रुपया खर्च किया गया; परन्तु अभी वहां चलकर देखें तो एक पत्थर भी नहीं लगा। जब मैंने उसकी शिकायत की तो कुछ नेताओं ने सब मामला ठप करा दिया। ऐसे लोगों के पास एक भी पैसा नहीं दिया जा सकता।"

बात अधिक बढ़ते देख दीनानाथ बीच में बोल पड़े, "भाई, हम अपने गांव के एक शहीद की यादगार के लिए इकट्ठे हुए हैं। इस प्रकार की बातों से अपनी एकता को चोट आती है। वे सब आरोप ठीक भी हो सकते हैं और गलत भी। उन्हें अलग तरीके से उठाएं। पर मेरी प्रार्थना है, इस जगह केवल शहीद की शहादत की याद रखें और उसकी यादगार बनाने की योजना तक ही अपनी चर्चा को सीमित रखें।"

सबने हां-हां कहकर उनकी बात का समर्थन किया। वैसे भी दीनानाथ एक कर्मकांडी ब्राह्मण थे। ब्रह्ममुहूर्त में जाकर 'मौल खड्ड' के पास के झरने पर स्नान करके संध्या-पाठ करना उनका नित्यकर्म था। गांव में सभी लोग उनका आदर करते थे। वह ईश्वर-भक्त, ईमानदार, सच्चरित्र थे; परन्तु उनका धर्म जात-पांत, खान-पान व छुआछूत की सीमाओं में बंधा हुआ था।

लम्बी चर्चा के बाद यह तय हुआ कि सारे गांव से कम से कम दो हज़ार रुपया इकट्ठा किया जाए और शहीद प्यारचन्द के नाम पर स्कूल में एक कमरा बना दिया जाए। कुछ की राय थी कि स्कूल की बजाय औषधालय का भवन निर्माण किया जाए।

"यदि सब बड़े-बूढ़े आज्ञा दें तो मैं भी कुछ कहना चाहता हूं।" एक नौजवान बीच में से उठकर बोला।

"हां-हां, क्यों नहीं ! तुम भी पढ़े-लिखे नौजवान हो, अपनी बात कहो।" बीच में से कुछ लोग बोल पड़े।

रमेश बोला, "मैं समझता हूं, ईंट-पत्थर की दीवारों से शहीद की यादगार बनाना कोई बड़ी बात नहीं।"

"तो फिर क्या बनाया जाए? यादगार तो यादगार ही होती है।" स्वरूपचन्द कुछ बिगड़कर बोले।

"मुझे पता था, मेरी बात पसन्द नहीं की जाएगी। इसीलिए इतनी देर

चुप बैठा रहा। अब भी बोला हूं तो सबकी आज्ञा से। यदि आपमें कुछ सुनने का धैर्य है तो मैं कुछ कहूं।" रमेश चुप हो गया। बीच में से कुछ लोगों ने अनुरोध किया कि वे अवश्य सुनेंगे।

रमेश बोला, "मैं समझता हूं, आप कमरा भी बना लें। उसकी भी कोई आपत्ति नहीं। पर शहीद प्यारचन्द के घर में एक सोलह वर्ष की विधवा बैठी है। उसके लाल चूड़े का रंग भी अभी तक लाल है। हाथों में मेहंदी की लाली भी अभी गई नहीं। उसने बचपन से यौवन में पैर रखा ही था कि विधवा हो गई। मैं आप सबसे पूछता हूं, क्या प्यारचन्द के इस जीवित स्मारक की आप सबको कोई चिन्ता नहीं? हम उसके नाम पर ईंट-पत्थर खड़ा करेंगे, पर उसकी ज़िन्दा यादगार की कोई बात ही नहीं करते। वह अस्सी साल का बूढ़ा सुमेरचन्द, जिसके जीवन की एकमात्र आशा-ज्योति हाजीपीर पर बुझ गई—क्या हम उसकी भी कोई चिन्ता नहीं कर सकते? उसका इतना बड़ा मकान है। उस मकान के एक कोने में बुढ़ापा रो रहा है तो दूसरे कोने में वैधव्य सिसक रहा है और आप सब ईंट-पत्थर इकट्ठा कर रहे हैं !"

रमेश की बात से एक बार तो सब तरफ सन्नाटा छा गया। कुछ लोग प्रशंसा में सिर हिलाने लगे, कुछ के मुंह लटक गए, कुछ क्रोध में आ गए।

स्वरूपचन्द उठे और बोले, "यह सब भाग्य की बात है। जो जिसके भाग्य में लिखा है, वह भोगना पड़ता है। इसमें हम कर ही क्या सकते हैं?"

ध्यानसिंह भी सामने आने का मौका पाकर बोल पड़ा, "मेरी चाची आज बयासी वर्ष की है। वह जब बारह वर्ष की थी तो विधवा हो गई थी। उसने सत्तर सालों का वैधव्य भोगा है। लाजवन्ती का भाग्य भी ऐसा था, तो इसमें गांव क्या कर सकता है?"

रमेश से न रहा गया, "चाचाजी ! भाग्य की बात ठीक है, पर कर्म तो मनुष्य को करना ही चाहिए। हम किसीका भाग्य नहीं बदल सकते। भाग्य में लाजवन्ती के पति और सुमेरचन्द के पुत्र की मृत्यु लिखी थी, वह हो गई; पर भाग्य में यह कहां पर लिखा है कि अब उसके जीवन को सुखी बनाने की कोशिश ही न की जाए? केवल भाग्य के सहारे पड़े रहना सबसे बड़ी कायरता है। पुरुष को परिश्रम तो करना ही चाहिए। मैं हैरान हूं,

यहां इतने लोगों ने इतनी बातें कहीं, पर इस तरफ किसी ने सोचने का कष्ट नहीं किया।"

"आखिर हम कर ही क्या सकते हैं? जिसे भगवान ने विधवा बना दिया, उसे तो जीवन उसी में बिताना है।" स्वरूपचन्द ने गम्भीरता से कहा।

"क्यों वैसे ही बिताना होगा? क्या समाज उसका फिर से विवाह नहीं कर सकता? क्या बिगड़े भाग्य को बनाने की कोशिश नहीं की जा सकती? वह सारा जीवन अकेली, उपेक्षित, बेसहारा बिताएगी—इसमें कौन-सा औचित्य है?"

रमेश की यह बात सुन सबने दांतों तले उंगलियां दबा लीं। कुछ को लगा, जैसे बादल फट गया, बिजली गिर गई। कोई भी तो यह बात न सोच सकता था। यदि सोचता तो कह तो बिलकुल भी नहीं सकता था।

स्वरूपचन्द अब अपने पूरे रंग में थे, "तुम नई रोशनी के छोकरे अब धर्म को भी भ्रष्ट करोगे। हमारी रीति-नीतियों में कभी विधवा का भी विवाह हुआ है? पिता-पुरखों की बनाई रीति-नीति बदलकर तुम सबको नास्तिक बनाना चाहते हो?"

"चाचाजी, हमारे पिता-पुरखे तो अंग्रेजों की गुलामी भी बड़े आराम से सहते रहे। क्या इसलिए अब फिर से अंग्रेज़ों को यहीं बुला लेना चाहिए?" रमेश भी आज पूरे विद्रोह पर उतरा था।

"तुम बहुत वाचाल हो रहे हो रमेश ! भला शहीद की यादगार बनाने से इन बातों का सम्बन्ध ही क्या है?" दीनानाथ ने कहा।

"ठीक है चाचाजी ! शहीद की विधवा को सारा जीवन घुट-घुटकर मरने पर मजबूर करो। उसकी ज़िन्दगी में सुख पहुंचाने की बात भी मत सोचो। उस घर में बुढ़ापा तड़पता रहे, जवानी सिसकती रहे, यह सारा गांव उन सिसकियों से अपनी आंखें मोड़ ले, पर उसके नाम पर चार पत्थर खड़े कर दें। याद रखो, यह स्मारक नहीं, बहुत बड़ा पाखंड होगा, धोखा होगा..."

रमेश की बात कुछ लोगों को ठीक भले ही लग रही थी, पर उसका खुलकर समर्थन करने की किसीकी हिम्मत न थी। उसकी बात को अनसुना करके स्मारक बनाने का निर्णय कर लिया गया। एक प्रस्ताव पास करके

भगतराम का धन्यवाद किया गया, जिसने प्रस्तावित स्मारक के लिए सबसे पहले पचास रुपये दान दिया था।

रमेश बी० ए० पढ़ा नवयुवक था। उसका परिवार सैनिकों का परिवार था। इस समय भी उस परिवार से पांच सदस्य सेना में थे। उस बैठक से उठकर रमेश सीधा घर की ओर चला। वह अकेला जा रहा था। कुछ वर्ष पुरानी एक याद उसके मन में मचलने लगी।

उसे याद आया कि १९६२ के भारत-चीन युद्ध में उसके चाचा की मृत्यु हुई थी। तब उसकी आयु पच्चीस वर्ष और उसकी चाची की आयु बीस वर्ष थी। विवाह हुए केवल एक वर्ष हुआ था। उसके शहीद चाचा का सबने मान-सम्मान किया, जलसा हुआ, शहीद के चित्र को फूल-मालाएं पहनाई गईं, गांव के स्कूल का नाम उसीके नाम पर रख दिया गया।

धीरे-धीरे शहीद की याद पुरानी पड़ने लगी। रमेश की चाची शहीद की पत्नी से शहीद की विधवा और फिर धीरे-धीरे केवल एक उपेक्षित विधवा बन गईं। परिवार में उसका मान-सम्मान भी घट गया। वह किसी विवाह या शुभ काम में सब जगह शामिल नहीं हो सकती थी। गांव की रीति-नीति के अनुसार शुभ काम में विधवा का दिखाई देना अपशगुन समझा जाता था। उसकी खिलती उम्र, उभरती जवानी वैधव्य की आग में झुलसने लगी।

उस समय रमेश और उसके ताये के लड़के राजेश ने परिवार के सामने यह प्रस्ताव रखा था कि जवान चाची का पुनः विवाह कर दिया जाए। यह सुनकर रमेश के दादा ने उसे ज़ोर से थप्पड़ मारकर घर से बाहर निकाल दिया था।

'कुल-कलंक, पापी, निकल घर से, बाहर चला जा ! तू कुल की सारी मर्यादाओं को उखाड़ फेंकेगा। जो कभी बात सोची भी नहीं जा सकती, वह तू बोल कैसे गया?'

दादा की वह मार व फटकार सुन रमेश का दिल तड़प उठा था। वह तब कॉलेज में पढ़ता था। घर के दरवाज़े के बाहर जाकर उसने कहा था, 'बाबाजी, मुझे भले ही मार लो, फटकार भी लो, पर मैं एक बहुत बड़ी सच्ची बात कह रहा हूं। बदलते समय के साथ जो नहीं बदलता, समय उसे पटककर नीचे फेंक देता है। हर युग का अपना धर्म होता है। अपनी मर्यादा

और मान्यताएं होती हैं।

उसके तर्क पर दादा ने फिर उसे बुरा-भला कहा था और तब राजेश बीच में आकर बोला था, 'बाबाजी ! इस भारत-चीन युद्ध में केवल हमारे कांगड़ा ज़िला से दो सौ जवान शहीद हुए हैं। सभी की आयु लगभग चाचाजी के बराबर थी। वे दो सौ विधवाएं आज सोलह से बीस वर्ष की आयु की होंगी। उन सबको जीवन-पर्यन्त विधवा रहने पर विवश करना समाज का एक ऐसा अन्याय है, जिसकी आज का सभ्य समाज निन्दा किए बिना नहीं रह सकता।'

राजेश कुछ बड़ा था। उसे इस तरह दादा झिड़क नहीं सकते थे, जिस तरह रमेश को झिड़क दिया था। दादा कुछ गहरी सोच में पड़ गए थे। राजेश फिर बोला था, 'बाबाजी ! पुराने समय जो होता था, वह सभी कुछ ठीक नहीं कहा जा सकता। अतीत काल में सती–प्रथा थी। हमारे इन्हीं गांवों में कुछ परिवारों में लड़कियों को जन्म लेते ही मार दिया जाता था। क्या इन सभी प्रथाओं को इसलिए जीवित रखा जाना चाहिए कि हमारे पुरखे उन्हें मानते थे? न तो हर नई बात केवल नई होने से बुरी होती है और न ही हर बात केवल पुरानी होने से अच्छी होती है।'

दादा कमरे में बैठ गए थे। उन्हें कुछ शान्त देख रमेश व राजेश अन्दर आ गए थे। साहस बटोरकर रमेश ने फिर कहा था, "बाबाजी ! चाची इस समय बीस वर्ष की आयु में है। उसकी सारी ज़िन्दगी पड़ी है। आप सोचिए तो सही, अभी उसका जीवन शुरू ही हुआ है। आखिर यह शरीर है, इसकी कुछ आवश्यकताएं हैं। जैसे भूख-प्यास लगती है और रोटी-पानी के बिना नहीं रहा जा सकता, ठीक उसी प्रकार शरीर व मन की भी कुछ और ज़रूरतें होती हैं।'

राजेश ने बात की कड़ी आगे बढ़ाई थी, 'बाबाजी ! हर कोई सती-साध्वी, सीता-साविली नहीं हो सकती। संसार में आम व्यक्ति भी रहते हैं। हर कोई महापुरुष नहीं बन सकता। आपको पता है, रामू की भाभी विधवा है। कुछ वर्ष वह सती-साध्वी बनी रही, पर अब वह क्या है? उसका घर क्या बन गया है? सब बुरे लोगों का वह बदनाम अड्डा बन गया है। यह दोष उसका नहीं, बल्कि इस समाज का है, जिसने एक नवयुवती को विधवा

रहने पर विवश किया। यदि उसका विवाह कर दिया गया होता तो वह भी एक अच्छी गृहिणी होती।'

दादा सब कुछ सुन रहे थे। उनकी बुद्धि इन सब दलीलों से सहमत थी, पर ज्योंही वह हृदय से सोचते, उनकी आंखों के आगे अंधेरा छा जाता। उन्होंने अपनी आंखें बन्द कर लीं और एक ठंडी आह लेकर बोले, 'आज मेरा दिनेश नहीं रहा, तभी ये सब बातें पैदा हुईं। तुम नई रोशनी में पले छोकरे यूं ही बोलते जा रहे हो। हम क्या अब नई रीत शुरू करेंगे? फिर लोग क्या कहेंगे? बिरादरी वाले क्या सोचेंगे? और फिर तुम्हारी चाची ही उसके लिए तैयार नहीं होगी।'

तब रमेश ने कहा था, 'लोग क्या कहेंगे, क्या नहीं कहेंगे—इससे ठीक गलत और गलत ठीक नहीं हो जाता। प्रश्न यह नहीं कि बिरादरी क्या कहती है, प्रश्न यह है कि उचित क्या है। रामू की भाभी जो कुछ कर रही है, तो अब लोग क्या कह रहे हैं? बिरादरी क्या कह रही है?' घर में इस प्रकार का कई दिन तक संघर्ष रहा था। रमेश व राजेश आग्रह करते रहे कि चाची का पुनः विवाह किया जाना चाहिए, पर सारा घर उनका विरोध करता रहा। गांव में पता लगा तो घर-'घराट'[१] व दुकान पर यही चर्चा होने लगी। गांव के लोग यही चर्चा करते कि नई रोशनी के दो छोकरों का दिमाग खराब हो गया है, वे अपनी विधवा चाची के विवाह की बात कर रहे हैं। जो सुनता, सुन्न हो जाता। औरतें कानों पर हाथ रखतीं, बूढ़ियां दांतों तले उंगली दबातीं। जब बड़ी दादी को पता चला था तो उसने तो एक तूफान ही खड़ा कर दिया था। एक बार रमेश ने बड़ी दादी के सामने तर्क करना चाहा था तो उसने उसके कान पकड़कर खींच दिए थे और बोली थी, 'मरी जाने छोहरू, कुले दी रीतां जो बगाड़ी करी धर्मे जो भ्रिष्ट करने दीयां गल्लां करदे। छोहरूओ, ईयां बोलया ता हिल्लण होणा कने तुसां जो भूचरी पौनी...'[२]

जब रमेश की चाची को इस बात का पता लगा था, तो वह भी आग-

---

१. गांव के निकट किसी छोटी नदी में आटा पीसने की चक्की। २. मर जाएं ये बुरे लड़के ! कुल की बातें बिगाड़कर धर्म-भ्रष्ट करने की बात करना चाहते हैं। लड़को, ऐसी बात की तो भूचाल आ जाएगा और तुम्हें महारोग लगेगा।

बगूला हो गईं थी। उसने भी रमेश को जली-कटी सुनाई थी। यह भी कहा था कि उन्हें अपनी चाची के लिए इतनी चिन्ता करने की आवश्यकता नहीं। उसे लगा था कि उसके विवाह की बात करके उन्होंने उसको महापाप का भागी बना दिया था। बड़ी दादी से बात करके वह कितने ही दिन कई जप-तप व व्रत करती रही थी।

कुछ ही समय के बाद बात आईं-गईं हो गईं और चर्चा समाप्त हो गईं थी। कुछ समय के बाद रमेश की चाची का पास के एक व्यक्ति से सम्बन्ध हो गया था। जब घर में पता लगा तो एक तूफान खड़ा हो गया। रमेश ने फिर अपना आग्रह दोहराया था। उसने दादा को कहा था कि उसी युवक के साथ चाची का विवाह कर दिया जाए, पर कोई न माना। दादा ने रमेश की चाची को खूब डांटा, उसे समझाया भी, उसे यह भी कहा कि वह सारे परिवार के माथे पर कलंक लगा रही है। रमेश की चाची ने संभलने की कोशिश भी की थी। कुछ दिन उसने उस व्यक्ति से मिलना-जुलना बन्द कर दिया था, पर उसके बाद उसकी बुद्धि की सीख व दादा का उपदेश उसके यौवन के ज्वार को रोक न सके थे। सम्बन्ध फिर शुरू हो गए थे। तब रमेश की चाची को घर व बिरादरी से बाहर निकालने की योजना बनाई गईं थी। उसके पिता को बुला भेजा गया था, सारे गांव में शोर हो गया था। तभी एक रात अपने मकान के पीछे के वृक्ष से रस्सी बांध रमेश की चाची ने आत्महत्या कर ली थी।

बड़ी दादी ने कहा था कि वह सती हो गईं, उसने कुल की लाज बचा ली। कुछ लोगों ने इस आत्महत्या का दोष भी रमेश व राजेश के सिर मंढ़ा था। उन्होंने कहा था कि यदि वे विधवा के विवाह की अनहोनी बात न करते तो यह सब कुछ न होता।

यह सोचते-सोचते रमेश घर के निकट पहुंच गया था। उसे लगा कि जिस रास्ते पर समाज ने उसकी चाची को धकेला था, शायद वह समाज अब लाजो को भी उसी रास्ते पर जाने के लिए विवश कर रहा है।

४

न तो अभी मुर्गे की कुकड़ू-कूं की आवाज़ आ रही थी और न ही रात ने अपना काला तम्बू समेटा था। अन्धकार की गहरी काली परत सब ओर छाई थी। प्रकृति भी दिन-भर की थकावट पूरी तरह उतार न पाई थी। वृक्षों पर अपने घोंसलों में पक्षी सो रहे थे। वन के जीव-जन्तुओं ने भी अभी तक कोई हलचल नहीं की थी। सब कुछ शान्त, निश्चल था और अन्धकार व नीरवता में सुप्त था।

परन्तु लाजो उठ चुकी थी। लाजो ही नहीं, उस गांव के सभी घरों में दीपक जल चुके थे। सबके उठने, दरवाज़ा खुलने व खांसने की आवाज़ से रात की नीरवता भंग हो रही थी। यह रात का अन्तिम पहर था। कोई तीन या चार बजे होंगे। सब घरों के कुछ पुरुष व स्त्रियां अपने-अपने मिट्टी के घड़े संभालकर पीने का पानी लेने के लिए दूर बावड़ी पर जाने की तैयारी कर रहे थे। गांव में पानी की सदियों से कठिनाई रही थी। गर्मियों के मौसम में तो यह कठिनाई और भी बढ़ जाती थी। पानी के सभी स्रोत सूख जाते थे। जिनमें कुछ पानी होता था, वह भी इतना कम कि जितनी प्रातः कोई चला जाए तो वह एक घड़ा भर ले, नहीं तो सारा दिन पानी के बिना ही काम चलाना पड़ता था।

लाजो घर में अकेली थी, इसलिए उसे ही पानी लाना पड़ता था। उसके वृद्ध ससुर तो जा नहीं सकते थे। रात के तीन-चार बजे हर घर से कोई पुरुष या नौजवान ही पानी लेने जाता था, पर उस घर में तो लाजो ही थी। बड़ी दादी ने कांता को कह दिया था कि लाजो अकेली न जाए, इसलिए कांता उसके साथ चली जाती थी।

लाजो ने एक हाथ में बिन्ना लिया, दूसरे से घड़ा उठाया, धीरे से दरवाज़ा बन्द किया और कांता के मकान की ओर चली गईं। कांता अभी उठी नहीं थी; पर बड़ी दादी उठकर अपनी पूजा का प्रबन्ध कर रही थी। लाजो को देखकर उसने कहा कि वह स्वयं ही अन्दर जाकर कांता को जगा ले।

"बहन कांता, उठो। जल्दी चलो, नहीं तो सारा पानी समाप्त हो जाएगा।"

कांता ने करवट बदली और चादर से मुंह ढक लिया। शायद उसे यह पता ही नहीं चला कि लाजो उसके बिस्तर पर आ बैठी थी। लाजो ने उसे गुदगुदी करते हुए कहा, "क्या कोई सपना ले रही है? उठ, सब पानी लेने चले गए हैं।"

लाजो ने उसकी चादर ऊपर से हटा दी। आंखें खोलीं तो लाजो को सिरहाने देख आंखें मलती हुई कांता एकदम उठ बैठी।

"ओह, भाभी, तुम आ गईं !"

"उठो, जल्दी करो।" लाजो बोली।

यह भी एक मुसीबत है भाभी ! रात को उठकर इतनी गहरी नींद छोड़ कर अंधेरे में ठोकरें खाते जाओ पानी लेने के लिए।"

"इस उमर में नींद भी तो सपनों से भरी होती है।" लाजो ने चुटकी ली।

"भाभी, उमर तो तुम्हारी भी अभी क्या है?"

कान्ता उठ बैठी थी। लाजो ने उसके कंधे पर प्यार से हाथ रखते हुए कहा, "उमर कुछ भी हो कांता, पर मेरे सपने तो एक ही बार में झुलस गए। देखने से पहले ही गायब हो गए।" गहरी ठंडी सांस लेकर लाजो ने कहा।

कांता उठी, अपने कपड़े व चादर ठीक की, बिन्ना और घड़ा लिया और दोनों बावड़ी की ओर चल पड़ीं। रात अंधेरी थी, रास्ता पत्थरों का था। बेशक रास्ता परिचित था, तो भी संभल-संभलकर चलना पड़ रहा था।

कान्ता लाजो की ननद लगती थी, और ननद छोटी हो तो भी उसे तू कहकर पुकारने की रीति न थी; पर लाजो व कांता इतनी घुल-मिल गईं थीं कि जब वे अकेली होतीं तो प्यार से एक-दूसरे को तू ही कह देती थीं। इतना ध्यान वे ज़रूर रखती थीं कि जब बड़ी दादी सामने हो तो पूरा शिष्टाचार निभाया जाए।

घर से बावड़ी तक का दो फर्लांग का रास्ता अंधेरी रात में तय करने में

समय काफी लग गया। रास्ता सुनसान न था। कई लोग पानी लेने जा रहे थे। प्रातः पांच बजे से पहले जो पानी ले आया, उसे ही पानी मिलता था। जो चूक गया, वह बिना पानी के निर्वाह करता था या पूरे दो मील की यात्रा करके नीचे मौल खड्ड से जाकर पानी लाता था। हर वर्ष गर्मियों में इस गांव को इसी मुसीबत का सामना करना पड़ता था।

मौन भंग करते हुए कान्ता बोली, "भाभी, हमारा जीना भी कोई जीना है ! जहां पीने के पानी की इतनी अधिक किल्लत हो और इस प्रकार बहू-बेटियों को रात के अंधेरे में इस सुनसान रास्ते पर पानी का घड़ा लिए चलना पड़े... सच, ऐसे गांव में रहना भी कोई रहना है?"

"ठीक कहती हो कांता ! तुम तो अब कुछ ही दिन की मेहमान हो, विवाह हो जाएगा तो चली जाओगी। इस झंझट से छूट जाओगी।"

लाजो की बात सुनकर कान्ता के गालों पर लाली उभर आई, पर अंधेरे में उसे लाजो न देख सकी। कान्ता कुछ शरमाती-सी बोली, "पर भाभी, पानी की समस्या तो सभी गांव में लगभग ऐसी ही है। किसी गांव में ही तो जाऊंगी। मुझे कौन-से शहर में ब्याहा जाएगा, जहां घर में लगे नल में से ही पानी निकलता है !"

"घबराओ मत। मैं बड़ी दादी से कह दूंगी कि कांता को ऐसा घर तलाश करें, जहां घर की नाली में से पानी निकल पड़े।" लाजो ने हंसी उड़ाते हुए कहा।

"भाभी, हंसी मत समझो। पिछले वर्ष मैं मासी के घर पालमपुर गई तो देखकर हैरान हो गई थी। उनकी रसोई में ही एक लोहे का नल लगा था। उस नल के आगे एक टोंटी-सी थी, उसके ऊपर पीतल की एक मुट्ठी थी। उस मुट्ठी को घुमाया और पानी निकलने लग पड़ा।"

कान्ता की बात सुनकर लाजो हैरानी में बोली, "हाय मां, यह कैसे होता होगा? शहर के लोगों को कितना मज़ा होता है ! न घड़ा उठाना, न इतना चलना, न रात के अंधेरे में ठोकरें खाते हुए इस प्रकार परेशान होना। पर कांता, वह पानी आता कहां से होगा?"

"मुझे मासी ने बताया था कि पालमपुर के ऊपर धौलाधार पहाड़ के पास एक चश्मे का पानी इकट्ठा करके एक बड़े नल में लाया जाता है, फिर उसे एक

जगह इकट्ठा करके रख दिया जाता है। वहां से छोटी-छोटी नालियों में सबके घरों में पानी पहुंचा दिया जाता है।"

"कितना मज़ा हो, अगर यहां पर भी ऐसा हो जाए !"

"गांव में कौन करेगा ऐसा? गांव की किसे चिन्ता पड़ी है?"

"भाभी, सरकार फौजियों के कल्याण के लिए बड़ी-बड़ी योजनाएं बना रही है। रेडियो में रोज़ इस प्रकार के समाचार आते हैं। पर देखो, जिस गांव ने भाई प्यारचन्द जैसे शहीद दिए हैं, उस गांव को पीने का पानी भी सरकार नहीं दे पाई।"

"मेरे तो जीवन का पानी ही सूख गया कान्ता ! अब घड़े के पानी से उस सूखे पड़े रेगिस्तान में हरियाली आने से रही।"

लम्बा रास्ता तय करके जब दोनों बावड़ी के पास पहुंची तो वहां भीड़ लगी थी। रमेश ध्यानसिंह के साथ झगड़ रहा था।

"सारे गांव का पीने का पानी आपने मकान बनाने के काम लगाकर अच्छा नहीं किया। कई वर्षों से सब इस बात का ध्यान रखते हैं कि गर्मियों में मकान बनाने का काम शुरू न किया जाए। जब पीने तक के लिए पानी नहीं मिलता तो मकान की कच्ची-ईंट, गारा और बाकी प्रयोग के लिए पानी कहां से मिल सकता है?" रमेश क्रोध से बोल रहा था।

ज़रा तुनककर ध्यानसिंह ने कहा, "इस पानी पर मेरा भी उतना ही अधिकार है, जितना आप सबका।"

"बिलकुल ठीक; परन्तु अधिकार बराबर-बराबर है।"

"मैंने कहां सारा पानी ले लिया, थोड़ा-सा ही तो लिया था।

ध्यानसिंह की इस बात पर रमेश गुस्से में आकर बोला, "ध्यानसिंहजी, आप बड़े हैं, मुझे कहते अच्छा नहीं लगता। पर आप इस ब्रह्ममुहूर्त में इतना बड़ा झूठ मत बोलिए। जब मैं आया तो यह बावड़ी बिलकुल खाली थी। रात-भर के पानी से यह प्रतिदिन इतनी भर जाती थी कि प्रातः लगभग सारे गांव को थोड़ा-थोड़ा पानी तो मिल ही जाता था। आखिर यह पानी कहां गया?"

"शायद आज बावड़ी ने स्वयं ही पानी पी लिया होगा।" पास खड़े प्रेम ने ध्यानसिंह की ओर तीखी नज़र से देखकर कहा।

"मैं तो मुश्किल से चार-पांच घड़े पानी ले गया था। मुझे क्या मालूम, बाकी पानी कौन ले गया? तुम नई रोशनी के छोकरे जब चाहो, जिस किसीकी बेइज़्ज़ती कर देते हो। मैं कोई गांव का पानी चोरी करूंगा?"

बावड़ी का रात-भर का इकट्ठा पानी समाप्त हो चुका था। कुछ लोग बिलकुल नीचे उतरकर घड़े भर रहे थे। नीचे के स्रोत से थोड़ा-थोड़ा पानी निकल रहा था। एक घड़ा भरने में कम से कम एक घण्टा लगता था। प्रतीक्षा में लगभग पचास लोग खड़े थे। सबके मुख पर क्रोध की लाली थी, चिन्ता की काली छाया थी। सबसे अधिक चिन्ता थी लाजो को। 'मौल खड्ड' से पानी लाना उसके वश में न था और बिना पानी के घर में काम चलाना भी संभव न था। सब लोग धीरे-धीरे चर्चा कर रहे थे और रात-भर पानी ले जाने वाले को गालियां दे रहे थे। कान्ता व लाजो दूर एक पत्थर पर बैठकर सब सुन रही थीं। प्रातः का प्रकाश अब चमक रहा था।

ध्यानसिंह की सफाई सुनकर प्रेम के क्रोध का बांध टूट गया। वह बोला, "ध्यानसिंहजी, आप जैसे बड़े लोग इतना झूठ बोले, यह शोभा नहीं देता। रात-भर दस मज़दूर लगाकर सारा पानी निकालकर आप अपने मकान के लिए ले गए। मशालें जलाकर सारी रात पानी भरा जाता रहा, अब आप कह रहे हैं कि थोड़ा-सा ही लिया है !"

प्रेम की बात सुनकर पास खड़े लोगों में एक फुसफुसाहट होने लगी। सब ध्यानसिंह की ओर क्रोध से देखने लगे।

रमेश बोला, "यह भी क्या सहकारी समिति है, जो चुपचाप गोल कर दी जाए?"

ध्यानसिंह को जैसे बिच्छू ने काट दिया, "रमेश, तुम आपे से बाहर हो रहे हो। उस दिन स्मारक समिति की बैठक में भी इसी प्रकार किसीने झूठ बकवास कर दिया था।"

"बकवास नहीं किया था, बिलकुल सच बोला था। किसीने नहीं, मैंने ... मैंने। यह देख, मैं भी तुम्हारी रात की करतूत सुनकर आ गया। ध्यानसिंह, तुम्हें कभी प्राण छोड़कर भगवान के पास भी अपना मुंह दिखाना है या नहीं? इतने सारे पापों की गठरी तू उठाएगा कैसे?" दूर एक पत्थर पर खड़े हुए भीखूराम की आवाज़ गरज उठी।

"चाचा, ऐसे आदमी की सूरत भगवान भी कभी नहीं देखेंगे। वह अपने चपरासी को कहकर इसे अन्दर ही नहीं जाने देंगे।" रमेश की बात सुन सबकी हंसी निकल गईं।

भीखूराम फिर गरज पड़ा, "ध्याने, तूने सहकारी समिति का बीस हज़ार रुपया गबन कर दिया। कितने ही गरीबों, हरिजनों व विधवाओं की अमानते तूने फर्ज़ी कागज़ बनाकर खा लीं। जब सारा गांव अपना अधिकार मांगने सरकार के पास गया तो तेरे विरुद्ध पुलिस में केस दर्ज हुआ। तभी चुनाव आ गए। तू रात-रात में खद्दर के सफेद कपड़े पहनकर नेता बन गया। तूने चुनाव में नेताओं की मदद की और बाद में उन्होंने तेरी मदद की। गबन का सारा मामला रफा-दफा हो गया। जिनकी जमा पूंजी तू हड़प गया, वे बरबाद हो गए। अब क्या तुझे यह भी अच्छा नहीं लगता कि इस कड़कती गर्मी में गांव के लोग पीने के लिए एक घड़ा पानी घर ले जाएं? बेईमान, याद रख, इस सरकार के पास कोई सुनवाई नहीं हम गरीबों की, पर उस भगवान के घर में तुझे ज़रूर सज़ा मिलेगी।"

"चाचा, अच्छा किया, आपने इसे सहकारी समिति से निकाल दिया। धन तो सारा गया ही था, यदि यह रहता तो उस सहकारी भवन की दीवारें भी चट कर जाता।" रमेश ने चुटकी ली।

प्रेम गहरी सोच में पड़ा था। फिर बोला, "रमेश, आज हम गांव के सब लोगों की एक बैठक बुलाएंगे। बावड़ी पर पहरा लगाएंगे। सब गांव वालों को एक समय तय करेंगे। सब परिवारों को पानी बांटकर दिया जाएगा। हम इस बावड़ी को सहकारी समिति नहीं बनने देंगे।"

"बहुत अच्छा विचार है प्रेम ! हम सब तुम्हारा समर्थन करेंगे। प्रातः आठ बजे पानी बांटा करेंगे ताकि रात को उठने का सबका झंझट भी समाप्त हो जाए।" भीखूराम ने कहा। सब लोग प्रेम की इस बात से प्रसन्न हुए।

"चाचा, और तो ठीक है, पर यह देखो, कांता और भाभी लाजो घड़े। लेकर खड़ी हैं। बेचारी लाजो अब पानी कहां से लाएगी? घर में और कोई नहीं। यह मौल खड्ड तक कैसे जा सकती है?" रमेश ने चिन्ता प्रकट की।

"इस बेईमान ध्यानसिंह का बेड़ा..." भीखूराम के ये शब्द सुनने के लिए ध्यानसिंह वहां नहीं था, वह पहले ही खिसक गया था।

लाजो सचमुच बहुत चिन्तित थी। यहां पर खड़े-खड़े दो घण्टे हो गए थे। इस बीच मुश्किल से तीन-चार घड़े ही भरे गए थे। पानी बहुत थोड़ा निकल रहा था। नीचे की सीढ़ी पर जाकर लोग बैठे हाथ में छोटी कटोरी लेकर थोड़ा-थोड़ा पानी घड़े में डालते। लगभग पचास घड़े अभी भी लाइन में लगे थे।

प्रेम ने रमेश को इशारा किया और दोनों उस तरफ गए, जहां लाजो व कान्ता खड़ी थीं। प्रेम बोला, "कान्ता, तुम इन्हें लेकर घर जाओ। अपने घड़े यहां रख दो। मैं रमेश और नीचे मौल खड्ड से घड़े भरकर थोड़ी देर में तुम्हारे घर छोड़ आएंगे।"

"नहीं भाई, नहीं। आपको इतना कष्ट क्यों?' कान्ता ने हिचकिचाहट दिखाई।

"कान्ता, इसमें कष्ट ही क्या है ! तुम वैसे भी कुछ दिन की मेहमान हो, विवाह हो जाएगा तो चली जाओगी। कुछ सेवा ही कर ले।" कहते हुए रमेश ने कांता के हाथ से घड़ा छीन लिया।

विवाह की बात सुन, "धत्त तेरे की !" कहकर कान्ता ने दुपट्टा मुंह पर ले लिया। उसका मुंह लज्जा से लाल हो उठा।

लाजो घूंघट में सकुचाई चुपचाप खड़ी थी। वह घूंघट के एक किनारे से प्रेम को देख रही थी। प्रेम थोड़ा आगे बढ़ा और बोला, "भाभीजी, आप घड़ा मुझे दे दें।" और उसने घड़ा पकड़ने के लिए ज्योंही हाथ बढ़ाया, उसका हाथ लाजो की कोमल उंगलियों से लगकर झनझना उठा। उसे एक अभूतपूर्व सनसनी-सी अनुभव हुई। सारे शरीर में मानो बिजली-सी कौंध गईं।

रमेश व प्रेम पत्थरों के टेढ़े-मेढ़े रास्ते से पानी लेने नीचे मौल खड्ड की ओर चले गए। कुछ लोग प्रतीक्षा में वहीं खड़े रहे। लेकिन बहुत-से घड़े उठाकर मौल खड्ड की ओर चल पड़े।

वापसी पर रमेश घड़ा लेकर कान्ता के घर चला गया और प्रेम लाजो के घर गया। उसे देखते ही बाहर बरामदे में बैठा सुमेरचन्द बोल पड़ा, "अरे प्रेम,

घड़ा लेकर तुम आए हो !" अपने हुक्के से मुंह हटाकर सुमेर ज़ोर से हंसा और फिर बोला, "लाजो को बिना घड़े के आया देख मैंने समझा कि वह घड़ा तोड़ आईं है। मैंने उसे पूछा भी, पर वह क्या बात करती ! उसने सिर हिलाया, मैंने समझा कि घड़ा टूट गया है।"

प्रेम रसोई में घड़ा रखकर बाहर निकलने लगा। तभी धीमी आवाज़ आईं, "ऐसे न जाएं, मैं चाय बना रही हूं।" प्रेम कुछ रुका, चूल्हे के पास बैठी लाजो को उसने देखा। चूल्हे में जलती लकड़ियों के प्रकाश में पतले घूंघट में लाजो का गोरा चेहरा झलक रहा था। वह बाहर आकर सुमेर के पास बैठ गया।

"तो आपने समझा कि पानी तो क्या, घड़ा भी गया?" प्रेम ने मुस्कराते हुए कहा।

"बिलकुल यही। खाली हाथ देख यही तो अन्दाज़ा लगा सकता था। यह घड़ा तुम कैसे लाए?" सुमेर ने पूछा। प्रेम ने सारी बात कह सुनाई।

"शाबाश बेटा ! तुम सचमुच बड़े परोपकारी हो। झतना ध्यान रखते हो। सचमुच आज हम पानी के बिना परेशान हो जाते।" बूढ़े की आंखों में कृतज्ञता के आंसू आ गए।

"बाबाजी, इसमें क्या परोपकार है, यह तो हमारा कर्तव्य है। मुझे तो कुछ भी काम करके खुशी होती है।" प्रेम ने कहा।

प्रेम फिर बोला, "बाबाजी, यह भी कैसा रिवाज है कि बहू अपने ससुर से कोई ज़रूरी बात भी नहीं कर सकती?"

"बेटा प्रेम, तुम ठीक कहते हो। देखो, अब इस घर में लाजो और मैं ही हैं। हम भी आपस में बात नहीं कर सकते। कई बार बड़ी मुश्किल होती है। आज ही, जब तक तुम नहीं आए थे, मैं यही समझता रहा कि घड़ा ही टूट गया।"

"बाबाजी, इन पुराने रिवाजों को अब ज़ंग लग गया, इनकी सफाई ज़रूरी है।"

"बात तो ठीक है बेटा, पर कुल की रीत जो चली आईं है।"

"रीति तो हमारे लिए है। रिवाज की परम्परा समाज के लिए होती है।

समाज रीतियों के लिए नहीं होता। जिस रिवाज में कोई लाभ नहीं, कोई औचित्य नहीं, उस रिवाज से चिपटे रहने में क्या लाभ है?"

"दलील तो तुम्हारी सोलह आने सही है, पर फिर भी बड़े पुरखों ने जो भी बातें कहीं और चलाई, उन सबमें कुछ न कुछ तत्त्व तो है ही।" सुमेरचन्द हुक्के को गुड़गुड़ाते हुए बोला।

"नहीं बाबाजी, सबमें नहीं है। इतना ही है कि बहू ससुर का आदर करे, सामने आकर ऊंची आवाज़ न बोले, पर इसका अर्थ यह नहीं कि वह कभी बात ही न करे।"

"बेटा ! स्त्री जाति की थाह नहीं होती। यदि उसे थोड़ी-सी भी छूट दी जाए तो वह न जाने कहां पर चली जाए। इसलिए हमारे बुज़ुर्गों ने ये सब नियम बनाए थे।"

"बाबाजी, ऐसा नहीं है। दुनिया के सब बड़े-बड़े पाप परदे में होते हैं। परदा पुण्य को नहीं, बल्कि पाप को ढकता है। पवित्रता छुपकर नहीं रहती। हमारे देश में मुसलमानों के समय परदे की प्रथा आई। उससे पहले वेद, रामायण, महाभारत-काल की स्त्रियां बिलकुल परदा नहीं करती थीं, तो क्या उस समय स्त्रियां पवित्र नहीं थीं? मेरा विश्वास है, आज से अधिक पवित्र थीं।"

इतने में लाजो सिर से पैर तक एक गुड़िया की तरह लिपटी, लम्बा घूंघट खींचे एक थाली में दो पीतल के गिलास रखे, धीरे-धीरे आई। गिलास नीचे रखने के लिए उसने धीरे से थाली बायें हाथ में थाम ली और दायें हाथ से एक गिलास पकड़ नीचे रखने लगी। घूंघट काफी लम्बा था। घूंघट का एक सिरा अपने दांतों में दबाया ताकि घूंघट का एक कोना वनकर उसे नीचे दिखाई दे, पर उसे ठीक से दिखाई नहीं दिया। दायें हाथ में गिलास पकड़ा। गर्म चाय से गिलास भी गर्म हो गया था। वह ज्योंही गिलास नीचे रखने लगी, सुमेर के हुक्के से उसका हाथ टकराया और गिलास नीचे गिर गया। दायें हाथ का गिलास नीचे गिरते ही उसका बायां हाथ भी कांपा और थाली नीचे गिर गई। गर्म चाय कच्चे फर्श पर फैल गई। कुछ छींटे सभी पर पड़े, पर लाजो का पांव तो पूरा झुलस गया। वह शर्म व डर से भयभीत हो भागकर रसोई में जाकर बैठ गई।

"देखा बाबाजी, अभी फैसला हो गया। यह घघट कितना खतरनाक है ! शुक्र है कि गर्म चाय आपपर नहीं पड़ी।" कुछ मुस्कराते हुए प्रेम ने कहा।

"मुझे लगता है, लाजो के पैर ज़रूर झुलस गए होंगे।" कहते हुए सुमेर ने लाजो को आवाज़ लगाई; पर वह रसोई में जाकर दोबारा चाय बनाने लग गईं थी।

"प्रेम, यह मुझसे तो कुछ बोलेगी नहीं, तुम ही अन्दर जाकर पूछो, कहीं लगी तो नहीं पैर ज़्यादा तो नहीं झुलस गया !" सुमेर के कहने पर प्रेम रसोई में गया तो उसने देखा, लाजो अपने पैर की जली जगह पर कुछ लगा रही थी।

"भाभीजी, आपने तो चाय पिलाने को कहा था; पर आप तो चाय से नहलाने लग पड़ीं।" प्रेम की इस बात से लाजो की हंसी निकल गईं। उसने अपने मुंह को दुपट्टे से ढक लिया।

"बाबाजी पूछ रहे हैं, क्या आपका पैर झुलस तो नहीं गया?" प्रेम के पूछने पर लाजो चुप रही।

"यह पैर पर क्या लगा रही हो? लगता है, पैर जल गया है। चाय गरम भी काफी थी।" प्रेम कहकर उत्तर की प्रतीक्षा में खड़ा रहा, पर लाजो दुबकी-सी चुप बैठी रही। अब प्रेम ने पास आकर देखा कि लाजो पैर में कोई चीज़ लगा रही है। एक शीशी में कुछ सफेद-सा पानी था।

"मुझे बाबाजी को उत्तर देना है। इसलिए आज आपको बोलना पड़ेगा। आप ससुरजी से घूंघट करें, पर मेरे साथ भी नहीं बोलतीं, यह तो ठीक नहीं।"

तब धीरे से आवाज़ आईं। ऐसा लगा, लाजो नहीं, बल्कि घूंघट ही बोल रहा हो, "साधारण-सी लगी है। मैंने हींग लगा ली है, ठीक हो जाएगा।" और फिर अपना दुपट्टा संभालते हुए लाजो ने कहा, "आपपर भी तो गरम चाय गिरी है, मुझे क्षमा कर दें।"

"नहीं-नहीं, मुझे तो बिलकुल नहीं लगी, पर आज जाऊंगा चाय पीकर ही।" कहकर प्रेम बाहर चला गया। उसने बता दिया कि साधारण जलन हुई है और हींग लगा ली है। गांव में इस प्रकार जल जाने पर हींग का पानी ही

लगाया जाता था।

थोड़ी देर में लाजो फिर आईं और चाय के दो गिलास रखकर चली गईं। चाय पीकर प्रेम अपने घर चला गया।

उसी दिन सायंकाल सारे गांव में सूचना दे दी गईं कि 'नौजवान सभा' की ओर से बावड़ी के पानी के बराबर वितरण का प्रबन्ध किया गया है। प्रातः आठ बजे सब अपने-अपने घड़े लेकर आएं, उससे पहले कोई न आए। रात को रमेश व प्रेम ने मिलकर दो नवयुवकों को बावड़ी पर पहरे पर तैनात कर दिया। वे अपनी चारपाइयां और बिस्तर ले कर वहां रात-भर सोए।

दूसरे दिन प्रातः जब कान्ता और लाजो बावड़ी पर पहुंचीं, तो काफी पानी था। प्रेम अपने हाथ में एक सूची लेकर बाहर खड़ा था। उसमें सारे गांव के सब परिवारों के नाम थे। प्रत्येक परिवार के सदस्यों व उनके पशुओं का ठीक हिसाब लगाकर पानी की मात्रा तय कर दी गईं थी। प्रेम नाम पुकारता था और उस परिवार के लोग आगे जाकर पानी भरकर सीधे घर चले जाते थे।

"बड़ी" दादी के घर के तीन घड़े।" रमेश ने आवाज़ लगाई तो कान्ता आगे आ गईं, बोली, "रमेश भाई, तीन घड़े ! आज क्या बावड़ी में पानी अधिक हो गया?"

"क्यों?" रमेश ने पूछा। "तीन घड़े तो हमने कभी नहीं भरे।" कान्ता ने विस्मय से पूछा।

पास खड़े भीखूराम ने भी कहा, "रमेश, मैं प्रतिदिन मुश्किल से दो-तीन घड़े पानी ले पाता था। आज तुमने मुझे भी पांच घड़े दिए। हैं। इतना पानी कहां से आ गया?"

"चाचाजी, आया कहीं से नहीं, पानी तो वही है। बस, एक व्यवस्था कर दी। सबको बराबर मिल रहा है। पहले कई अधिक ले जाते थे, किसीको कम मिलता था और कुछ को मिलता ही नहीं था। जब किसी वस्तु की कमी होती है तो संग्रह की प्रवृत्ति हो जाती है।" रमेश ने बात साफ करते हुए कहा।

"कितना भी दो भाई रमेश, मुश्किल से पीने, रोटी बनाने और पशुओं हैं

का गुज़ारा ही है। न तो नहाया जा सकता है, न कपड़े ही धोए जा सकते हैं।" राजेश बोला।

"अरे, अब भारत आज़ाद है, नहाने की क्या जरूरत है? कौन-से मलेच्छ छू जाएंगे हमें?" भीखूराम ने मुस्कराकर कहा।

प्रेम से न रहा गया, "चाचाजी, राजेश ठीक कहता है। गर्मियों में हम कभी घर में नहा नहीं सकते। नहाना हो तो दो मील मौल खड्ड में जाओ। मेरी लंगड़ी मां कपड़े धोने के लिए इतनी ऊंचाई उतरकर नीचे खड्ड में जाती है। समझ में नहीं आता, पानी का प्रबन्ध भी क्यों नहीं हो सका?"

"भाई प्रेम, आदमी चांद की चट्टान की मिट्टी तक आठ दिन में लेकर चला आया, पर इन उन्नीस वर्षों में कुछ फर्लांग पर बहता यह पानी गांव तक नहीं पहुंचाया जा सका। हवा तो भगवान ने ही दी है। यह पानी का प्रबन्ध ही तो सरकार को करना था। गांव के हम सब भोलेभाले लोग पानी को कितना तरसते हैं! इसका किसीको कुछ भी पता नहीं।" रमेश ने बड़े दुःख के साथ कहा।

"सरकार पानी तो दे नहीं सकी, यदि हवा भी सरकार ने देनी होती तो क्या होता?" प्रेम ने हंसते हुए पूछा।

"तो न जाने अब तक कितने लोगों की हवा खिसक गईं होती!" रमेश ने चुटकी ली।

बारी-बारी से सब अपने हिस्से का पानी लेते जा रहे थे और यह चर्चा भी हो रही थी।

"असली बात यह है कि सरकार शहर वालों की है। गांव वाले न प्रशासन में हैं, न विधानसभा में। इसीलिए आज़ादी के बाद शहर जगमगाते गए और गांव बुझते गए। कभी शहरों में जाओ तो घर-घर में नल का पानी, बिजली, पक्की सड़कें, रात को हर गली में जगमगाता हुआ प्रकाश दिखाई देता है। आज़ादी आईं तो बस शहरों में। जैसे गंगा स्वर्ग से उतरकर शिव की जटाओं में फंस गईं थी, उसी प्रकार आज़ादी भी शहरों में फंसकर रह गईं है।" कहते हुए प्रेम ने सूची में से अगला नाम पुकारा।

"तो भाई, फिर कोई भागीरथ तैयार करें, जो इस आज़ादी की गंगा को

शहरों की जटाओं से निकाल गांव की भूमि पर भी प्रवाहित कर सके।" कान्ता ने भी धीरे से चर्चा में शामिल होना चाहा।

"कान्ता, तुम्हारा भागीरथ तो बस आ ही रहा है। तुम्हें लेकर चला जाएगा। हम इतनी अच्छी बहन से भी वंचित हो जाएंगे।"

रमेश की बात सुन शर्म से मुंह मोड़े, 'धत तेरे की !' कहती हुई कान्ता एक तरफ हो गईं। फिर धीरे से पास आकर बोली, "भाई, आप बहुत खराब हैं। सबके सामने मुझे छेड़ते रहते हैं। मैं बड़ी दादी को कह दूंगी।"

"नहीं कान्ता ! बड़ी दादी से नहीं कहना। मेरी पिटाई हो जाएगी। पता नहीं क्या बात है, ज्योंही तुम दिखती हो, तुम्हें चिढ़ाने का दिल करता है। जब तक दो-चार 'धत तेरे की' न सुन लू, बस चैन ही नहीं आता।"

अब तक लाजो को भी तीन घड़े पानी मिल चुका था। सब घड़े भरकर एक तरफ रख दिए थे और एक एक घड़ा उठाकर कान्ता व लाजो घर की ओर चली गईं।

दो घटों में सब गांव वालों को बराबर पानी मिल गया। सब बहुत सन्तुष्ट थे। प्रेम व रमेश के इस उद्योग की सभी प्रशंसा कर रहे थे। विशेषकर वे स्त्रियां, जिन्हें रात के अंधेरे में ठोकरें खाते हुए एक घड़े पानी के लिए इतनी दूर आमा पड़ता था। अब बहुत ही राहत अनुभव हो रही थी। ध्यानसिंह पानी लेने ही न आया। उसे डर था कि उसे फिर जली-कटी सुनाई जाएगी। नवयुवक बारी-बारी बावड़ी पर पहरा देते और निश्चित समय पर सबको बराबर पानी बांट देते थे।

५

दिन-भर का थका सूर्य अपने घर की ओर प्रस्थान कर रहा था, मानो पीले रंग का तौलिया कंधे पर रख अब सूर्य ने दुनिया की ओर पीठ कर ली थी। छोटे बच्चे जंगल की ओर से पशुओं को लेकर घर लौट रहे थे। कुछ

के सिरों पर लकड़ी के छोटे-बड़े गट्ठर थे। दिन-भर पशुओं को जंगल में घास चराते, साथ में लकड़ी काटते और उन्हें घर ले आते थे।

दूर पहाड़ी से बांसुरी की मधुर धुन गूंज रही थी। रमेश ने बी० ए० पास कर लिया था, पर कहीं नौकरी न मिली थी। वह भी अपने घर की गायों और भैंसों को लेकर जंगल चराने चला जाता। वह बांसुरी बजाते हुए जाता था और बांसुरी बजाते हुए वापस आता था। शाम को जब दूर से बांसुरी की धुन सुनाई देती तो सब समझ जाते कि रमेश वापस आ रहा है।

लाजो भी सायंकाल के काम में व्यस्त थी। गऊ व बछड़े को उसने बाहर से खोला और अन्दर घराल में बांध दिया। दूध दुहा, गाय को पानी पिलाया, घास सामने रखा, फिर आंगन में रखी हुई 'चंगेरी'[१] को उठाकर अन्दर रखने लगी। उस 'चगेरी' में दाल की बड़ियां सुखाने के लिए रखी हुई थीं। तभी उसने देखा कि सुमेरचन्द बाहर बरामदे में आकर बैठ गया। वह एकदम गईं और उसके हुक्के को उठाकर लाई। हुक्का सुमेर चन्द के सामने रखा, चिलम उठाई और रसोई में चली गईं। चिलम में तम्बाकू भरा, ऊपर आग रखी और बाहर आकर विलम हुक्के पर रख दी। सुमेरचंद ने हुक्का गुड़गुड़ाना शुरू कर दिया।

तभी सामने से प्रेम के साथ कुछ अपरिचित लोग इस तरफ आए। सुमेरचन्द प्रेम के अतिरिक्त किसी को पहचान न सका। एकदम हाथ जोड़ खड़ा हो गया, आवाज़ लगाई, "लाजो, बैठने को चारपाई दे।"

लाजो बाहर आईं। लम्बा घूँघट निकालें दूसरे बरामदे से चारपाई उठाकर सामने रखी तो घूंघट अटक गया। प्रेम ने एकदम जाकर चारपाई उसके हाथ से ली और सामने रख दी। लाजो एक दरी ले आईं। उसे चारपाई पर बिछा दिया। इसी प्रकार एक चारपाई और लाई गईं और सबको बिठा दिया गया। गांव में बांस की लकड़ी तथा बाण की बुनी हई चारपाइयां ही एकमात्र फर्नीचर था। अतिथियों का स्वागत करने के लिए उनपर दरी बिछा दी गईं, यही उनका सोफासेट था।

प्रेम ने सबका परिचय देते हुए कहा, "बाबाजी, यह पिताजी के पास

---

१. बांस की बनी हुई चौड़ी टोकरियां, जिनमें चीज़ धूप में सुखाई जाती हैं।

आपको पता पूछने आए थे। पिताजी ने मुझे इनके साथ भेज दिया।"

सुमेरचन्द ने बुढ़ापे के बोझ से झुकी पलकें उठाकर उन नवागन्तुकों को देखा। एक सज्जन तो खद्दर के सफेद प्रैस किए कपड़े पहने कोई बड़ा नेता लग रहे थे। उनके सिर पर सफेद टोपी के दो नोकदार कोने पृथ्वी के उत्तरी व दक्षिणी ध्रुवों की तरह सुशोभित थे। दूसरे पैंट-कोट पहने कोई सरकारी अधिकारी लग रहे थे। एक उनका सहायक व एक शायद चपरासी था।

"सुमेरचन्द आपका ही नाम है?" कोट-पैंट पहने सज्जन ने पूछा।

"यही हैं सुमेरचन्द—श्री प्यारचन्द शहीद के पिता..." प्रेम ने उत्तर दिया।

वही सज्जन फिर बोले, "सुमेरचन्दजी, यह कांग्रेस के बड़े नेता हैं। श्री सोहनलालजी। ये संसदीय सचिव हैं। मैं ज़िलाधीश हूं। आपके शहीद पुत्र के प्रति अपनी श्रद्धांजलि देने आए हैं।"

एक गहरी, ठंडी सांस छोड़कर सोहनलालजी बोले, "सुमेरचन्दजी, क्षमा करना। मुझे आपके पास आने में देर हो गई। मैं बहुत पहले आपके पास आकर शोक प्रकट करना चाहता था, पर क्या किया जाए ! पिछले दिनों बहुत अधिक व्यस्त रहा। जब आने की योजना बनाता तो कोई न कोई झंझट खड़ा हो जाता था। पिछले ही सप्ताह आ रहा था, तभी ताशकन्द में प्रधानमन्त्री श्री शास्त्रीजी की मृत्यु हो गई। मुझे तुरन्त दिल्ली जाना पड़ा। मैं विलम्ब के लिए क्षमा चाहूंगा।"

"चलो, ताशकन्द-समझौता तो हो गया, बेशक हमने शास्त्रीजी को खो दिया।" प्रेम ने बीच में कह डाला। अब तक पास के दो-तीन पड़ोसी भी आ गए थे। रमेश भी एक तरफ आकर बैठ गया था।

"हां, ताशकन्द-समझौता शास्त्रीजी की भारत को सबसे बड़ी देन है।" सोहनलालजी स्वाभिमान से बोले।

"और शास्त्रीजी ताशकन्द-समझौते का सबसे बड़ा बलिदान।" रमेश ने बात पूरी कर दी। सोहनलालजी ने उसकी ओर तीखी नजर दौड़ाई, फिर सुमेर की ओर देखने लगे।

प्रेम ने कहा, "बाबाजी, यह उसी समझौते की बात कर रहे हैं, जिसकी

खबर हम सबने रेडियो में सुनी थी। उस समझौते के अनुसार भारत द्वारा जीते हुए सभी इलाके पाकिस्तान को वापस कर दिए गए थे।"

"हाजीपीर भी?" आंखें निकालकर सुमेरचन्द ने पूछा।

"हां, सुमेरचन्दजी, हाजीपीर भी वापस कर दिया। भारत सरकार सदा शांति के लिए प्रयत्न करती रही है। हम युद्ध क्हीं चाहते। हम पाकिस्तान के साथ मित्रता चाहते हैं, इसीलिए भारत ने यह उदारता दिखाई कि जितने भी इलाके जीते थे, वे सब वापस कर दिए।" सोहनलाल ने बड़े गर्व से कहा।

"भारत सरकार ने उदारता दिखाई, और सुमेरचन्दजी ने उस उदारता की कीमत चुकाई।" रमेश बोल पड़ा।

"क्या मतलब?" सोहनलाल ने विस्मय से पूछा।

"आप नहीं जानते सोहनलालजी !" अपनी गीली आंखों का गीलापन छुपाते हुए सुमेरचन्द ने फिर कहा, "बेटा प्रेम, अन्दर जाओ और लाजो को कहो कि जो पत्र प्यारचन्द के कमांडिंग ऑफिसर का आया था, उसे तलाश करके ले आए।" प्रेम अन्दर चला गया।

सोहनलाल ने बात शुरू की, "सुमेरचन्दजी, आपने देश के लिए बहुत बड़ा बलिदान दिया है। हमें यह जानकर और भी दुःख हुआ कि प्यारचन्द आपका इकलौता बेटा था। वह आपके बुढ़ापे की एकमात्र लाठी थी। सचमुच आपके साथ तो बहुत अन्याय हुआ है।"

बात अधूरी देख जिलाधीश ने कहा, "और प्यारचन्द का विवाह भी कुछ दिन पहले हुआ था। उसकी यह नई दुलहन भी अब..."

"ओह, भगवान ! कितना बड़ा आघात है ! सुमेरचन्द जी, आप जैसों के बलिदान से ही देश की इज़्ज़त व आबरू बची है। करोड़ों लोगों के सुख के लिए कुछ के परिवार बरबाद होते हैं। आप धन्य हैं। देश इस बलिदान को कभी भी भूल नहीं सकेगा। मैं सरकार व सबकी ओर से आपको शोक प्रकट करने आया हूं, और उस शहीद के पिता को प्रणाम करने आया हूं।"

सुमेरचन्द की आंखों की नमी अब गहरी हो गईं थी। आंखों के ऊपर की झुर्रियों को कुछ सिकोड़ता-सा वह बोला, "मैं आपका धन्यवादी हूं। आपने इतना कष्ट किया। मेरा दुःख घटाने की कोशिश की। मैं आपका व

आपकी सरकार का दिल से धन्यवाद करता हूं।"

तभी प्रेम एक पत्र लेकर बाहर आ गया। पत्र एक लिफाफे में था। उसने वह लिफाफा सुमेरचन्द को दिया। ज्योंही उसने लिफाफे से पत्र निकाला, प्यारचन्द का एक फोटो नीचे गिर गया। इस फोटो को लाजो ने संभालकर रखा हुआ था। इसे देखते ही सुमेरचन्द का कलेजा जैसे बाहर आ गया। पुत्र की याद ताज़ी हो गईं। दिल का घाव फिर हरा हो गया। सारा दिल पानी बनकर आंखों से बह उठा। कन्धे पर रखा परना वह बार-बार आंखों पर मलता था। पर मोटे खद्दर का वह परना भी उसकी आंखों की बरसात को सोख न पा रहा था। फोटो देख सब समझ गए थे। प्रेम ने फोटो उठा लिया। सुमेरचन्द को पकड़ाकर कहने लगा, "बाबाजी, चुप हो जाओ। प्यारचन्द एक शहीद है; वह मरा नहीं, अमर हो गया है। एक शहीद का पिता इस प्रकार रोता हुआ अच्छा नहीं लगता।"

साथ के कमरे के दरवाज़े के पीछे लाजो भी सब देख-सुन रही थी। फोटो को गिरते उसने देखा तो उसके दिल का बांध भी टूट गया था।

सुमेरचन्द संभला। फोटो उसने प्रेम को दे दिया। प्रेम फोटो लेकर अंदर चला गया और लाजो को दे दिया।

सुमेरचन्द ने कमांडिंग ऑफिसर का वह पत्र निकाला और निशान लगी जगह को दिखाते हुए सोहनलाल को कहा कि वह इस पत्र को पढ़े। सोहनलाल को कुछ समझ नहीं आया कि बूढ़ा क्या कहना चाहता है। उसने पत्र पढ़ना शुरू किया :

"...मैं यह कहे बिना नहीं रह सकता कि प्यारचन्द मरा नहीं, बल्कि देश के लिए शहीद होकर सदा-सदा के लिए अमर हो गया है। यदि वह उस दिन जीवन पर खेलकर ठीक समय पर ठीक दिशा में हाजीपीर की चौकी पर अपनी हिम्मत व बुद्धि का कौशल न दिखाता, तो हाजीपीर की चौकी हमारे पास न आती। और यदि इस चौकी पर हम अपना कब्ज़ा न कर पाते तो शायद हमारी सेना के पैर ही वहां से उखड़ जाते। प्यारचन्द ने अपनी शहादत के लाल लहू से जिस हाजीपीर की चौकी को शत्रुओं से जीता है, उसपर लहराता हुआ भारत का राष्ट्रीय झंडा आज भी प्यारचन्द की

कुर्बानी की गवाही दे रहा है, और सदा देता रहेगा। यही वह झंडा है, जिसे शत्रु की गोली लगने के समय भी प्यारचन्द ने अपने हाथ में थाम रखा था। जब तक प्यारचन्द के प्राणों से जीती हाजीपीर की यह ज़मीन रहेगी, तब तक उस शहीद को कौन भूल सकता है...!"

ज्यों-ज्यों पत्र पढ़ा जा रहा था, सुमेर का दिल गहरे दर्द से भरता जा रहा था। उसकी आंखें फिर बरसनी शुरू हो गईं थीं। हाजीपीर का नाम सुनकर तो वह फट-फूटकर रो पड़ा। उसे लग रहा था, जैसे घने जंगल में खोया हुआ बालक तड़प-तड़पकर छटपटा रहा हो। सबकी आंखों में आंसू थे। गले भर गए थे। प्रयत्न करने पर भी शब्द बाहर नहीं आते थे। कमरे के अन्दर घूंघट की ओट में लाजो भी रो रही थी। प्यार चन्द का फोटो उसकी कांपती हथेली में रखा था।

कुछ देर मौन छाया रहा। प्रेम ने सुमेरचन्द के कन्धे पर रखे परने से उसकी आंखें पोंछीं। उसने कुछ बोलना चाहा, पर वह बोलने की हिम्मत न जुटा पाया।

हिम्मत जुटाकर गला साफ करते हुए ज़िलाधीश ने कहा, "सुमेरचन्दजी, आपके दिल पर जो बीती है, उसे शब्दों में प्रकट नहीं किया जा सकता। आप सच्चे हैं, पर अब रोने से कुछ भी नहीं होगा। आप तो बुज़ुर्ग हैं, सयाने हैं, आपको गर्व होना चाहिए कि आप एक शहीद के पिता हैं। अब और कोई चारा नहीं, आप धैर्य धारण करें।"

सुमेरचन्द अब पूरी तरह संभल गया था। परने से आंखों की नमी को भी उसने पोंछ दिया और बोला, "जनाब, यह मत समझिए कि मैं हिम्मत हार बैठा हूं। मैं भी फौज में रहा हूं। हमारा परिवार ही फौजियों का है। आपको यह सुनकर आश्चर्य होगा कि मेरे दादा भी फौज में थे और १९१४ की लड़ाई में मारे गए थे। मेरे पिता और चाचा भी फौज में ही थे। जब कोई सेना में भरती होता है तो वह यह तो सोच ही लेता है कि कभी भी शत्रु की गोली छाती पर लग सकती है।" सुमेर दोनों घुटनों पर हाथ रखकर बड़े धैर्य से बोल रहा था। सब उसकी बात बड़े ध्यान से सुन रहे थे।

बाहर से आए हुए उन लोगों की ओर प्रश्न-भरी नज़रें दौड़ाकर सुमेर चन्द ने फिर बोलना शुरू किया, "परन्तु मैं एक सवाल पूछना चाहता हूं।

देखिए, मैं अस्सी साल की आयु का हूं। मौत का इन्तज़ार कर रहा हूं। मेरा और कोई नहीं, बस यही प्यारचन्द मेरा एकमात्र सहारा था, वह चला गया। और वह देखो, इस दरवाज़े के पीछे प्यारचन्द की विधवा...। जिस दिन प्यारचन्द को सेना में बुलाया गया, उस दिन विवाह हुए केवल तीन दिन हुए थे। इसके हाथों में मेहंदी अभी पीली थी, चूड़े का रंग लाल था, मांग का सिन्दूर अभी ताज़ा ही था। उसके लाल कपड़ों की लाली अभी चटक भी न पाई थी कि यह विधवा हो गईं। मैं कुछ दिन का मेहमान हूं। मेरे मरने के बाद इस बेचारी का क्या होगा? आज इसकी आयु केवल सोलह वर्ष है। सारी ज़िन्दगी इसके सामने पड़ी है। एक अंधेरा है..."एक काली रात है... एक कभी भी समाप्त न होने वाला मातम है। यह किसके सहारे, किसके लिए...किसके इन्तज़ार में जिएगी...यह क्यों जिएगी, कैसे जिएगी...?"।

उसकी आंखें बरसना चाह रही थीं। उसने गले का पानी निगला, आंखें पोंछी। सब चित्रलेखे-से उसकी बात सुन रहे थे। प्रेम व रमेश हैरान थे कि आज सुमेरचन्द में इतने बोलने की शक्ति कहां से आ गईं है।

"सुमेरचन्दजी, आप हमसे कोई सवाल पूछना चाहते थे?" सोहनलाल बात समाप्त करना चाहते थे।

"पूछ रहा हूं, वही पूछ रहा हूं—मेरा घर बरबाद हो गया। मेरे बुढ़ापे की लाठी टूट गईं। यह सब कुछ हो गया है। मैं सोचता हूं, यह सब किसलिए ...मेरा सवाल यह है कि यदि वह हाजीपीर की चौकी फिर से पाकिस्तान को वापस करनी थी तो फिर मेरा प्यारचन्द वहां शहीद क्यों करवाया गया? उसका खून क्यों बहाया गया? इस घर की सब खुशियों को क्यों मिट्टी में मिलाया गया? कमांडिंग ऑफिसर ने पत्र में लिखा था कि जब तक हाजीपीर की धरती रहेगी, तब तक...पर वह तो रही नहीं, फिर मुझे इस आयु में यह अंधेरा, यह वीरान, यह श्मशान की तरह की ज़िंदगी क्यों दी गईं? मुझे इसका जवाब दें। आप नहीं दे सकते तो दिल्ली के नेताओं को कहो कि मुझे इसका जवाब दें। यदि मुझे इस सवाल का जवाब न मिला तो मैं आराम के साथ शरीर भी नहीं छोड़ सकूंगा..."

सुमेर कहता-कहता लुढ़क गया। उसे बेहोशी आ गईं थी। रमेश

अन्दर दौड़ा। प्रेम ने उसे संभाला। पानी लाकर उसकी आंखों पर छिड़का गया। उधर लाजो भी बिलख-बिलखकर रो रही थी। पर तब तक कान्ता व बड़ी दादी ने उसे संभाल लिया था। कमरे के अन्दर व बाहर शोक का गहरा कोहरा छाया हुआ था। थोड़ी देर बाद सुमेर को होश आ गया। उसे वहीं लिटा दिया गया।

सुमेरचन्द के प्रश्न का किसी के पास कोई भी उत्तर नहीं था।

बड़ी दादी ने चाय का प्रबन्ध किया। आए अतिथियों को चाय पिलाई। सहानुभूति के शब्द फिर से कहे गए। जब वह जाने लगे तो रमेश बोला, "ज़िलाधीश महोदय, आप इनकी सहायता की बात करते हैं! पर हालत यह है कि इन्हें शहीद के नाम पर मिलने वाला सरकारी अनुदान भी अभी तक नहीं मिला। एक विशेष अधिकारी यहां आए थे। हमें पता लगा कि वे धन देने के लिए यहां आए थे। लाजवन्तीजी को बुलाया गया, उनके हस्ताक्षर करवा लिए गए, पर उन्हें धन नहीं दिया गया। उन्हें पालमपुर बुलाया गया। जब वे पालमपुर गईं तो पता लगा कि वे अधिकारी कहीं दौरे पर गए हैं। एक बार फिर बुलाया गया और फिर उन्हें टरका दिया गया। एक शहीद की विधवा के साथ इस प्रकार का व्यवहार हो रहा है।"

ज़िलाधीश यह सुनकर चकित हो गया। अपने पी० ए० को सारी बात नोट करवाई और तुरन्त सहायता पहुंचाने का आश्वासन देकर अन्य लोगों के साथ बाहर निकल गया।

६

सुमेरचन्द अन्दर जाकर बिस्तर पर लेट गया। लाजो भी ओबरी में पड़ गईं। कान्ता और बड़ी दादी भी अपने घर चली गईं। उस घर के एक कमरे में एक तरफ बुढ़ापा सिसक रहा था और अन्दर की छोटी कोठरी में युवा वैधव्य सिर धुन रहा था।

लाजो उठी, पर उसका जैसे दिल ही टूट गया था। वह अनमनी-सी घर

के काम समेटने लगी। गऊ को दुहा, बछड़े को दूध पिलाया, उनके घास-पानी का प्रबन्ध किया। बाहर आंगन व बरामदे में रखी सब वस्तुएं अन्दर रखीं और अन्दर जाकर अपने ससुर के सामने खड़ी हो गईं। लाजो जब घूंघट निकालकर ससुर के सामने खड़ी होती थी तो उसका अर्थ यह होता था कि वह यह पूछ रही है कि उन्हें चाय, पानी, हुक्का—क्या चाहिए?

"बेटी, आज कुछ नहीं चाहिए। मुझे भूख भी नहीं है। तू रोटी बनाकर खा ले। मैं कुछ नहीं खाऊंगा।" सुमेर ने करवट बदलते हुए कहा।

लाजो कुछ बोल तो सकती न थी, इसलिए आग्रह भी कैसे करती। वह कुछ देर और खड़ी रही। सुमेर समझ गया, बोला, "अच्छा, तमाकू भरके ले आ—एक चिलम, बस और कुछ नहीं।"

चिलम भरकर आईं तो बिस्तर पर लेटे हुए ही उसने हुक्का गुड़गुड़ाना शुरू कर दिया।

लाजो अन्दर चली गईं। रसोई में कुछ देर बैठी-बैठी सोचने लगी, फिर स्वयं ही बोली—'जब ससुर ने भोजन नहीं करना तो मैं अपने लिए ही इतना झंझट क्यों करू?' वह उठी, रसोई बन्द की और दबे पांव ओबरी में आ गईं। वह बैठी ही थी कि उसके भीतर जैसे कोई बोल पड़ा—'ओ लाजो, तुम्हारा ससुर तो कुछ दिन का मेहमान है। वह तो मौत की घड़ियां गिन रहा है। उसके बाद तुम्हारी सारी ज़िन्दगी तुम्हें अपने लिए ही तो भोजन बनाना पड़ेगा।' यह सोचते ही लाजो रो पड़ी। बिलख पड़ी—फूट-फूटकर। उसने आंसुओं से बिस्तर गीला कर दिया। ओबरी का अन्धकार भी सहम उठा, नीरवता भी कराह उठी।

वह कितनी ही देर वहीं पड़ी रही। तभी उसे लगा कि चुपके से रात आ धमकी है। उठी और मिट्टी के तेल का दीया जलाकर ससुर के कमरे में रख दिया, फिर वापस आईं और अंधेरे में ओबरी के अपने कमरे में चुपचाप लेट गईं। रात चलती रही, पर लाजो वहीं पड़ी रही। कुछ देर के बाद उसे नींद आ गईं।

बड़ी दादी ने अपने घर से देखा कि लाजो की रसोई में अंधेरा पड़ा है। आईं तो देखा कि एक कमरे में सुमेर पड़ा था और ओबरी में लाजो सो रही थी। वह समझ गईं कि इस घर में आज चूल्हा नहीं जला। लाजो को जगाते हुए

बोली, "ओ लाड़ी, उठ। दिख गृहस्थी विच चुल्हे दा सुन्नापन ठीक नौं हुन्दा। अग बाली दे। रोटी मैं भेजी दिन्दी।"

कुछ देर के बाद कान्ता एक थाली में दोनों के लिए भोजन ले आईं। दोनों को उसने आग्रह कर भोजन खिला दिया।

कान्ता जाने लगी तो लाजो ने उसके कन्धे पर हाथ रखकर कहा, "आज यहीं सो रहो। मेरा दिल नहीं लग रहा।" कान्ता बड़ी दादी को कहकर वहीं आ गईं।

दोनों एक ही बिस्तर पर सो गईं। अब वे ननद-भाभी से अधिक सहेलियां बन गईं थीं। लाजो इससे ही तो कुछ बात कर पाती थी। पास-पास घर थे, बड़ी दादी और कान्ता हर समय उन दोनों का ध्यान रखती थीं।

कान्ता ने लाजो का दिल बहलाने के लिए ऐसे ही कोई बात शुरू की, "भाभी, अब पानी का तो बड़ा आराम हो गया है। ठीक समय पर जाओ और अपने हिस्से का पूरा पानी ले आओ।"

"यह सब तुम्हारे मुंहबोले भाई रमेश का प्रयत्न है।"

"रमेश और प्रेम, दोनों।"

"पर रात को उन्हें पहरा भी तो देना पड़ता है।"

"हां, बारी-बारी गांव के सब लड़के पहरा देते हैं।"

"तो इस समय भी कुछ लड़के पहरा दे रहे हैं?"

"तभी तो बचेगा पानी। नहीं तो इस गांव में कई ध्यानसिंह हैं।"

"कान्ता, उस दिन बेचारे की खूब मरम्मत हुई। गांव के ये दो लड़के बड़े समझदार और हिम्मती हैं।"

"भाभी, तुमने एक बात सुनी?"

"कौन-सी?"

"जब शहीद-स्मारक की बैठक थी तो रमेश क्या कुछ कह आया था?"

'नहीं तो।'

---

१. बहू, उठ। गृहस्थी में चूल्हा न जलना ठीक नहीं होता। आग जला दे, रोटी मैं भेज देती हूं।

"वह भी बड़ा खराब है। जो मुंह में आया, बक देता है।"

"हां, तुझे तो देखते ही तेरा ब्याह करने लग जाता है।"

ब्याह का नाम सुनते ही कान्ता का शरीर झनझना उठा। वह शर्म से लाल हो गई।

"कान्ता, मैं सोचती हूं, तेरा ब्याह हो जाएगा, तब मैं किससे बात किया करूंगी? उदासी के समय किसे बुलाया करूंगी? जब मेरा चूल्हा न जलेगा तो कौन थाली भरकर भोजन लाएगा और इस प्रकार आग्रह से हमें खिलाएगा?"...और कान्ता को अपनी बांहों में भरकर लाजो ने बात पूरी की, "और इस प्रकार मुझ दुखिया को कौन प्यार किया करेगा?" लाजो ने एक लम्बी सांस खींची।

"भाभी, दिल करता है, मैं तुम्हें कभी भी न छोड़ू।"

"क्या तुम्हारा ब्याह को दिल नहीं करता?"

कान्ता ने अपना मुंह लाजो के मुंह के साथ लगा लिया और चुप रही।

"बोलती क्यों नहीं कान्ता?" लाजो ने पूछा, "क्या तेरा दिल करता है। कि तेरा ब्याह हो और तू अपने पति के पास चली जाए?"

कान्ता ने लाजो के गाल चूम लिए और धीरे से बोली, "भाभी, चुप रह। मुझे कुछ हो रहा है।"

"क्या हो रहा है तुम्हें?"

"कुछ हो रहा है, पता नहीं क्या।" और कान्ता ने बड़े ज़ोर से लाजो को अपने साथ लगा लिया, उससे चिपट गई।

"तो तेरा दिल करता है न ब्याह के लिए?"

"सच, बड़ा करता है।" कहकर कान्ता ने फिर अपना मुंह लाजो के गले में छिपा लिया।

"फिर रमेश के कहने पर तू बिगड़ती क्यों है?"

"शरम आती है मुझे।"

"अच्छा, तो रमेश की बात बताने लगी थी। क्या कहा था उसने?' लाजो ने उत्सुकता से पूछा।

कान्ता बोली, "वह कह रहा था कि भाई प्यारचन्द की यादगार मिट्टी

पत्थर की बना रहे हो, पर लाजवन्ती की सूनी ज़िन्दगी के बारे में कोई नहीं सोचता।"

गहरी सांस छोड़ कर लाजो बोली, "कहा तो उसने ठीक, पर कोई क्या सोच सकता है ! मेरी ज़िंदगी का सूनापन अब कौन भर सकता है? कान्ता, तू भी छोड़कर चली जाएगी।"

"भाभी, उसने तो कुछ और भी बक दिया था।"

"क्या कहा था?"

"बड़ा मुंहफट है वह।"

"आखिर बोल भी कुछ, क्या कहा उसने?"

"बोलने लगा कि लाजवन्ती का फिर से ब्याह क्यों नहीं कर दिया जाता?" यह कहते ही कान्ता डरी-सी उसे देखने लगी।

लाजो ने क्रोध व आश्चर्य से मिली-जुली एक विचित्र सिहरन-सी अनुभव की। फिर तुरन्त बिगड़कर बोली, "यह गांव के लड़के अब आपे से बाहर हो रहे हैं। जो मुंह में आया, बक दिया। ऐसा भी कभी होता है !"

"होता तो नहीं भाभी, पर तुमने रमेश की चाची की बात सुनी है?"

"नहीं तो।"

"वह भी तुम्हारी तरह विधवा हो गईं थी। तब उसकी आयु बीस वर्ष की थी। रमेश व राजेश ने घर में खूब बहस की। वे कहते थे, चाची का विवाह कर दिया जाना चाहिए। जब उन्होंने ऐसा आग्रह किया था तो उनकी बात किसीने नहीं मानी थी। कुछ समय बाद चाची का किससे सम्बन्ध हो गया, सबको पता लग गया। उसे सब बुरा-भला कहने लगे। एक दिन उसके घर वालों और सम्बन्धियों ने इकट्ठे होकर उसे अपने पास बुलाकर डांटने व सज़ा देने की योजना बनाई, परन्तु उससे पहले ही उसने आत्महत्या कर ली थी।"

"आत्महत्या ! वह कैसे?" पूछते हुए लाजो की चीख-सी निकल गईं।

"अपने घर के पिछवाड़े के वृक्ष से रस्सी लगाकर लटक गईं थी।"

"कान्ता ! एक अकेली, सुनसान जिन्दगी जीने की बजाय, इस प्रकार जीवन समाप्त करना कितना अच्छा है !" लाजो ने मुंह से चादर

हटाते हुए कहा।

"इसीलिए तो रमेश कहता है कि विधवा-विवाह होना चाहिए।"

"तू भी रमेश की तरह पागल हो गईं है ! लोग बया कहेंगे? बिरादरी वाले क्या सोचेंगे? धर्म कहां जाएगा? भगवान दण्ड नहीं देंगे?"

"रमेश कहता है, इसमें धर्म की कोई बात नहीं; बल्कि हमारा धर्म तो विधवा-विवाह का समर्थन करता है।"

"बस कर कान्ता...कोई सुन लेगा तो..." लाजो ने अंधेरे में दीवारों की ओर डर-भरी नज़रों से देखना चाहा, पर उसकी दृष्टि अन्धकार से टकराकर वापस आ गईं।

"भाभी, तुम्हें एक बात कहूं?"

"कहो।"

"किसीसे कहोगी तो नहीं?"

कान्ता के गाल को अपनी हथेली के पास खींचते हुए लाजो बोली, "कान्ता, तुम्हें छोड़ मेरे जीवन में और है ही कौन, जिससे कुछ कह सकती हूं? मैं तो अब जले जंगल का झुलसा हुआ ठूंठ हूं।"

"भाभी, मैं तो बिलकुल रमेश से सहमत हूं। मेरा विचार है कि तुम्हारा विवाह कर दिया जाना चाहिए। बाबा अस्सी वर्ष में जा रहे हैं, वह कितने और जी लेंगे? उनके बाद इतने बड़े घर में तुम क्या करोगी? अकेली— बिलकुल अकेली जीवन का भार—इतना लम्बा जीवन कैसे ढो सकोगी? जो चला गया, वह तो चला गया। अब कभी वापस नहीं आएगा। रमेश कहता है, हर पुरानी रीति पुरानी होने से ही ठीक नहीं होती।"

लाजो एक अनहोनी बात सुन रही थी। उस की बुद्धि विद्रोह कर रही थी, पर दिल चाहता था कि कान्ता बोलती ही जाए। वह चुप रही।

कुछ देर चुप रहकर कान्ता फिर बोली, "रमेश की चाची या रामू की भाभी की तरह की हालत इन्हीं पुरानी रीतियों का परिणाम है। फिर तुमने अभी देखा ही क्या था ! मुझे अपने विवाह की बात सुनकर कुछ होता है। कोई सेहरा लगाकर आए और मुझे ले जाए. यह सोच रोमांच होता है। पर जब सोचती हूं कि मुझे इस प्रकार तुम्हें अकेली छोड़कर जाना पड़ेगा तो मेरी चीख-सी निकल जाती है। मेरे वश में हो तो मैं तुम्हारा एकदम विवाह कर

दूं।"

लाजो अजीब प्रकार की भावनाओं में डूबी-सी सब सुन रही थी; पर अब और अधिक सुन न सकी। उसने कान्ता के मुंह पर अपना हाथ रखकर कहा, "बस कर कान्ता, बस कर। मेरे भाग्य में ही कुछ होता तो वे ही क्यों इस प्रकार चले जाते? जब जीवन में सुख लिखा ही नहीं, तो इन बातों से क्या होगा?"

लाजो ने ठंडी सांस छोड़ी और ज़ोर से कांता को अपने साथ लगा लिया। अपने-अपने खयालों में डूबती-उतराती वे सो गईं।

७

सुमेरचन्द कुछ दिन से बीमार रहने लगा था। गांव में डॉक्टर तो था नहीं, न ही कोई अस्पताल था। पास एक गांव के वैद्य को बुला भेजा। उसने आकर कुछ दवाई दी थी। कुछ दिन रोग थम गया, पर अब सुमेरचन्द का बुढ़ापा पुत्र के वियोग से मिलकर उसके जीवन को अन्दर ही अन्दर तोड़ रहा था। जीने की कोई भी उमंग बाकी नहीं थी। कोई आधार नहीं था, जिसके लिए जिया जाए व जिसके सहारे जिया जाए। लाजो को देख वह कांप उठता। उसके भविष्य का विचार करते ही उसकी आंखों के सामने एक असीम अन्धकार की चादर तन जाती।

गांव के कुछ लोगों ने शुरू-शुरू में शहीद का पिता समझकर उसकी बहुत देख-रेख की थी। हर प्रकार की सहायता का आश्वासन भी दिया था। पर ज्यों-ज्यों समय बीतता गया, विस्मृति की गर्द में सब ढकने लग पड़ा। रमेश व प्रेम कभी-कभी आकर उसका हाल पूछा करते थे। दवाई का प्रवन्ध भी प्रेम ही किया करता था।

दोपहर ढल गईं थी, सायंकाल की हलकी समीर बह रही थी। सुमेरचन्द अपने बरामदे में बैठा हुक्के की गुड़गुड़ कर रहा था, तभी रमेश सामने से आया।

"बाबाजी, अब स्वास्थ्य कैसा है?" रमेश ने पूछा।

"आओ, आओ बेटा, बैठो। अब स्वास्थ्य कैसा! अब तो बस दिनों को धक्के हैं।"

"ऐसी भी क्या बात है! आप पहले से काफी ठीक हैं। दवाई खा रहे हैं, ठीक हो जाएंगे।" रमेश ने तसल्ली दी।

"बेटा, मेरी बीमारी शरीर की नहीं, मन की है। किसीके पास इसका इलाज नहीं। जिसके पास है, वह भगवान ही तो मेरा कलेजा निकालकर ले गया।" बूढ़े ने एक ठंडी सांस ली।

"बाबा, अब यह सब भूल जाओ। बार-बार याद करते रहोगे तो दुःख ही बढ़ेगा। आपने अपने लिए ही नहीं, पर लाजवन्तीजी के लिए भी तो जीना है।" रमेश ने ज़रा निकट होकर कहा।

"यही तो चिन्ता अब मुझे खाए जा रही है। इस बेचारी का मेरे बाद क्या होगा, जब यह सोचता हूं तो मुझे लगता है, भगवान एक पाखंड है, एक ढोंग है। यदि भगवान है और वह दयालु भी है तो फिर इतना बड़ा अनर्थ कैसे हो गया? मेरे परिवार पर इतना बड़ा बज्र क्यों गिराया गया और ऐसा ही होना था तो इस बेचारी का उसके साथ विवाह ही क्यों हुआ?" सुमेर से बैठा न गया। वह वहीं पड़े बिछौने पर लेट गया।

उसके और निकट होकर रमेश बोला, "बाबाजी, यदि आप बुरा न मानें तो एक बात कहूं?" यह कहकर रमेश कुछ सहमा-सा सुमेर के चेहरे के भाव ताड़ने लगा।

"बेटा, मुझे पता है, तू क्या बोलता रहता है। पहले तो मुझे तुझपर बड़ा क्रोध आया था। फिर मैंने सोचा, तुम जो भी कह रहे हो, वह सहानुभूति की भावना के कारण ही कह रहे हो; पर यह बात बिलकुल गलत है। रमेश, यह कभी हो सकता है?" अपनी आंखों पर हथेली रखकर सुमेर बोला।

"तो क्या आपको पता लग गया है?"

"और क्या! कान्ता ने सुना तो बड़ी दादी को बताया। उसने मुझे बताया भी और यह भी कहा कि मैं तुम्हें बुलाकर तुम्हारी पिटाई करूं।"

"तो मुझे जरा संभलकर रहना चाहिए?"

"मुझसे नहीं, बड़ी दादी से।"

"बाबाजी, एक बात बताऊं? आप लाजवन्तीजी की चिन्ता में घुले जा रहे हैं। यदि आपकी चिन्ता सच्ची है तो क्या उसका इलाज नहीं सोचा जाना चाहिए?"

"बेटा, सब ठीक है। मैं परसों से ही सोच रहा हूं। मेरी बुद्धि को भी बात अच्छी लगती है; क्योंकि मैं नहीं चाहता, मेरे मरने के बाद यह बेचारी बेसहारा ज़िंदगी का बोझ ढोती रहे। पर हर अच्छी वस्तु प्राप्त नहीं की जा सकती। आकाश के तारे बहुत अच्छे हैं, पर वे तुम्हें नहीं मिल सकते...लोग क्या कहेंगे, बिरादरी वाले क्या सोचेंगे, सब निन्दा करेंगे और फिर धर्म भी तो कोई चीज़ है।" सुमेर ने चिन्ताग्रस्त होकर कहा।

"धर्म ने कब कहां पर कहा है कि विधवा का विवाह नहीं किया जाना चाहिए? स्वामी दयानन्द वेदों के महान पंडित थे। उन्होंने कहा था कि वेद विधवा-विवाह की आज्ञा देते हैं। बाबाजी, धर्म वह है, जो वेद में लिखा है। वह नहीं, जो श्राद्ध व जन्मदिन पर दाल-चावल की गठरियां इकट्ठी करने वाले पुरोहित कहते हैं। बिरादरी क्या कहेगी, लोग क्या कहेंगे, इसकी चिंता व्यर्थ है। आपको मेरी चाची की कहानी पता है। रामू की भाभी क्या कर रही है? अब बिरादरी क्या कह रही है? बाबाजी, एक बात याद रखें, लाजवन्तीजी एक निर्दोष देवी हैं। भगवान ने उन्हें सुन्दरता भी दी है और चरित्र भी। एक भोली-भाली मासूम लड़की को इस बिरादरी व व्यर्थ की पोंगापंथी, धर्म के ठेकेदारों के कहने पर यूं बलिदान मत करें। मुझे लगता है, समाज का यह व्यवहार उन्हें गलत रास्ते पर जाने के लिए विवश करेगा।"

सुमेर बड़े ध्यान से रमेश की बात सुन रहा था। वह अब उठ बैठा। हुक्के की नली अपनी तरफ की और गुड़गुड़ाना शुरू कर दिया।

रमेश फिर बोला, "बाबाजी, यह लाजवन्ती ही आपके वंश की एकमात्र निशानी हैं। अपनी आंखें बन्द होने से पहले किसी अच्छे घर में इनका विवाह करके इन्हें सुहागिन बना दीजिए।"

"रमेश ! मेरा मुंह काला न हो जाएगा?" झुंझलाहट में हुक्के की नली सुमेरचन्द के हाथ से नीचे गिर गई।

"नहीं बाबाजी ! आप दो बातों के लिए सबको याद रहेंगे। एक तो आपने देश के लिए एक शहीद पैदा किया है और दूसरे, लाजवन्तीजी का विवाह करके आप एक सामाजिक क्रांति करेंगे। विधवा-विवाह आज का धर्म है। हमारे देश में हज़ारों की संख्या में लाजवन्ती की तरह शहीदों की युवा विधवाएं हैं। आप सबको एक रास्ता दिखाएंगे।"

सामने बड़ी दादी ने रमेश को देख लिया था। वह अपने घराल में गऊ की देखभाल कर रही थी। उसके बाद वह रमेश की ओर आने वाली थी, तभी कांता दौड़ती हुई आईं और बोली, "रमेश, दादी आ रही है, तुम चले जाओ। तुम्हारी आज पिटाई हो जाएगी। दादी तुमसे बहुत नाराज़ है।"

"नहीं, कांता, आज दादी से भी दो बातें करूंगा या मार खाऊंगा। तुम चिन्ता मत करो।" रमेश निश्चय से बोला। फिर कांता की ओर देखकर बडी गंभीरता से बोला, "कांता, तूने एक बात सुनी?"

"नहीं तो !"

"इधर आ।"

कान्ता उत्सुकता से उसके निकट आ गईं। कांता के कान के पास अपना मूंह ले जाकर रमेश बोला, "तेरी 'कुडमाई'[१] हो गईं है।'

"धत्त तेरे की !" कहकर कांता ने उसके कन्धे पर हाथ मारा और अपने दुपट्‌टे से मुंह ढकती हुई रसोई में लाजो के पास चली गईं।

रमेश ज़ोर से हंस पड़ा। सुमेरचन्द की झुर्रियां भी मुस्कराहट में चमक उठीं।

"ओ छोरू ! तू कपड़यां ते बाहर होई गिया।"[२] बड़ी दादी ने आते ही रमेश को डांटना शुरू कर दिया। रमेश कुछ महमकर सावधान हो गया। बडी दादी फिर बोली, "तू बोलदा भई, विधवां दा ब्याह होणा चाइदा?"[३]

"हां, बड़ी दादी, मैं इसे ठीक समझता हूं।" रमेश ने कुछ साहस बटोरकर कहा।

---

१. सगाई; २. ओ बुरे लड़के, तू आपे से बाहर हो रहा है। ३. तू बोलता है कि विधवा का विवाह होना चाहिए?

"फिटे, मूंह तेरा। ओ दाड़ी जले यों तुसां जो कुछ भगवाने दा कने धर्मे दा डर भी है की नीं? जे फिरी बोलाया तां तेरी जीह्‌ब खिंच लेंगी।"[१]

रसोई के दरवाज़े से झांककर कान्ता ने रमेश की तरफ देखा और धीरे से कहा, "अच्छा हुआ।" और अपनी जीभ निकालकर रमेश को चिढ़ाने लगी।

बड़ी दादी का भयंकर रूप देखकर रमेश समझ गया कि यहां दलील देने से कोई लाभ नहीं होगा। उसे चुप देखकर बड़ी दादी चली गईं। इतने में लाजो धीरे-धीरे दो गिलास चाय लेकर आ गईं।

कान्ता को रसोई के दरवाज़े पर खड़ो देख रमेश लाजो से बोला, "भाभीजी, कांता को भी चाय पिला देना। वह अब कुछ दिन की ही मेहमान है। आपको शायद पता नहीं, उसकी कुड़माई हो गईं है।"

"चल—तेरी हुई है कुड़माई !" बिगड़कर कान्ता बोली।

'मेरी अभी कैसे होगी ! तू ससुराल जाएगी तो वहीं से तो तू हमारा प्रबंध भी करेगी। तभी मैं कहता हूं, तेरा ब्याह जल्दी होना चाहिए।" कांता शरमाकर रसोई के भीतर चली गईं।

गर्म चाय से पीत न का गिलास गर्म हो गया था। रमेश ने जेब से रूमाल निकाला और चाय पीने लगा। सुमेरचन्द के कन्धे पर परना पड़ा था। उसे हाथ में ले कर गिनास के चारों ओर लगाया और गिलास उठाकर लम्बी 'सुड़ूं की आवाज़ करते हुए वह चाय पीने लगा।

रमेश ने कहा, "बाबा जी, आज मुझे नम्बरदार ने एक खास काम से भेजा था। मैं तो दूसरी बातों में ही उलझ गया। बात यह है कि ज़िला के उस विशेष अधिकारी ने सूचना भेजी है कि अगले सोमवार को लाजवन्ती पालमपुर आए और उन्हें अनुदान का धन मिल जाएगा।"

सुमेर के चेहरे पर चिंता की रेखाएं उभर आंईं। फिर बोला, "अच्छा हुआ, कुछ धन मिल जाए तो घर का खर्च ठीक प्रकार से चल जाएगा। पर

---

१. तेरा मुंह काला। प्रो जली दाढ़ी वाले, तुम को भगवान और धर्म का डर भी है या नहीं? यदि फिर कहा तो तेरी ज़बान खींच लेंगी।

रमेश, मैं इसे भेजूंगा किसके साथ? अकेली भेजने को दिल नहीं करता।"

"आप चिन्ता न करें, मैं साथ चला जाऊंगा।"

"तुम्हारा बहुत भला करे भगवान। इतने गांव में और कौन है, जिसे मैं कुछ काम कह सकता हूं।"

यह तो हमारा कर्तव्य है।" कहते हुए रमेश ने विदा ली और चला गया।

८

सोमवार को प्रतीक्षा में लाजो का एक-एक पल कटने लगा। उसे धन मिलने की खुशी थी, ताकि परिवार का आर्थिक ढांचा कुछ सुधर जाए; पर उसे धन की कल्पना से यह दुःख भी हो जाता था कि यह धन उसे विधवा बनने के कारण मिल रहा था। क्या यह धन उसके विधवा होने का इनाम है?'—उसका दिल पूछ लेता। वह अपने घर से कभी बाहर न निकली थी। उसके मायके पास के एक छोटे-से गांव जालग में थे। उसका सारा बचपन अपने गांव में ही बीता था। अधिक से अधिक होलियों के मेले में वह खैरा तक आ जाती थी। जालग और खैरा यही उसकी दुनिया के दो किनारे रहे। थे। पालमपुर जाना और वहां उस अधिकारी के कार्यालय में पेश होने की कल्पना से ही वह सिहर जाती थी।

रमेश सोमवार से पिछली रात को बीमार हो गया। इसलिए उसका छोटा भाई रवीन्द्र लाजो के साथ भेजा गया। रवीन्द्र आठवीं कक्षा में पढ़ता था, पर वह कई बार पालमपुर देख आया था।

प्रातः की पहली बस से जाने के लिए रात से ही लाजो ने तैयारी शुरू कर दी। सुमेर ने उसे सब समझा दिया था। उसके घर से बस की सड़क का रास्ता भी आधे घण्टे का था। बीच में मौल खड्ड को पार करना था। रात को ही लाजो ने 'भटूरू'[१] बनाए और करेले की सब्ज़ी बना ली। प्रातः उठकर

१. खमीरा डालकर बनाई जाने वाली रोटी।

रोटी कपड़े में बांधी, थैले में डाली और रवीन्द्र के साथ घर से चल पड़ी।

घर से रास्ता सीधा नीचे को उतरता था। बस प्रातः छः बजे जाती थी। इसलिए वे प्रातः पांच बजे घर से चल पड़े। अभी रात का पूरा अन्धकार छंटा न था। लाजो को चलने में कुछ कठिनाई हो रही थी। गोल-गोल नर्म पत्थरों का यह उतराई का रास्ता लाजो के लिए कठिनाई पैदा करने लगा, क्योंकि आज उसने पहली बार अपने नये विवाह के सैंडल पहने थे। वह इन्हें पहनना नहीं चाहती थी, पर उसके पास और कुछ पहनने को था ही नहीं। नये सैंडल नर्म गोल पत्थरों में फिसलते तो लाजो मुश्किल से संभल पाती।

"भाभीजी, ज़रा जल्दी चलिए। मुझे बस की धूं-धूं सुनाई दे रही है।" रवीन्द्र ने कहा।

"इतनी दूर से?" लाजो ने हैरानी से पूछा।

"हां, भाभीजी ! बस जब पिछली पहाड़ी के उस मोड़ पर दो-तीन मील पीछे होती है तो सामने इस पहाड़ी पर उसकी आवाज़ सुनाई देती है। आवाज़ पहाड़ी से सीधे टकराती हुई पहुंच जाती है, परन्तु बस पहाड़ियों के दायें-बायें जाकर घूमती हुई देर से पहुंचती है। पिताजी तो घर से तब चलते थे, जब बस की आवाज सुनाई देती थी।"

"तो क्या वे बस पकड़ लेते थे?"

"बिलकुल पकड़ लेते थे। इन पहाड़ियों के पीछे से टेढ़े-मेढ़े रास्ते को तय करने में बस को आधा घण्टा लगता था और तब तक पिताजी खैरा पहुंच जाते थे।"

"मेरा पैर फिसल रहा है।"

"मैं हाथ पकड़ लेता हूं।"

रवीन्द्र छोटा था, इसलिए लाजो उससे बिना संकोच के बातें कर लेती थी। रवीन्द्र ने लाजो का हाथ पकड़ा और वे चलने लगे। परन्तु रास्ता खराब होने के कारण उसका पैर बार-बार फिसलता और वह बड़ी कठिनाई से संभलती। तब उसने एकदम अपने सैंडल खोले, हाथ में पकड़े और चल पड़ी। अब तो लाजो हवा की तरह चल रही थी।

"ऐसी उतराई-चढ़ाई तो मैं छलांगें मारते पार कर लेती हूं। हमारे गांव

में भी तो इसी प्रकार के रास्ते हैं, पर इन नये सैंडलों से मुझसे चला नहीं जा रहा था।"

"भाभीजी, आगे खड्ड है, ज़रा संभलकर पांव रखें। कई बार पानी के अन्दर गोल पत्थरों पर से पैर फिसलने का डर रहता है।"

"नहीं रवीन्द्र, चिन्ता मत कर। हमारे गांव में भी इसी प्रकार मंद खड्ड है, उसे कितनी ही बार मैंने पार किया है।"

लाजो ने एक हाथ में सैडल पकड़े थे और दूसरे हाथ से उसने अपनी सलवार ऊंची की और पानी में चल पड़ी। खड्ड पार करने के बाद एक चढ़ाई का रास्ता था। उसे पार कर थोड़ी ही देर में वे खैरा की दुकानों के पास पहुंच गए। लाजो ने सैंडल पैरों में डाल लिए।

दुकानों के आगे एक तर फ स्कूल के साथ एक खुले मैदान में और भी बहुत-से लोग बस की प्रतीक्षा में खड़े थे। एक तरफ लाजो और रवीन्द्र भी बैठ गए।

थोड़ी देर में बस आईं। सड़क के किनारे प्रतीक्षा से ललचाई नज़रों के साथ कितने ही हाथ बस को रोकने के लिए रुके। जब बिलकुल बस पास आईं तो वे हाथ ज़रा से हिले। बस के ड्राइवर ने एक हाथ बाहर निकाला और इशारे से बताया कि बस में जगह नहीं है और बस को दौड़ाते हुए चला गया। कच्ची सड़क की सफेद धूल सबकी आंखों में डालते हुए बस निकल गईं।

लाजो बस की आवाज़ सुनकर जिन पैरों आगे आईं थी, उन्हीं पैरों फिर वापस जाकर उसी जगह बैठ गईं। यह प्रातः छः बजे की बस थी, जो साढ़े छः बजे आईं और चली गईं। अब उसके बाद बस आठ बजे आनी थी। सभी-के चेहरों पर चिन्ता व निराशा की रेखा उभर पड़ी थी।

दो घंटे तो व्यतीत करने ही थे, सब लोग इधर-उधर टहलने लगे। कई चाय की दुकान पर चाय पीने लगे, कई कहीं खड़े होकर बातें करने लग पड़े। एक कोने में घूंघट में लिपटी लाजो चुपचाप बैठी थी। रवीन्द्र पास में कभी बैठ जाता, कभी इधर-उधर घूमने लग पड़ता। कभी मौल खड्ड के पानी की गूंज सुनाई देती तो बस की आवाज़ समझ सब खड़े हो जाते। कभी यूं ही कानों में कोई आवाज़ गूंज पड़ती। बस की प्रतीक्षा में खड़े लोगों के कानों में थोड़ी-थोड़ी देर के बाद कोई न कोई गूंज गूंजती

रहती थी और लोग चौंक कर इधर-उधर देखने लग पड़ते।

आठ बजे पर कोई बस न आई। पूरे एक घंटे के बाद नौ बजे आठ बजे की बस आई। पीछे से ही पूरी भरी हुई थी। सबने हाथ खड़े किए। बस ज़रासी रुकी और एक यात्री को लेकर चली गई। वह यात्री ड्राइवर का सम्बन्धी था। बस के पीछे उड़ते हुए गर्द-गुब्बार में यात्रियों की आंखों की निराशा कभी डूबती, कभी उतराती थी।

"मुझे एक मुकदमे में हाज़िर होना है। अब तो मैं समय पर पहुंच ही नहीं सकता। मैं ज़मानत पर हूं, ज़मानत ही रद्द हो जाएगी।" चिन्ता में डूबे हुए यात्री श्यामलाल ने सबकी ओर देखकर कहा।

तभी पास का एक और यात्री बोल पड़ा, "भाई साहब, मुझे तो योल कैम्प में अपनी सेना में हाज़िरी देनी थी। अब क्या होगा?"

"मेरी मां घर पर मौत के साये में तड़प रही है। पालमपुर से डाक्टर लाने के लिए जा रहा हूं, पर पता नहीं कब बस मिलेगी और कब मैं..." कहते हुए रामदयाल के आंसू निकल आए।

तभी एक तरफ खड़ा एक बूढ़ा बोल पड़ा, "जब यात्री इतनी अधिक संख्या में होते हैं तो बसें अधिक क्यों नहीं चलाई जातीं? हम गांव वालों के भाग्य पता नहीं कब बदलेंगे। मेरा जैसा वृद्ध आदमी पैदल भी तो नहीं चल सकता।"

"और ये गांव हैं, जो देश की फौज के लिए जवान देते हैं। सीमाओं पर शत्रुओं की गोलियों का सामना करते हैं। देश के लिए अनाज पैदा करते हैं। पर यहां उसके बदले में देश उन्हें क्या देता है? पीने को पानी नहीं, चलने को पक्की सड़क नहीं, यात्रा के लिए बसें नहीं..." राजकुमार ने अपनी परेशानी प्रकट करते हुए कहा।

"यह सब तो शहर वालों के लिए है। शहर में बिजली चमकती है, पक्की सड़कों पर पैर फिसलते हैं, घर में लगे नलों से पानी निकलता है, मनोरंजन के लिए सिनेमा है, पढ़ने के लिए स्कूल और कालेज हैं। भाई, आज़ादी तो शहरों के लिए आई है।" उसी बूढ़े ने बात आगे बढ़ाई।

सभी यात्री बातें करके अपना दिल हलका कर रहे थे। ग्यारह बज गए, कुछ देर के बाद बस आई और कुछ यात्रियों को लेकर चली गई। लाजो पीछे

खड़ी रही। बस में जगह कम थी। जो लोग आगे खड़े थे, वे कंडक्टर के खिड़की खोलते ही घुस गए, बाकी मुंह देखते रह गए।

"रवीन्द्र, अब बस कब आएगी? हम आज पालमपुर कैसे पहुंचेंगे?" लाजो ने चिन्ता से पूछा।

"अब बस बारह बजे आएगी।"

"यदि उसमें भी जगह न मिली तो क्या करेंगे?"

"तब तो घर वापस जाना पड़ेगा, क्योंकि उसके बाद जो बस आएगी, वह पांच बजे पालमपुर पहुंचेगी। तब तक कार्यालय भी बन्द हो जाएंगे और उसके बाद लौटने के लिए भी हमें कोई बस न मिलेगी।" रवीन्द्र की बात सुनकर लाजो की चिन्ता और भी बढ़ गई। रवीन्द्र पास की दुकान से चाय के दो गिलास ले आया। वहीं मैदान के एक कोने में हरी घास पर बैठकर लाजो ने रात के भटूरू और करेले निकाले और दोनों ने भोजन कर लिया।

बारह बजकर कुछ मिनट पर बस आई। लाजो व रवीन्द्र को जगह मिल गई। पूरे छः घंटे की प्रतीक्षा के बाद जब लाजो बस में बैठी, तो उसे लगा, जैसे लॉटरी का पहला इनाम उसके नाम निकल गया हो।

"रवीन्द्र, अब यहां किसके पास कैसे जाना है?" पालमपुर पहुंचकर तहसील कार्यालय के बाहर खड़ी लाजो ने पूछा।

"मैं किसीसे पूछता हूं। मुझे भी तो कुछ मालूम नहीं।" कहकर रवीन्द्र इधर-उधर घूमने लगा।

बसअड्डे के बिलकुल सामने ऊंचाई पर अंग्रेज़ों के समय की पत्थरों की एक पुरानी इमारत में तहसील का कार्यालय था। सामने से अन्दर को एक बड़ा गेट और दायें-बायें दो बड़े कमरों में तहसीलदार तथा नायब-तहसीलदार के कार्यालय थे। जब धर्मशाला से विशेष अधिकारी यहां आते तो उस कार्यालय में बैठकर लोगों की सुनवाई करते थे।

उस जगह वैसे भी काफी चहल-पहल रहती थी; परन्तु आज विशेष अधिकारी भगतराम आने वाले थे, इसलिए भी बहुत-से लोग चारों तरफ घूम रहे थे। चार-पांच जगह भूमि पर दरी बिछाकर वकीलों के मुन्शी गवाहों को गवाही देने की ट्रेनिंग दे रहे थे। पास के वृक्षों की आड़ में कुछ लोग गवाहों

और ग्राहकों को पटा रहे थे। दरियों के साथ कुर्सी लगाकर दो जगह काले कोट पहने वकील बैठे थे। बाईं ओर के बरामदे में एक छोटी-सी मेज़ पर टाइपराइटिंग मशीन रखे एक सज्जन कुछ लोगों के प्रार्थना-पत्र टाइप कर रहे थे। पांच-सात लाइनें टाइप करने के बाद वह रुक जाते, आंखों के चश्मों को थोड़ा नीचे करके सब लोगों को देखते और इलाके की किसी सामाजिक या राजनैतिक समस्या पर भाषण झाड़ने लग पड़ते। उनका भाषण और टाइप की टप-टप की आवाज़ आगे-पीछे चलते रहते थे।

तहसीलदार के कार्यालय के बाहर के टूटे हुए फ़र्श का बरामदा कठिनाई से दस फुट वर्ग का था, परन्तु उसी पर कुछ कुर्सियां रखी हुई थीं और कुछ वकील काले कोट पहने बैठे हुए थे। यही उनका बार-रूम था। ज्योंही कमरे के अन्दर से आवाज़ पड़ती, वकील तुरन्त उठकर भीतर जाते। उनके साथ ही उनके मुन्शी भी लिफाफे लेकर दौड़ते। वादी और प्रतिवादी भी कांपते हुए अन्दर चले जाते।

सामने बसअड्डा था। प्रातःकाल दस-ग्यारह बजे तक इधर-उधर से बसें वहीं पहुंचती थीं। ज्योंही बस से लोग उतरते और कचहरी की तरफ आते तो कुछ चेहरे उनकी ओर घूरकर देखते रहते। कई बार कुछ उनके पीछे वैसे ही लग जाते थे, जैसे हरिद्वार में यात्रियों के पीछे पंडे लगते हैं।

बसों की घूं घूं—पों-पों—टीं-टीं तथा उधर कचहरी में—'रामलाल बनाम शामलाल चलो,' की आवाज़ से लाजो के कान खड़े हो जाते। वह कुछ सोच ही नहीं पा रही थी कि क्या किया जाए। उसके लिए यह सारी दुनिया ही अजीब थी। ऐसा लग रहा था, जैसे उसे धरती से उठाकर चांद पर लाया गया हो।

"वकील साहब, नमस्ते।" रवीन्द्र ने एक परिचित-से लगने वाले वकील के पास जाकर हाथ जोड़ नमस्ते की।

अपने नये काले कोट के कॉलर ठीक करते पलटकर ओमकृष्ण वकील ने उस लड़के को देखा। फिर एक तरफ किनारे ले गया और बोला, "बताओ, क्या सेवा है?"

"वकील साहब, आप शायद मेरे भाई रमेशजी को जानते होंगे। वह आपके साथ ही धर्मशाला में पढ़ते रहे हैं।"

"अरे, रमेश..."खैरा के पास जिसके घर हैं?"

"जी हां।"

"तो तुम रमेश के छोटे भाई हो?"

रवीन्द्र ने हां में सिर हिलाया। वकील का मुन्शी बड़ी उत्सुकता से पास आकर खड़ा हो गया था, पर अब वह निराश हो गया। उसका मुंह लटक गया। रवीन्द्र को देख उसने यह सोचा था कि कोई नया ग्राहक आया है। वह अपनी कलम, कागज, लिफाफे व पैसे निकालने के हुनर से बिलकुल लैस होकर रवीन्द्र की जेब की ओर एकटक देख रहा था, पर ज्योंही उसे यह पता लगा कि रवीन्द्र वकील के मित्र का भाई है, तो वह निराश हो गया और वहां से चला गया।

रवीन्द्र ने सारी बात बता दी। वकील उसकी बात सुनकर भीतर गया। विशेष अधिकारी से उसने प्रार्थना की और थोड़ी ही देर बाद लाजो को अन्दर बुला लिया गया।

"साहब, यह एक शहीद की विधवा, मेरे एक मित्र के गांव की रहने वाली है। इसको सरकारी अनुदान का धन आज तक नहीं मिला। इसका काम जल्दी कर दें ताकि यह आखिरी बस से अपने घर जा सके।" वकील ओमकृष्ण ने श्री भगतराम को कहा।

'ज़रूर-ज़रूर, आप चिन्ता न करें, मैं ज़रा यह कागज़ देख लूं, उसके बाद इन्हींका काम करूंगा।" कहते हुए भगतराम ने जेब से काली ऐनक निकाली और पहन ली। फिर वह एक पैनी नज़र से लाजो को देखने लगा। लाजो सिमटी खड़ी थी। कमरे के अन्दर जल रही बिजली के प्रकाश की किरणें सीधी लाजो पर पड़ रही थीं। लाजो ने लम्बा घूंघट नहीं निकाला था। बिजली के प्रकाश में उसका मासूम, भोला, अछूता सौन्दर्य ऐसा चमक रहा था, जैसे देव-लोक की कोई अप्सरा ही धरती पर उतर आईं हो। गांव की साधारण वेश-भूषा थी। ढीले-से कपड़े, खुली सलवार, लम्बी कमीज़, सारे सिर पर दुपट्टा। माथे पर बिन्दी न थी, मांग में सिन्दूर भी न था, कलाई भी खाली थी, तो भी लगता था कि एक मैले तालाब में बहुत ही सुन्दर कमल खिल गया हो।

ज्योंही ओमकृष्ण वकील बाहर गया तो एक दूसरे वकील ज्ञाननाथ ने

धीरे से पूछा, "क्या कहा भगतराम ने?"

"मैंने तो उन्हें प्रार्थना की कि उस लड़की का काम शीघ्र कर दें। उन्होंने विश्वास तो दिलाया, पर साथ ही काली ऐनक भी निकालकर पहन ली।" पास बैठे वकील घृणा-मिली हंसी हंसे।

"भई, इस बेचारी का ध्यान रखना चाहिए। वह बदमाश तो किसीको भी नहीं छोड़ता।" ज्ञान नाथ ने कहा।

"वह अकेली तो नहीं है?" एक और वकील हृदयराम ने पूछा।

"नहीं, मेरे मित्र रमेश का छोटा भाई उसके साथ है।" ओमकृष्ण ने जवाब दिया।

"चलो, तब तो ठीक है।" ज्ञाननाथ ने सन्तोष प्रकट किया। सब अपने-अपने काम में लग गए।

लाजो चुपचाप एक कोने में खड़ी कांप-सी रही थी। उसके लिए सब नये थे। रवीन्द्र भी उसके साथ खड़ा था।

भगतराम कभी किसी कागज़ को उठाकर देखता, फिर रख देता। कागज़ सामने रखकर वह अपनी काली ऐनक में से लाजो को निहार रहा था। ऐनक काली थी, इसलिए बाकियों को यह नहीं दिखता था कि वह लाजो को ही देख रहा है।

"यह लड़का कौन है?" अपने क्लर्क से भगतराम ने पूछा।

"मैं...जी...मैं...मैं...मैं इनके साथ आया हूं।" रवीन्द्र ने रुकते-रुकते कहा।

"इनसे तुम्हारा क्या सम्बन्ध है?"

"सम्बन्ध तो नहीं, पर गांव का हूं।"

"ठीक है।" भगतराम बोला, "इनको इस सन्दूक के ऊपर बिठा दो, मैं एक दूसरी गवाही ले लूं, उसके बाद आपका काम कर दूंगा।"

"पर जनाब, हमारी आखिरी बस चार बजे चली जाती है।" रवीन्द्र ने चिन्ता प्रकट करते हुए कहा।

अपनी घड़ी देखकर भगतराम बोला, "चिन्ता मत करो। मैं उससे पहले-पहले आपका काम पूरा कर दूंगा।" कहकर उसने फिर अपनी नज़रें लाजो पर गाड़ दीं।

लाजो पास के लकड़ी के सन्दूक पर एक तरफ दुबककर बैठ गईं। वहां बैठने के लिए कोई कुर्सी न थी। रवीन्द्र कमरे से बाहर टहलने के लिए चला गया।

बाहर खड़े चपरासी ने ज़ोर से आवाज़ लगाई, "चलो—कालूराम बनाम लालचन्द..." और एक वकील के साथ कुछ लोग अन्दर गए। गवाही शुरू हुई। फिर जिरह होने लगी। लगभग एक घंटे में काम पूरा हुआ। अगली पेशी की तारीख लेकर वकील सहित सभी लोग बाहर चले गए।

चार बजने में कुछ मिनट बाकी थे। कचहरी का आंगन लगभग खाली हो चुका था। वकील भी अपने-अपने वादियों के साथ जा चुके थे।

सामने बसअड्डे पर भीड़ लगी थी। इस समय लगभग सभी तरफ को आखिरी बसें जा रही थीं। दिन-भर अपना-अपना काम करके चारों तरफ से गांव के लोग अब अपने घरों को लौट रहे थे। रवीन्द्र ने देखा, बसें भर-भरकर जा रही थीं। गांव की बसों में तिल धरने की जगह नहीं थी। तीस सवारियों की बस कभी चालीस और कभी पचास तक भी यात्रियों को भरकर ले जा रही थी।

लाजो मन ही मन अपनी बेबसी पर परेशान हो रही थी। चाहते हुए भी कुछ बोल नहीं पा रही थी। रवीन्द्र कभी बाहर और कभी अन्दर आजाकर समय काट रहा था।

रवीन्द्र अन्दर आया तो भगतराम ने पूछा, "शहीद प्यारचन्द की यादगार बन गईं है या नहीं?" और काली ऐनक ऊपर की तथा उसके अन्दर की आंखें सीधी घूरने लगीं।

"अभी तो बस, योजना ही बन रही है।" रवीन्द्र बोला।

"मैंने भी पचास रुपये दिए थे। यदि और ज़रूरत पड़ेगी तो मैं और भी बहुत-सा धन एकत्र करवा दूंगा।" कुछ खांसकर गला साफ करते हुए वह फिर बोला, "मैंने सरकार से आपके बारे में बहुत लिखा-पढ़ी की है। आपको पांच हज़ार रुपये तो अभी मिल जाएंगे, मैं आपको पेंशन भी लगवा दूंगा ताकि आप सारा जीवन आराम से जी सको।"

रवीन्द्र ने परेशानी में बाहर की तरफ देखा। वह बसअड्डे से जाती हुई

बसों की ओर लालसा-भरी नज़रों से निहार रहा था। उसे देख भगतराम फिर बोला, "अरे, मुझे तो याद ही नहीं रहा...असल में...बात यह हो गई...कि आज बैंक से धन निकलवाना याद नहीं रहा। कागज़ तो आपके सब पूरे करवा दिए थे; पर कोई बात नहीं, अप आज यहीं पर रहें, कल प्रातः अपना धन लेकर चले जाएं। मुझे स्वयं आपका बहुत खयाल है।"

लाजो पांच हज़ार रुपये की बात सुनकर मन ही मन खुशी से झूम उठी थी। उसने जीवन में एक सौ रुपये भी कभी नहीं देखे थे। उसके अन्धकारमय भविष्य में यह पांच हज़ार का अनुदान उसे एक बहुत बड़ा वरदान-सा लगा। फिर पेंशन भी मिलेगी। इस प्रकार की बहुत-सी बातें सुनी तो थीं, पर आज एक सरकारी अधिकारी उसके सामने यह सब कुछ कह गया था। उसने मन ही मन उसका धन्यवाद किया और अपने-आपसे बोली 'यह सचमुच भगवान हैं, जो मुझ अभागिन के लिए इतना कुछ कर रहे हैं।' तभी यह सोचकर कि वे रात कहां पर रहेंगे, एकदम उसका सुख-सपना टूट गया।

"आप घबराओ मत। यहां बैठो। सरकारी इमारत में एक कमरा खाली है, रात आप वहां पर सो जाओ। आपका सब प्रकार का प्रबन्ध हो जाएगा।" यह कहकर उसने चपरासी को बुलाया और कहा, "देख चन्दू, इन दोनों को उस कमरे में छोड़ आ और चाय आदि का प्रबन्ध भी कर दे।"

लाजो और रवीन्द्र उसके साथ चले गए। दोनों खुश थे कि इतने बड़े सरकारी अधिकारी उनपर दयालु हो गए हैं। लाजो को लगा कि उसपर आघात तो बड़ा हुआ है, तो भी इस दुनिया में कुछ सहानुभूति-भरे दयालु मनुष्य हैं, जिनके सहारे जीवन बिताया जा सकता है।

कमरे से निकलकर आंगन में से होते हुए बाईं तरफ को उन्हें ले जाया गया। वहां से तहसील भवन के साथ एक रास्ता था और उसके पीछे के मकान में भगतराम ठहरा हुआ था। अकेला मकान देख लाजो को कुछ चिन्ता भी हुई, पर तभी उसने स्वयं से कहा—'इतने बड़े आफिसर हैं, चिन्ता किस बात की है!'

चन्दू ने चाय बनाई और तीनों ने पी ली। फिर चन्दू ने उन्हें एक अलग कमरा दिखा दिया। उसमें दोनों बैठ गए। रात हुई तो चन्दू ने उन्हें

रोटी खिलाई।

भगतराम काफी देर से आया और अपने कमरे में कुछ पीने लगा। दूसरे कमरे में एक तेज़-सी गंध आईं। लाजो ने पूछा तो रवीन्द्र ने कहा, शराब की तरह की गंध लग रही है। लाजो और रवीन्द्र चुपचाप सो गए।

रात की गहरी कालिमा अब और भी गहरी हो गईं थी। बसअड्डे पर कुछ कुत्तों के भौंकने की आवाज़ रात की इस कालिमा को और भी डरावनी बना रही थी। धौलाधार की ऊंची चोटियों की सफेदी इस अन्धकार में डूब चुकी थी। बिजली के प्रकाश की किरणें अन्धकार में भी अपना अस्तित्व बनाए रखने का यत्न कर रही थीं।

रवीन्द्र नींद में खो चुका था। लाजो सपने में खोई थी। उस परायी जगह उसे नीद नहीं आ रही थी। वह अपने भूत और भविष्य के बीच झूलती हुई करवटें बदल रही थी।

अचानक दरवाज़ा खुला। चन्दू ने भीतर आकर लाजो के पास धीरे से कहा, "आपको साहब बुला रहे हैं।"

लाजो सकुचाई, डरी, उसे कुछ भी समझ नहीं आया कि क्या करे। जाए या न जाए। वह सोच ही रही थी कि चन्दू फिर बोला, "आपके बारे में सरकार की कोई चिट्ठी आईं है। उसके सम्बन्ध में आपसे बात करनी है।"

लाजो उठी। बिस्तर पर लेटने के कारण सिलवट पड़ी अपनी सलवार-कमीज़ ठीक कीं, सिर पर दुपट्टा ओढ़ा और वह चन्दू के साथ कमरे से बाहर आईं। भगतराम अपने कमरे में बिस्तर पर बैठा था। पास की एक कुर्सी पर लाजो को बिठा दिया गया। चन्दू बाहर गया और दरवाज़ा फेर दिया।

"लाजवन्ती...देखिए...मैं तुम्हारी बहुत इमदाद...करना चाहता हूं। मैं बड़ा अफसर... हूं। सरकार मैं ही हूं...अब...तुम...घबराओ मत..."

ये वाक्य कहकर ही उसकी ज़बान में कुछ लड़खड़ाहट-सी आ गईं थी, उसकी आंखों पर अब काला चश्मा नहीं था। आखें लाल अंगारों की तरह धधक रही थीं और एक तेज़ गन्ध सारे कमरे में दौड़ रही थी। पास की मेज़ पर रोटी की थाली के साथ एक बोतल और शीशे का गिलास भी पड़ा हुआ था।

"तुम्हें किसी बात का...फिकर नहीं...लाजो...मैं जब...तक हूं..." भगतराम फिर बोला।

"जनाब, आपकी बड़ी मेहरबानी ! मेरा और कौन है अब दुनिया में? भगवान आपको..."

लाजो की बात पूरी होने से पहले ही भगतराम बोल पड़ा, "नहीं-नहीं ...तुम्हारा सब कोई है...जब से मैंने तुम्हें... देखा है...सच, मैं...मैं...मैं...तुम्हारा ही हो गया हूं...." दोनों लाल आंखें निकाल, लाजो को घूरते हुए वह फिर बोला, "ठीक है न...तुम भी...मेरी हो न..."

लाजो को काटो तो लहू नहीं। उसे अब समझ आया कि वह कहां पर फंस गईं है। उसे एक झटका-सा लगा। बिजली का तार जैसे उसे छू गया। उसने यह कल्पना भी न की थी कि इतना बड़ा सरकारी आफिसर ऐसा भी हो सकता है।

"साहब, मुझे क्षमा करो, मैं गरीब घर की हूं।" याचना में लाजो बोल पड़ी।

"अरे...नहीं तुम...अब...गरीब नहीं हो।" कहते हुए लड़खड़ाता हुआ भगतराम आगे बढ़ा और लाजो का हाथ पकड़ बोला, "तुम अब मेरी हो..."

एक झटके से हाथ छुड़ाकर लाजो दूर खड़ी हो गईं। उसके सिर से दुपट्टा नीचे गिर पड़ा और आंखों में क्रोध की आग भभक उठी। उसकी उभरी छातियां, पतली कमर, पुष्ट जंघा दुपट्टा न होने से साफ नज़र आ रही थीं। जो लाजो कभी घूंघट में अपना पूरा मुंह भी बाहर नहीं निकालती थी, वह अब सिर से लेकर पांव तक बिना दुपट्टे के खड़ी थी।

"बहुत हो चुका सरकार ! अब आगे न बढ़ना। मैं किसान की लड़की हूं, स्त्री हूं, पर कमज़ोर नहीं—मुझसे कुछ अनर्थ न हो जाए।" रणचण्डी की तरह लाजो हुकार उठी।

"हा-हा.. हा-हा..." करता हुआ ज़ोर से भगतराम हंसा, 'सच...तुम ...किसान की ही लड़की हो...इतनी सुडौल, इतनी सुन्दर...आओ, आज मेरे... देखो, मैं तुम्हारी...बहुत मदद करूंगा।"

नशे में चूर भगतराम फिर आगे बढ़ा और अपने दोनों हाथ फैलाकर

लाजो की गर्दन को पकड़ा ही था कि लाजो की नरम-मुलायम मुट्ठी का एक घूंसा उसके मुंह पर पड़ा। वह उलटा होकर धरती पर गिर पड़ा। लाजो दौड़कर दरवाज़े की तरफ बढ़ी, पर दरवाज़ा बाहर से बन्द था।

"अरी...तुम्हारी इतनी हिम्मत, ठहरो..." बड़बड़ाता हुआ भगतराम अलमारी की ओर बढ़ा। झटके से उसने अलमारी खोली और अपनी पिस्तौल निकालकर, उसकी नली लाजो की ओर करके बोला, "ओ बेअक्ल लड़की... इधर बिस्तर पर आओ...नहीं तो अभी...गोली मार दूंगा।"

पिस्तौल देखते ही लाजो की हवाइयां उड़ गईं। हाथ जोड़ बोली, "ज़नाब, मुझे क्षमा करें। मैं गरीब हूं, एक शहीद की विधवा हूं। आपकी लड़की की आयु की ही हूं...पैर पड़ती हूं..." कहते-कहते लाजो ने उसके पैर पकड़ लिए।

"हां, लाजवन्ती...तुम्हें माफ कर दिया...पर देखो...ज़िद मत करो... मैं...तुमको...बड़ी...मदद दूंगा...सारी आयु तुमको कोई भी...तकलीफ न होने दूंगा...बस, अब मेरे पास..."

पिस्तौल एक ओर रखकर पैरों में पड़ी लाजो को दोनों हाथों से पकड़ बिस्तर की ओर घसीटना चाहा। पिस्तौल देखकर लाजोसहम गईं थी, पर जब उसने उसको खाली हाथ देखा तो वह झटके से उठी, उसे ज़ोर से धक्का देकर एक ओर खड़ी हो गईं। भगतराम उछलकर उसपर झपटा, उसके दोनों बाजू ज़ोर से पकड़े और घसीटने लगा। लाजो ने नीचे से ही ज़ोर का मुक्का उसके पेट में मारा। वह ज़रा हटा तो क्रोधित लाजो ने थप्पड़ों की झड़ी लगा दी। भगतराम नीचे गिर गया। लाजो ने अपना सैंडल उठाया और उसके सिर पर ऐसे मारना शुरू किया, जैसे मौल खड्ड के पत्थर पर वह मैले कपड़ों को 'दबोठनी'[१] से पीटती थी।

भगतराम की नशे की खुमारी सैंडल की मार से बेहोशी में बदल गईं। उसने शराब भी बहुत पी रखी थी। लाजो उठी और ज़ोर-ज़ोर से दरवाजा खटखटाया। रवीन्द्र ने उठकर दरवाजा खोला। लाजो एकदम बाहर निकली। बाहर से दरवाज़ा बन्द करके दूसरे कमरे में चली गईं।

---

१. गांव में कपड़े धोते समय लकड़ी की एक चपटी चीज़ से कपड़ों को पीटा जाता है।

रवीन्द्र आंखें मलता हुआ उसकी ओर देख रहा था। लाजो ने उसे कुछ कहा। अपने थैले लिए और वे दोनों बाहर की ओर चल पड़े। लाजो का दुपट्टा व एक सैंडल अन्दर के कमरे में ही रह गए थे। उन्हें लेने वह भीतर भी नहीं गईं। उन्हें यह भी पता न था कि उस समय रात के दो बज रहे थे। सर्दियों का मौसम था, भयंकर ठंड से पानी भी जम रहा था।

रवीन्द्र ने पूछा तो चलते-चलते उसने सारी बात उसे बता दी।

"भाभी, आपने मुझे क्यों नहीं बुला लिया?" पूरी बात सुनते ही रवीन्द्र की आंखें लाल हो गईं। वह दांत पीसने लगा।

"उस बदमाश के लिए तो मैं अकेली ही काफी थी। डर तो मुझे तब लगा, जब उसने पिस्तौल ही निकाल ली।" लाजो ने कहा।

नंगे सिर, नंगे पांव पालमपुर बाज़ार की सड़क पर से रात के दो बजे लाजो रवीन्द्र के साथ जा रही थी। तारकोल बिछी काली सड़क बत्तियों के प्रकाश में चमक उठी। ओस पड़ने से उसका कालापन और भी निखर रहा था। लाजो के नंगे पांव ज्योंही काली सड़क पर पड़ते, उसकी टीस-सी निकल जाती।

"रवीन्द्र, सुबह होने से पहले-पहले हम घर पहुंच जाएं, तभी ठीक है। मुझे नंगे सिर कोई देख लेगा तो क्या कहेगा?" एक ठंडी सांस लेकर लाजो फिर बोली, "जिस दिन उनके शहीद होने की खबर आई थी, उस दिन मेरे मन में पहले विचार यही आया था कि मैं आत्महत्या कर लूं। आज मेरा वह विचार पक्का हो गया। मेरे जीने के लिए इस इतनी बड़ी दुनिया में कोई जगह नहीं है।"

"नहीं भाभी, ऐसी क्या बात है ! सब एक जैसे तो नहीं होते। पर इतना बड़ा सरकारी अफसर भी इतना नीच हो सकता है..."

दोनों पालमपुर का लम्बा बाज़ार पार करके सिनेमा के पास आ चुके थे। अब सड़क पर बिजली का प्रकाश न था। अन्धकार में सारी सड़क डूबी पड़ी थी। सड़क के दायें-बायें कुत्ते भौंक रहे थे। उन्हें देख कुत्ते दौड़े पर वे शहर के कुत्ते थे। शहर के कुत्ते भौंकते हैं, पर काटते कम हैं। धीरे-धीरे पग धरते वे दोनों चलते रहे। सिनेमा के आगे दाईं तरफ के मोड़ को पार कर ज्योंही कुछ आगे बढ़े तो नीचे नाले के पास एक छोटे-से मैदान में उन्हें आग जलती हुई

दिखाई दी। रवीन्द्र चौंक पड़ा, "भाभी, इस समय यह आग कैसी है?"

"होगा कुछ, तू आगे चलता चल।"

"पर इस समय यह आग कैसी?"

"लगता है, यह श्मशानघाट है। रात देर से किसीकी चिता जली है। अभी तक भी अंगारे धधक रहे हैं।'

"श्मशानघाट ! मुझे डर लग रहा है।"

"कुछ नहीं होता रवीन्द्र, तू चलता जा।"

"भाभी...यह देख...भूत...भूत..."

रवीन्द्र डर से चीख मारकर लाजो से लिपट गया। लाजो ने सामने की तरफ देखा तो वह भी सहम उठी। एक विशालकाय भीम भयंकर आकृति अपनी बांहें फैलाए आसमान को छूती हुई सड़क के बीच खड़ी थी। डर के मारे लाजो ने आंखें हटाईं और हलकी-सी चीख निकल पड़ी। उसने अपने को संभालने की कोशिश की। रवीन्द्र का मुंह भी उसने उस तरफ से मोड़ दिया ताकि उसे वह भूत दिखाई न दे। दोनों सड़क पर खड़े हो गए।

नीचे दाईं तरफ श्मशानघाट में चिता की आग सुलग रही थी। रात के घने अंधेरे में उस आग की रोशनी बहुत अधिक चमक रही थी। लाजो ने सामने देखा तो उसे लगा कि वह भूत बड़ा ही भयंकर है और उन्हीं की तरफ बढ़ा आ रहा है। उसके लम्बे हाथ भी दिखाई दिए। दो लम्बे काले कान भी थे। उसने देखा कि उसके हाथ ज़ोर से हिले और एक आवाज़ भी आई। डर के मारे उसने आंखें बन्द कर लीं।

"भाभी, अब क्या होगा?" रोते हुए रवीन्द्र ने पूछा। लाजो कुछ उत्तर न दे सकी। उसने फिर नज़रें दौड़ाई तो वह भूत कुछ और आगे आ चुका था। अब उसका बड़ा काला सिर भी हिला। उसे लगा कि उसने अपना मुंह भी खोला है।

"हाय...बचाओ...बचाओ..." लाजो भी चीख उठी। रवीन्द्र उससे लिपटकर रोने लगा।

पास ही सड़क के साथ एक पहाड़ी थी। उसपर एक बड़ा भारी पत्थर था। उस पत्थर के नीचे गुफा की तरह थोड़ी-सी जगह लाजो को दिखाई दी। वह रवीन्द्र को लेकर वहां जाकर छुपकर बैठ गई। दोनों कांप रहे थे। वे इंतज़ार

कर रहे थे कि कब भूत आकर उन्हें दबोचता है।

"भाभीजी, पिताजी कहते हैं कि भूत दिखाई दे तो अपनी आंखें बन्द करके मन ही मन 'ओम्' का जाप करना चाहिए।" लाजो के साथ लगकर बैठे रवीन्द्र ने धीरे से कहा।

"ठीक है, तुम भी आंखें बन्द करके ओम् का जाप करो और मैं भी कर रही हूं।"

थोड़ी देर में लाजो की गोद में ही रवीन्द्र को नींद आ गईं। भूत के डर ने उन्हें ठंडी जमीन की खून जमा देने वाली भयानक सर्दी का भी आभास नहीं होने दिया। पर थोड़ी देर के बाद लाजो को लगा कि उसके अंग जमने शुरू हो रहे हैं।

लाजो को याद आया कि बड़ी दादी और उसकी मां भूतों की कितनी ही कहानियां उन्हें सुनाया करती थीं। बड़ी दादी ने तो गांव के वट-वृक्ष के नीचे भी कई बार भूत देखा था। एक बार उसको रात के समय एक 'चुड़ैल' भी दिखाई दी थी। बड़ी दादी की सुनाई हुई सब कहानियां उसे याद आने लगीं। जब उसे डर लगता, वह गोद में पड़े रवीन्द्र के सिर से अपनी आंखें लगाकर छुपने की कोशिश करती।

लाजो मन ही मन अपने से कहने लगी—'मैं भी कितनी अभागी हूं ! बचपन में पिता छोड़कर चले गए। गरीबी में मां ने मुझे पाला। जैसे-तैसे मां ने विवाह किया, पर पति मिलते ही मैं विधवा हो गईं। सरकार मुझे पांच हज़ार रुपये देना चाहती है; पर यह भगतराम मुझे ही खा जाना चाहता है... हे भगवान, तू कहां है...है भी या नहीं है...यदि है भी तो शायद गरीबों का भगवान भी नहीं होता..."

पल-पल करके रात कट गईं। जरा-सी प्रकाश की हलकी किरण फूटी तो लाजो ने रवीन्द्र को जगाया। दोनों के शरीर जैसे फ्रिज में लगे थे। अंग-अंग अकड़ गया था, खून जमने-सा लगा था। डर के कारण अभी भी दोनों के दिल दहले हुए थे। दोनों उठ सड़क पर आए। दोनों ने देखा कि वह भूत अभी भी खड़ा था। उसी प्रकार का सिर, उतनी ही ऊंचाई, लम्बे हाथ और पैर। पर जब

---

१. भूतनी।

थोड़ा ध्यान से देखा, आंखों में प्रकाश कुछ और स्पष्ट हुआ तो पता चला कि श्मशानघाट की बाईं ओर सड़क के दायें किनारे पर वह चील का एक बड़ा वृक्ष था। अपने पत्ते व टहनियों से वह रात के घने अंधेरे में एक भयंकर भूत की तरह दिखाई दिया था।

दोनों तेज गति से चले। भवारना के पास थाने के ऊपर से ही कच्ची सड़क पर चल पड़े। भवारना के पास पहुंच रवीन्द्र को सड़क का रास्ता ही याद था। अब सूर्यदेव ने अपनी यात्रा शुरू करने की तैयारी कर ली थी। लोगों का आना-जाना शुरू हो गया था। रास्ते पर चलते लोग नंगे सिर, बिखरे बाल व अटपटे से कपड़े पहने एक सुन्दर नवयुवती को देखते तो सन्देह में डूब जाते; पर वे किसी की ओर भी ध्यान न देकर तेज़ गति से बढ़े जा रहे थे।

९

बसअड्डे पर बसों की भीड़ थी। प्रातःकाल के समय चारों ओर से बसें यात्रियों को लेकर आ रही थीं। यात्री उतरते-चढ़ते, बस अड्डे पर रुकतीं और फिर कुछ देर बाद चली जातीं। तहसील कार्यालय के बाहर चमकती धूप में कुर्सियां रखे वकील सारे दिन के कार्य के लिए तैयार हो रहे थे।

"क्यों ओमकृष्णजी, कल वह लड़की अपना धन लेकर सुरक्षित चली गईं थी?" ज्ञाननाथ ने अपने सफेद बालों के नीचे काले फ्रेम की ऐनक में से झांकते हुए पूछा।

"मैंने भगतराम को कह दिया था। उन्होंने ज़रूर दे दिए होंगे। हम तो सब उसके बाद चले गए थे।" ओमकृष्ण ने उत्तर दिया।

"ज्ञाननाथजी, आप अपनी ऐनक का यह फ्रेम बदल लो।" एक नये वकील ने हलकी चुटकी ली।

"क्यों?"

"इसकी फ्रेम का रंग काला है। इसी प्रकार के फ्रेम और काले शीशे की ऐनक का प्रयोग भगतराम तब करता है, जब उसके सामने कोई सुन्दर स्त्री

आती है।" सब हंस पड़े।

इतने में सामने से नम्बरदार दीनानाथ आते हुए दिखाई दिए। वह अधिकतर वकीलों से परिचित थे। ओमकृष्ण के पास आकर उन्होंने पूछा, "वकील साहब, कल हमारे गांव के एक शहीद की विधवा अनुदान का धन लेने यहां आईं थी..."

बीच ही में उनकी बात काटकर ओमकृष्ण बोला, "हां, आईं थी। रमेश का छोटा भाई रवीन्द्र भी उसके साथ था। मैं उन्हें भगतराम के पास ले गया था। उन्हें शीघ्र धन देने की प्रार्थना भी कर दी थी..."क्या बात हुई?"

"वे रात घर नहीं पहुंचे।"

"नहीं पहुंचे?" विस्मय से ज्ञाननाथ ने पूछा। पास बैठे सभी वकील इकट्ठे हो गए।

दीनानाथ बोले, "सारी रात हम उनका इन्तजार करते रहे। सोचा कि शायद बस में जगह न मिली हो, इसलिए पैदल आ रहे हों। रात देर तक भी वे नहीं पहुंचे, तब प्रातःकाल की पहली बस से मैं उनका पता करने आया हूं। रास्ते में एक-दो जगह रवीन्द्र के सम्बन्धियों के यहां भी पता किया, पर वे वहां भी नहीं ठहरे हैं। बेचारा सुमेरचन्द रात-भर तड़पता रहा, यही तो अब उसका सहारा है।"

तभी सामने से भीखूराम आते हुए दिखाई दिया, "दीनानाथ, उस प्यारचन्द की विधवा को क्या हो गया था?"

"क्यों, क्या हुआ?" दीनानाथ ने हैरानी से पूछा। सभीके कान उधर लग गए।

"मैं कल तो आया नहीं था। अभी दूसरी बस से आ रहा था कि भवारना के आगे सड़क पर मैंने रवीन्द्र के साथ एक लड़की को तेज़ भागते हुए देखा। लड़की को मैंने पहचाना नहीं था, पर रामशरण ने बताया कि रवीन्द्र प्यारचन्द की विधवा को लेकर पालमपुर गया था। तब मैंने अनुमान लगाया कि वह वही होगी। उसके सिर पर दुपट्टा न था, बाल बिखरे हुए थे और पैर भी नंगे थे।"

"ओमकृष्ण, उस लड़की के साथ जरूर कोई बुरी घटना घटी है। मुझे तो

तभी शक हो गया था, जब मैंने उस नौजवान भोली-भाली सुन्दर विधवा को इस बदमाश के कार्यालय में जाते देखा था।" ज्ञाननाथ ने चिन्ता प्रकट करते हुए कहा।

तभी वकील पवनकुमार आ गया। दीनानाथ ने उसे सारी बात बताई। पवनकुमार भी लाजो के पिता के गांव का रहने वाला था। वह भी चिन्तित हो गया।

दीनानाथ व भीखूराम को लेकर वकील ज्ञाननाथ, ओमकृष्ण और पवन कुमार के साथ एस० डी० एम० के कार्यालय में चला गया। उन्हें सारी बात बताई। पालमपुर थाने के एस० एच० ओ० को आदेश दिया गया और एक जीप में एस० एच० ओ० के साथ दीनानाथ और पवनकुमार को खैरा वाली सड़क पर दौड़ा दिया गया।

खैरा के कुछ ही पीछे लाजो व रवीन्द्र को खड़ा करके ज्योंही दीनानाथ ने पूछा तो, "कुछ नहीं हुआ...कुछ नहीं हुआ...मुझे घर जाने दो..." चिल्लाते हुए लाजो रो पड़ी। उसने अपने हाथ से अपना मुंह ढक लिया। घूंघट के लिए उसके पास अपने हाथ के अलावा और कुछ नहीं था।

जब उसे कहा गया कि वह पालमपुर चले तो वह फूट पड़ी, "पालमपुर... पालमपुर में कभी नहीं जाऊंगी...कभी नहीं जाऊंगी...मुझे कुछ नहीं चाहिए... कुछ नहीं चाहिए...धन भी नहीं... मैं भूखी रह लेगी... पर पालमपुर नहीं जाऊंगी...मरकर भी नहीं जाऊंगी।" लाजो फूट-फूटकर रो पड़ी।

वकील पवनकुमार ने अपना परिचय दिया तो लाजो ने कुछ अपनापन अनुभव किया। उसने उसे समझाया। पास के एक घर से दीनानाथ एक दुपट्टा मांगकर ले आया। लाजो ने सिर ढक लिया। लाजो व रवीन्द्र को लेकर जीप एस० डी० एम० के कार्यालय के सामने खड़ी हुई।

तब तक यह समाचार पालमपुर में फैल चुका था। अड्डे के साथ चाय की दुकानों पर चाय पीते लोगों में इसीकी चर्चा हो रही थी। दुकानों पर खड़े दुकानदार भी तरह-तरह की बातें कर रहे थे। तहसील के किसी भी कार्यालय में कोई भी काम नहीं हो रहा था।

लाजो का एस० डी० एम० के सामने बयान लिया गया। उसने रोते हुए सारी बात कह दी। रवीन्द्र को भी पूछा गया। पुलिस ने तुरन्त जाकर

भगतराम को गिरफ्तार कर लिया। लाजो व रवीन्द्र को एक जीप में घर छोड़ दिया गया।

सुमेर घर के बरामदे में बैठा दोनों हाथों में अपना सिर थामे कुछ सोच रहा था। तभी लाजो रोती हुई उसके पैरों में गिर गईं। उसे कुछ भी समझ नहीं आया। रमेश, दीनानाथ व प्रेम सभी वहीं पहुंच गए। सुमेर को जब सारी बात का पता चला तो उसका दिल टूट-सा गया। वह कितनी ही देर रोता रहा। अब लाजो अन्दर चली गईं थी। वह ओबरी में जाकर सिसक रही थी। कान्ता उसके पास उसे चुप कराने की कोशिश करने लगी।

सुमेरचन्द ने आह भरते हुए कहा, “नम्बरदारजी, क्या दिन आ गए मेरे भी ! दुर्भाग्य की भी कोई सीमा होती है। अब बताओ, मैं जो कहता हूं कि और जीने का कोई लाभ नहीं, वह ठीक ही तो है। मेरी बहू का यह अपमान ! वह भी धोखे के साथ और एक सरकारी अफसर के हाथों !” उसकी बूढ़ी आंखें भी लाल अंगारों की तरह धधकने लगीं, “यदि आज मेरे शरीर में ज़रा भी शक्ति होती तो मैं अभी जाकर अपनी बन्दूक की गोली से उस बदमाश की छाती छलनी कर देता। मैंने फौज में देश के कितने ही दुश्मनों को मौत के घाट उतारा है। आज उस पापी के भार से धरती को मुक्त कर मैं स्वर्ग का अधिकारी हो जाता...अरे प्यारचन्द ! तू क्या यही कुछ देखने के लिए अपनी विधवा के साथ मुझे भी यहां छोड़ गया? हम दोनों को भी वहीं बुला ले। इस दुनिया में हमारे लिए अब कोई जगह नहीं।” सुमेर की वृद्ध आंखें आंसू बहा रही थीं।

“बाबा, हिम्मत करो। उस पापी को उसके पापों का दंड अवश्य मिलेगा। वह गिरफ्तार किया जा चुका है और इस समय हवालात के सीखचों में बन्द है।” प्रेम ने दिलासा देते हुए कहा।

“प्रेम, वह बड़ा अफसर है। सिफारिश चलेगी, रिश्वत उड़ेगी, बड़ेबड़े वकील उसकी मदद करेंगे, वह बच जाएगा। मेरी लाजो के अपमान का बदला कौन चुका सकता है?” एक ठंडी सांस खींचते हुए सुमेर ने फिर कहा, “और फिर हमारी तरफ से पैरवी कौन करेगा?”

“बाबाजी, चिन्ता मत करो। वैसे उस मुकदमे की पैरवी स्वयं पुलिस करेगी, परन्तु हम भी धन इकट्ठा करेंगे। एक अच्छे वकील का प्रबन्ध करेंगे और उस

पापी को पूरी सज़ा दिलाएंगे।"

सांत्वना वह मदर्दी के शब्द कहकर सब चले गए। रमेश ने प्रेम को इशारा किया और वे दोनों ओबरी की तरफ गए। कान्ता को देख रमेश कुछ आगे बढ़ा। उन दोनों को देख लाजो रो पड़ी।

"भाभीजी, चिन्ता मत करें। हम आपको बधाई देने आए हैं कि आपने उस बदमाश को अपने शरीर पर हाथ न लगाने दिया और उसे पटककर नीचे फेंक दिया।"

"और सैंडलों से उसकी अच्छी मरम्मत भी की।" प्रेम ने रमेश की बात को पूरा किया।

"आप सचमुच ही शहीद की वीर पत्नी हैं। सारा गांव आपकी सराहना कर रहा है।" रमेश ने कहा।

"कान्ता, इनका पूरा ध्यान रखा करो। किसी चीज की ज़रूरत हो तो हमें बता दिया करें।" कहते हुए दोनों वहां से चले गए।

१०

सुमेर कुछ बीमार रह रहा था। लाजो से हुई उस दुर्घटना के बाद उसकी बीमारी और भी बढ़ गईं थी। वह अधिक उदास रहने लगा। उसका अन्तर टूटने लगा था। आशा की बची किरणें भी धूमिल हो रही थीं। उसका अस्सी वर्ष का वृद्ध शरीर इन सब आघातों को सहन करने में समर्थ न था। उसे सबसे अधिक यह बात गहरी चोट करती थी कि उसके जीते-जी ही लाजो की इज्ज़त सुरक्षित नहीं है तो उसकी मृत्यु के बाद उसका क्या होगा? यह बेसहारा इतनी लम्बी ज़िन्दगी का लम्बा रास्ता कैसे तय करेगी? जब उसके मन में यह विचार एक तूफान पैदा करता तो रमेश की बात तूफान में एक बन्दरगाह की तरह उसके सामने आती। उसके दिल के किसी कोने से आवाज़ आती कि क्यों न अपने जीते-जी लाजो का फिर विवाह कर दिया जाए? तभी उसके दिल के दूसरे कोने में कोई कह उठता—'लोग क्या कहेंगे?

परिवार वाले क्या सोचेंगे? धर्म नष्ट नहीं हो जाएगा।' ये सब बातें उस बन्दरगाह को फिर एक भयंकर तूफान में बहाकर ले जातीं।

कुछ दिनों से सुमेर का बरामदे तक चलना भी कठिन हो गया था। वह अपने कमरे में ही बिस्तर पर लेटा रहता। लाजो दिन-रात उसकी सेवा करती रहती।

पालमपुर के एस० डी० एम० स्वयं आकर लाजो को पांच हजार रुपये दे गए। एक सिलाई की मशीन भी मिली। पेंशन के कागज़ भी पूरे करके भिजवा दिए गए। आर्थिक दृष्टि से इस घर में कुछ राहत अनुभव होने लगी थी।

आज रात अंधेरी थी, वर्षा भी हो रही थी। कभी-कभी बिजली चमकती और उसके एकदम बाद बादलों की गड़गड़ाहट से घर-आंगन कांप उठते। लाजो ने घर के सारे काम-काज किए। रोटी बनाई, परन्तु सुमेर ने आज कुछ न खाया। उसे बुखार भी था और कमजोरी भी अधिक बढ़ गईं थी।

अपने ससुर की बीमारी में लाजो को घर का अकेलापन बहुत अधिक अखरता था, पर आज तो वह कुछ अधिक बेचैन थी। बादलों की गड़गड़ाहट, वर्षा की रिमझिम न जाने उसे क्या याद दिला रहे थे। उसने कान्ता को अपने पास बुला लिया।

सुमेर को दवाई खिलाकर लाजो ओबरी में चली गईं। कान्ता भी उसके पास बिस्तर पर लेट गईं।

"कान्ता, अब तू भी कुछ ही दिनों की मेहमान है। मैं सोचती हूं कि मैं बाद में क्या करूंगी? कैसे यहां पर अकेली रहूँगी?"

कान्ता दूर टिमटिमाते दीये की तरफ देखती रही। लाजो फिर बोली, "इधर वृद्ध ससुर बस मौत की इन्तज़ार में हैं। इस वृद्ध शरीर का भार यह कब तक ढोएंगे? फिर यह अकेला घर मुझे खाने को दौड़ेगा। एक तू है, जिसके साथ दिल का दर्द बांटती हूं। पर तू भी ससुराल चली जाएगी। सोचती हूं, भगवान ने मुझे पैदा ही किसलिए किया? मेरे बिना उसकी दुनिया का कौन-सा काम रुक रहा था?" ठंडी आह भरकर सिरहाने के ऊपर रखे अपने बायें हाथ पर सिर रखकर लाजो की आंखें सामने दीवार पर अपलक देखने लगीं। कान्ता अभी भी लौ पर दृष्टि गड़ाए थी।

थोड़ी देर बिलकुल मौन रहा। सलेटों की छत भारी वर्षा से गूंज उठी। छोटी-सी खिड़की से बिजली की तेज़ चमक अन्दर आईं और फिर बादलों की भयंकर गर्जन से सारा मकान कांप उठा।

"भाभी, कान फट रहे हैं। मुझे तो डर लग रहा है।" अचानक उठकर कानों पर हाथ रखते हुए कान्ता ने कहा।

"और सोचो, जब मुझे सारी ज़िन्दगी की सारी रातें इसी प्रकार अकेले काटनी पड़ेंगी।"

"यही तो सोच रही हूं भाभी !"

"और फिर जब ससुरजी का साया भी न रहेगा, तब इस मकान में इस प्रकार की अंधेरी रातों में मेरे तो प्राण ही निकल जाएंगे।"

"भाभी...!"

"क्या है?"

"कुछ नहीं।"

"तुम आज कुछ बोल ही नहीं रहीं, क्या बात है?" लाजो ने पूछा।

"मैं सोच रही हूं भाभी, यदि मैं कान्ता न होकर कान्ताराम होता तो सच तुम्हारे साथ ही विवाह कर लेता।"

दोनों खिलखिलाकर हंस पड़ीं। दुःख की गहरी रेखाएं न जाने कहां खो गईं। लाजो ने उसके पास आकर उसके गाल पर हलकी चपत लगाई तो कान्ता ने उसका हाथ ज़ोर से पकड़ लिया और बोली, "भाभी, जब से मेरे विवाह की तिथि निश्चित हुई है, मुझे तुम्हारा ही ध्यान रहता है। तुम्हारी सौगंध, मुझे विवाह की इतनी खुशी नहीं होती, तुम्हारे बारे में सोचकर मेरा दिल डूबने-सा लगता है।"

"कान्ता, तू इतना प्यार करती है, यही क्या कम है? मेरी याद रखना बस, मैं तो यूं ही घुट-घुटकर ज़िन्दगी के दिन पूरे करती रहूंगी।"

"मुझे आज फिर रमेश की बात याद आ रही है। उसे सब बड़े, बूढ़े व बूढ़ियां बुरा कहते हैं, पर उसकी बात में कितनी सचाई है !"

"क्या बात?"

"यही कि तुम्हारा विवाह कर दिया जाना चाहिए।"

"ऐसी बात कहकर मेरा दिल क्यों जलाती हो?"

"क्यों?"

"कान्ता, जो हो नहीं सकता, किसीमें करने की हिम्मत नहीं, उसका व्यर्थ सोचना पागलपन ही तो है।"

"हिम्मत किसमें नहीं?"

कान्ता के दोनों गालों पर अपनी हथेलियां रख उसकी आंखों में देखते हुए लाजो एक चुनौती की सी भाषा में बोली, "मेरी प्यारी कान्ता, अभी वह युवक पैदा ही नहीं हुआ, जो मुझ-सी अभागिन के साथ विवाह करने की हिम्मत करेगा।"

"तो क्या भाभी तुम विवाह के लिए तैयार हो?"

"यह कैसे हो सकता है?" शर्म से लाजो बोली।

"तो अभी तुमने क्या कहा?"

"तेरा सिर कहा।"

लाजो अनजाने में जो कुछ कह गईं, उसपर स्वयं ही शर्म से लाल हो। उठी। उसने बात टालते हुए कहा, "कान्ता, तेरे विवाह के अब कितने दिन रह गए हैं?"

"तू बात क्यों बदल रही है?"

"तू क्यों व्यर्थ सिर खा रही है? इन बातों में रखा ही क्या है!"

दूसरे कमरे से सुमेर के कराहने की आवाज़ आईं। वर्षा बन्द हो चुकी थी। लाजो गईं तो सुमेर बुरी तरह किसी पीड़ा से कराह रहा था। कान्ता भी उसके साथ ही बाहर आ गईं।

"भाभीजी, क्या बात है?" कान्ता ने पास जाकर पूछा।

"बहुत बुखार है...देख।"

कान्ता ने सुमेर का हाथ उठाया तो वह आग की तरह जल रहा था। उसने लाजो को कहा। लाजो ने वैद्य की दवाई निकाल सुमेर को खिला दी।

रात जैसे-तैसे कट गईं। प्रातः तक भी सुमेर की हालत सुधरी न थी। वैद्य बुलाया गया, उसने कुछ और दवाई दी, पर अब दवाइयों ने अपना प्रभाव दिखाना बन्द कर दिया था। दोपहर तक सुमेर की अवस्था और चिन्ताजनक हो गईं।

रमेश, प्रेम तथा कुछ और लोग भी कुशल-समाचार पूछने आ गए।

लाजो रसोई में दुबकी-सी अपने ससुर की मौत के बाद के अपने भविष्य की भयंकर कल्पना में त्रस्त थी।

सुमेर ने पास बैठे रमेश का हाथ पकड़ा और बोला, "धर्म भ्रष्ट हो जाएगा...नहीं तो...तु ठीक बोलता था..." सुमेर की आवाज़ अब कुछ लड़खड़ा-सी रही थी।

"बाबाजी, आप चिन्ता न करें। आप शीघ्र ठीक हो जाएंगे।" रमेश ने आग की तरह जल रहे सुमेर के हाथ को थामकर कहा।

"बेटा, मैं तो कब का मर चुका होता। बस, लाजो की चिन्ता में मेरे प्राण अटके पड़े हैं...यह अकेला मकान...इतनी बड़ी दुनिया...और मेरे प्यारचन्द की अकेली निशानी..."।

अपना सिर सिरहाने में छिपाकर सुमेरचन्द रोने लग पड़ा। तभी वैद्य की दी हुई दवाई लेकर लाजो आईं। उसकी चारपाई के पास धरती पर बैठ गईं। गिलास में गर्म पानी दिया, सहारा देकर सुमेर को उठाया और दवाई खिला दी।

लाजो को देखते ही सुमेर बोल पड़ा, "बेटी, मुझे क्षमा कर देना... तुम इस घर में दुःख ही दुःख सहन करने आईं...न जाने मेरे बाद...तुमपर क्या बीतेगी यह दुनिया तुम्हें...क्या...कैसे...जीने भी देगी या नहीं..."

"अरे सुमेर भाई, कभी फौजी लोग भी इस तरह निराश होते हैं ! हिम्मत करो, तुम ठीक हो जाओगे।" पास बैठे भीखूराम ने कहा।

"भाई भीखू ! दम तो बड़ा था मेरा। पर देख, कुछ तो मेरी पत्नी तोड़ गईं, जब बीच मंझधार में छोड़ वह चली गईं थी। फिर मैंने प्यारचन्द पाला, बड़ा किया...उसका विवाह किया...फिर विवाह के तीन दिन के बाद वह घर से फौज को गया...और ग्यारहवें दिन इस दुनिया से ही चला गया... अब मैं भी जा रहा हूं...बस, जा रहा हूं। अब जाने के लिए बाकी ही क्या बचा है...पर भीखू, तू ही बता...इस लाजो को...किसके सहारे छोड़कर जाऊ।" पास बैठे सभी लोगों की आंखें गीली थीं। किसी के पास उसे सांत्वना देने के लिए कोई शब्द नहीं सूझ रहा था।

"ओ रमेश...मैं समय पर तेरी बात भी मान लेता तो शायद इसका कुछ प्रबन्ध ही कर पाता।" अब तक सुमेर की आंखों के पानी ने सिरहाने को गीला

कर दिया था। उसे खांसी आईं। पास बैठे प्रेम ने उसके सिर को सहारा देकर उसे थूकने में सहायता दी।

"क्यों रमेश, तूने क्या कहा था?" भीखूराम ने रमेश को पूछा।

"अरे भीखू, यह बोलता था कि लाजवन्ती का विवाह कर दिया जाए तो वह अपना जीवन अच्छी तरह बिता लेगी।" सुमेर जल्दी में सब कुछ कह गया, फिर वह ज़ोर से खांसी। कितनी ही देर खांसता रहा, फिर बोला, "पर भाई, यह कैसे होता...मैं भी कैसे करता...पर अब क्या होगा..." सुमेरचन्द को फिर ज़ोर की खांसी आईं।

"भाई सुमेर, रमेश बात तो बिलकुल ठीक करता है; पर उसकी बात मानने की किसी में हिम्मत भी तो हो।" भीखूराम ने कहा।

"पर धर्म भी तो है...बिरादरी के भी तो कुछ उसूल हैं...जो कभी हुआ नहीं..." सुमेर बड़बड़ाया।

"वाह, इसमें धर्म कहां से घुस गया सुमेर, और बिरादरी ! बिरादरी क्या होती है? किसी प्रकार का अच्छा काम करने में न धर्म रोक सकता है। न ही बिरादरी।" भीखूराम की बात से रमेश को समर्थन मिला।

"पर ये छोकरे भी बस मूर्ख हैं। बातें खूब बनाएंगे, भाषण करेंगे, घर-घराट पर बड़ी फूंके मारेंगे, पर मैं पूछता हूं कि ऐसे नौजवान की सूरत दिखाओ, जो एक अभागिन विधवा से शादी करने को तैयार हो। मैं समस्त बिरादरी को एक तरफ करके लाजो को फिर से सुहागन बनाने में सबसे आगे आऊंगा। कर ले बिरादरी, जो भी करना हो।" भीखूराम की बात सुनकर प्रेम, रमेश व अन्य सबकी आंखें धरती की ओर देखने लगीं। प्रेम ने एक बार रमेश की ओर देखा और रमेश ने प्रेम की ओर देखकर आंखें झुका लीं। "बस, अब कोई नहीं बोलेगा। इस आसपास के गांव में सैकड़ों नौजवान हैं, पर मैं जानता हूं, सब दलीलें देंगे, बातें करेंगे, लेकिन एक भी ऐसा नहीं है, जिसमें यह सब कुछ करने की हिम्मत हो।"

यह सीधी चुनौती थी। सब चुप थे। सुमेर सीधा लेटा छत की कडियां। गिन रहा था।

"चाचाजी, आप ठीक कहते हैं। आपने आज मेरी आंखें खोल दीं। किसी बात को कहना व तर्क देना बिलकुल सरल है, पर उसे व्यवहार में लाना

कठिन है। हम सबकी वाणी ही बोलती है, जीवन नहीं।" रमेश ने अपनी हार स्वीकार करते हुए कहा।

सुमेर की खांसी बढ़ गईं थी। बुखार भी काफी तेज़ हो गया था। अब उसे हिचकी भी आने लगी। भीखूराम ने उसकी नब्ज़ देखी और बड़ी दादी को इशारा किया। वह दौड़ कर गईं और गंगा-जल ले आईं। वह सुमेर को पिलाया गया। बड़ी दादी तुरन्त एक गऊ ले आईं और उसे बाहर बरामदे में बांध दिया गया।

भीखूराम ने फिर नब्ज़ देखी। नब्ज़ प्रायः जा चुकी थी। उसने सबको इशारा किया। तभी सुमेर ने फिर आंखें ज़रा खोलीं। उसके होंठ फड़फड़ाए। प्रेम ने चम्मच से पानी उसके मुंह में डाला।

"भी...खे...प्रेम...रमेश..." सुमेर सबके नाम बड़बड़ाने लगा। सब पास आ गए। प्रेम ने उसका हाथ पकड़ा। भीखूराम ने उसके माथे पर अपना हाथ फेरना शुरू किया।

"मेरी...ला...जो...मेरे प्यारू की...शहीद की...अमानत...ओ भगवान..." सुमेर के गले से शब्द नहीं निकल रहे थे।

लाजो भी पास आ खड़ी हुई थी। सुमेर ने बड़ी कठिनाई से आंखें खोलीं। लाजो को देख उसकी आंखों में फिर आंसू भर आए। बोलना चाहता था, पर गले से शब्द बाहर नहीं आ सके।

रमेश ने कहा, "बाबाजी, आप निश्चिन्त रहें। यह आपकी ही नहीं, हम सबकी जिम्मेदारी है...यह शहीद की अमानत है। हम पूरा ध्यान रखेंगे।" प्रेम ने भी सुमेर के कान के पास जाकर कहा, "बाबा, प्रभु का नाम लें। हम सब इसका पूरा ध्यान रखेंगे।"

भीखूराम तो सुमेर की नब्ज़ हाथ में लेकर बैठा था। तभी सुमेर ने एक बड़े ज़ोर को हिचकी ली। उसकी आंखें पलटने लगीं। भीखूराम ने इशारा किया। गऊ लाई गईं। गोदान कराया गया। सुमेरचन्द को भूमि पर लिटा दिया गया।

११

मौल खड्ड का पानी एक मधुर गम्भीर आवाज़ गुंजाता हुआ बह रहा था। कितनी ही दूर तक पानी की बारीक धारा के साथ छोटे पत्थरों का एक फर्श-सा बिछा हुआ था। दूर उत्तर की तरह धौलाधार की ऊंची चोटियां दूध-सी उजली बर्फ में लिपटी खड़ी थीं। सूर्य की तेज किरणें उस बर्फ पर पड़तीं तो एक चकाचौंध पैदा कर देतीं।

एक किनारे पर मौल खड्ड के पानी को कुछ ऊपर एक कूहल में लाया गया था। वह पानी एक छोटी लकड़ी की नाली से गिराकर एक घराट चला रहा था। एक घास की छोटी-सी झोंपड़ी में बड़े-बड़े पत्थरों के दो चक्के इसी पानी की पैदा की गईं गति से घूमते और अनाज पीसकर आटा बना देते। घराट के अन्दर से घर-घर की आवाज़ निकलती, बाहर लकड़ी के लम्बे नाले से गिरते पानी की झर-झर की आवाज़ निकलती और इन दोनों आवाज़ों के साथसाथ मौल खड्ड की सर्र-सरं सां-सां, की सुरीली आवाज़ मिलती तो ऐसा लगता, किसी रेडियो स्टेशन के कमरे में विभिन्न वाद्यों पर स्वर साधा जा रहा है।

उस मौल खड्ड के एक किनारे पर एक चिता चल रही थी। पास ही गांव के सब लोग नंगे सिर बैठे थे।

सामने की तरफ देखते हुए दीनानाथ बोला, "देखो भाई, ज़िन्दगी भी क्या है ! कल सुमेरचन्द बातें कर रहा था, आज वह चला गया।"

"हां, बस याद रह जाती है आदमी की। आदमी बड़ा भला था। कभी किसीके अच्छे-बुरे में नहीं आया। चुपचाप अपनी ज़िन्दगी के अकेले रास्ते पर चलता गया।" सरूपचन्द ने सिर पर हाथ रखते हुए कहा।

"सुमेर की उमर क्या होगी?"

"क्यों भीखूरामजी, कितनी आयु थी उनकी?"

"भाई वह मुझसे कोई दस साल बड़ा था।"

"और आपकी आयु कितनी है?"

"मैं जब १६१४ की लड़ाई में गया था, तब मेरी आयु बीस वर्ष थी।"

"तो फिर आपकी आयु सत्तर साल के लगभग हुई और सुमेरचन्द की आयु अस्सी साल।"

"हां? बस, ऐसा ही समझो।"

"तो भाई भीखूरामजी, आप इस गांव में अब सबसे बूढ़े हैं।" सरूपचन्द ने कहा।

"तुम्हारा मतलब है, सुमेरचन्द के बाद अब मेरी बारी है?" भीखूराम ने अपनी पूंछों में मुस्कराते हुए कहा। सब हंस पड़े। मातम के उस वातावरण में भी एक पल-भर के लिए उजाला-सा फैल गया।

"भाई, गीता में भगवान कृष्ण ने यही तो अर्जुन को समझाया था कि यह आत्मा है, जो मरती नहीं, बस कपड़े बदलती है। हम व्यर्थ मोह-माया के जाल में फंस जाते हैं।" दीनानाथ ने कहा।

पास बैठा किशोरचन्द भी बोल उठा, "हमारे ऋषियों ने कितनी बड़ी सचाइयों का पता लगा लिया था! उन्होंने कहा था कि यह संसार माया है। कुछ भी मनुष्य के साथ नहीं जाता। धन, मकान, परिवार-सब यहीं पर रह जाएंगे। मनुष्य का अच्छा कर्म ही उसके साथ जाता है।"

"ठीक है भाई, तभी तो किसी ने कहा है—सिकन्दर जब गया दुनिया से। दोनों हाथ खाली थे...पर पता नहीं क्या बात है, मनुष्य सब कुछ जानता है। तो भी सारा जीवन मोह-माया के जाल में फंसा सब पाप करता जाता है।" ध्यानसिंह ने भी अपना दर्शन पेश कर दिया।

"बात यह है कि यदि मनुष्य मौत का दिन याद रखे तो शायद वह पाप ही न करे। इसीलिए तो बुज़ुर्ग कहते थे कि मौत को याद रखो।" भीखूराम बोला।

"आत्मा तो शुद्ध है, पवित्र है; पर जब यह शरीर में प्रवेश करती है तो संस्कारों के अधीन होकर, उसपर एक मैल आ जाती है। हम जैसा कर्म करते हैं, उस कर्म का प्रभाव संस्कार बन जाता है। वे संस्कार इकट्ठे होकर हमारे जीवन की दिशा निर्धारित करते हैं। यह आत्मा बार-बार जन्म लेती रहती है। यह आत्मा बार-बार शरीर धारण करती है। पुराना शरीर छोड़कर नये शरीर में प्रवेश करती रहती है।" दीनानाथ ने धरती से पत्थर उठाकर कुछ दूर फेंकते हुए कहा।

"दीनानाथजी, यदि आत्मा मरती नहीं तो फिर शरीर को ही क्यों नहीं अमर बना दिया भगवान ने? यह दुःख-कष्ट, रोना-पीटना—इस सबकी क्या ज़रूरत थी?" किशोरचन्द ने पूछा।

हाथ हिलाते हुए दीनानाथ बोला, "फिर कर्मों के फल कैसे भोगे जाते? जिसे हम मृत्यु कहते हैं, वह केवल इस स्थूल शरीर की समाप्ति होती है। आत्मा जब शरीर छोड़ती है तो वह स्थूल शरीर को छोड़ती है, पर सूक्ष्म शरीर उसके साथ जाता है। वह इस जन्म के कर्मों के संस्कार साथ ले जाता है। जो कुछ पीछे के जन्म में किया, वह इस जन्म में भोगा और जो इस जन्म में किया, वह अगले जन्म में भोगना पड़ेगा। यह आवागमन का चक्र तब तक चलेगा, जब तक आत्मा मुक्त नहीं हो जाती या फिर प्रलय नहीं हो जाती।"

सब बड़े ध्यान से दीनानाथ की बात सुन रहे थे। उसकी बात-बात पर सिर हिलाते थे "ठीक है, बिलकुल ठीक कहा पण्डितजी आपने।" यह कहकर उसकी प्रशंसा कर रहे थे।

चिता में आग पूरी तरह प्रज्वलित हो चुकी थी। लपटों का धुआं आकाश की ओर दौड़ रहा था।

कुछ ही दूरी पर एक बड़े पत्थर पर रमेश व प्रेम बैठे हुए थे। वे एक तरफ चिता की लाल लपटों को देखते और साथ ही बड़े-बूढों की बातें भी सुन रहे थे।

रमेश बोला, "ये बूढ़े सारा तत्त्वज्ञान यहीं पर बिखेर देंगे।"

"बिखेरेंगे नहीं, मौल खड्ड में बहा देंगे।' प्रेम बोला।

"देखा, कितनी ऊंची चर्चा चल रही है ! लगता है, उत्तराखंड में यमुनोत्री के पास कुछ ऋषि आत्मा की अमरता पर विचार कर रहे हों। अनंत के रहस्य का रहस्योद्घाटन कर रहे हों।"

"और यह सारा तत्त्वज्ञान बस श्मशान घाट तक ही सीमित रहता है।"

"क्या मतलब?"

"रमेश !" इसे श्मशान-वैराग्य कहते हैं।"

"मैं समझा नहीं !"

"जब लोग श्मशानघाट पर किसीका अन्तिम संस्कार करने के लिए

आते हैं, उसे लकड़ियों की चिता पर रखते हैं, आग लगाते हैं, उसकी कपाल-क्रिया करते हैं तो उन्हें बहुत बड़े ज्ञान की अनुभूति होती है। उन्हें लगता है, यही है बस इस जीवन का अन्त, जिसके लिए हम पल-पल मर रहे हैं, झूठ बोल रहे हैं व पाप कर रहे हैं। पर ज्योंही वे श्मशानघाट से उठकर घर पहुंचते हैं, यह सारा ज्ञान गायब हो जाता है।"

"बिलकुल ठीक कहा प्रेम तुमने। देखो, इस ध्यानसिंह को, सारी सहकारी समिति इसने नीबू की तरह निचोड़कर चूस ली, यहां पर यह भी ज्ञान झाड़ रहा है।"

"और यह किशोरचन्द एक स्कूल में अध्यापक है। कहते हैं, बच्चों की फीस व पुस्तके, कापियों के पैसे तक भी खा जाता है।"

"और सरूपचन्द को शराब की बोतल देकर कोई भी पंचायत में अपने पक्ष में फैसला करवा सकता है।

"मनुष्य कितना बड़ा पाखंडी है ! स्वयं को ही धोखा देता है। प्रेम ने दूर धौलाधार की ओर दृष्टि डालकर कहा।

"यहां से जाते ही ये सब लोग उसी प्रकार के अपने-अपने कामों में लग जाएंगे। ध्यानसिंह कहीं गबन की योजना बनाएगा, किशोरचन्द बच्चों के पैसे खाएगा।"

कुछ देर दोनों चुप रहे। प्रेम चुपचाप नीचे पड़े बारीक पत्थरों को उठाउठाकर दूर फेकता रहा।

'प्रेम, तुम क्या सोच रहे हो?" रमेश ने मौन तोड़ने के लिए पूछा।

"यूं ही, कुछ नहीं।"

"नहीं, तुम कुछ अवश्य सोच रहे हो।"

"तुम्हें कैसे पता?"

"भई, दोस्त का दिल दोस्त आंखों में पढ़ लेता है।"

"मैं सोच रहा हूं, रमेश, सुमेरचन्द की उस चुनौती का हममें से किसीके पास भी कोई उत्तर न था।"

"उत्तर हो भी क्या सकता था !"

"तो वे तेरी सारी बातें, दलीलें, तर्क केवल भाषण झाड़ने के लिए हैं?"

"वह तो एक सच्चाई कही है मैंने। ऐसा करना चाहिए, यही तो मैंने कहा

था। वह तो आज भी उतना ही सच है, जितना तब था, जब मैंने कहा था।''

"पर उस सच का मूल्य ही क्या है, जिसे करने का किसी में साहस ही न हो?"

"प्रेम, तुम बिलकुल ठीक कह रहे हो, मैं भी ऐसा ही सोचता हूं। इस देश में आज़ादी का सबसे बड़ा अर्थ यही है कि जो चाहो बोलो, भले ही उसे व्यवहार में न लाओ।"।

''स्वतन्त्रता प्राप्त करने के बाद एक ही उद्योग भारत में सबसे अधिक पनपा है और वह है भाषण-उद्योग।"

"हम भी तो वैसे ही कोरे भाषणबाज़ हैं।"

"इसमें क्या संदेह है !"।

"प्रेम, बात यह है कि जो कुछ मैंने कहा है, उसे करके दिखाने की स्थिति अभी आईं नहीं।"

"रमेश, अपने-आपको ठगने से क्या लाभ है ! ऐसा कहो कि जो कुछ तुमने कहा, उसे करने की हिम्मत नहीं।"

''यह भी ठीक है।''

"मुझे लग रहा है, वह अस्सी साल का बूढ़ा हमारे सामने एक चुनौती देकर चला गया। वह अनपढ़ हम सबसे अधिक शिक्षित निकला। वह हमें मात देकर चला गया।"

रमेश चुप रहा।

"रमेश, जो हो नहीं सकता, जिसे कोई कर नहीं सकता, उसे कहने का भी किसीको क्या अधिकार है?"

प्रेम के कन्धे पर अपना हाथ रखकर रमेश बोला, "तुममें यही कमी है। हर बात को गहराई से सोचने लग जाते हो। हमें जो बात ठीक लगी वह कह दी। अपनी हर कही बात को करके दिखाने की ज़िम्मेदारी हमपर ही कहां आती है? हम ईमानदारी से उस शहीद की विधवा की मदद तो करेंगे ही, यदि कोई युवक मिल गया तो उसके विवाह का भी प्रबन्ध करेंगे।''

अब तक चिता पूरी जल चुकी थी। सब उठे और पास की खड्ड के पानी में बारी-बारी से हाथ-पैर धोए। जूते उतारे, पास पड़ी लकड़ियों में

से एक छोटी लकड़ी उठाई, चिता के पास जाकर वह लकड़ी चिता में डालकर नमस्कार कर दिया। फिर सब अपने-अपने जूते पहन गांव के रास्ते पर चल पड़े।

सुमेरचन्द की मृत्यु के बाद के सब रीति-रिवाज पूरे कर दिए गए। अब उसकी अस्थियों के अवशेष हरिद्वार गंगा में प्रवाहित करने बाकी थे। उसके लिए लाजो का जाना भी ज़रूरी था। सब सलाह करने लगे कि हरद्वार जाने का प्रबन्ध किस प्रकार किया जाए।

बड़ी दादी ने कई बार हरिद्वार जाकर गंगा-स्नान की इच्छा प्रकट की थी, पर आज तक उसे कभी अवसर ही नहीं मिला था। इसलिए यह तय हुआ कि लाजो के साथ बड़ी दादी को भेजा जाए। वे दोनों अकेली तो जा नहीं सकती थीं, इसलिए साथ में प्रेम को भी तैयार किया गया।

१२

विशेष अधिकारी भगतराम जिस दिन गिरफ्तार कर लिया गया, उस दिन चुपके-चुपके सब जगह खुशियां मनाई गईं। पालमपुर में तो प्रत्येक की ज़बान पर एक ही बात थी कि आखिर पापी पकड़ा गया। उसकी चरित्रहीनता जगत्-प्रसिद्ध थी; पर किसीको कुछ कहने की हिम्मत न थी।

फौजी परिवारों में भयंकर रोष था कि एक फौजी विधवा के साथ ऐसा व्यवहार किया गया। कई दिन तक भगतराम की ज़मानत भी नहीं हुई। उसके सम्बन्धी जालन्धर के एक बड़े वकील श्री एस० एन० चड्ढा को पैरवी करने के लिए नियुक्त करने पर विवश हुए, क्योंकि पालमपुर के सब वकीलों ने उसकी पैरवी करने से इनकार कर दिया था।

कुछ दिन के बाद भगतराम ज़मानत पर छोड़ दिया गया और पुलिस मुकदमे के सब कागज़ पूरे करने लगी।

भगतराम सीधा जालन्धर पहुंचा। जालन्धर में विभाग के एक बड़े राजस्व अधिकारी कृष्णदयाल उसके विशेष मेहरबान व्यक्ति थे। कांगड़ा

ज़िला जालन्धर विभाग का हिस्सा था। कृष्णदयाल जब भी कांगड़ा ज़िला के दौरे पर आता था तो उसका सब प्रकार का ध्यान, भोजन, मनोरंजन आदि का प्रबंध भगतराम ही करवाता था।

कृष्णदयाल अभी अपने घर पर कार्यालय जाने की तैयारी ही कर रहा था कि बाहर किसी के आने की सूचना मिली। जब चपरासी ने चिट उसे दी तो उसने भगतराम को भीतर बुला लिया।

"जनाब, नमस्ते।"

"आओ भगतराम ! सुनाओ भाई, कैसे हो—बैठो।"

भगतराम सामने पड़ी कुर्सी पर बैठ गया। कृष्णदयाल ने सामने पड़ी फाइल के दो-तीन कागज़ ध्यान से देखे और फिर फाइल बन्द कर दी। अपने निजी सहायक को बुलाकर कहा कि वह कार्यालय कुछ विलम्ब से जाएंगे। नौकर को चाय तैयार करने के लिए कह दिया।

ऐनक उतारकर मेज़ पर रखते हुए कृष्णदयाल बोला, "कब आए भगतराम? आने का पता भी नहीं दिया। इस बार क्या लाए हो?"

कृष्णदयाल की आंखें भगतराम के चमड़े के बैग को घूर-घूरकर देखने लगीं। भगतराम जब भी जालन्धर आता था तो वह कृष्णदयाल के लिए कोई न कोई चीज़ लेकर ही आता था। एक बार बढ़िया पशमीने की चादर लाया था। एक बार नूरपुर के संतरों का टोकरा लाया था। एक बार अप्रैल-तोड़ की पालमपुर की बढ़िया चाय दे गया था। अपने बड़े अधिकारी को पूरी तरह अपने काबू में रखकर भगतराम धन और स्त्री के अपने भ्रष्टाचार निर्विघ्न करता रहता था। जब कृष्णदयाल दौरे पर आता तो उसे कई प्रकार के उपहारों के अतिरिक्त प्रत्येक स्थान पर नई लड़कियां पेश करने का काम भी भगतराम ही करता था।

एक ठण्ठी सांस छोड़ते हुए भगतराम बोला, "जनाब, इस बार मैं ला ही क्या सकता था !"

"क्यों, क्या बात हो गईं?"

भगतराम को बड़ा आश्चर्य हुआ। उसने सोचा, क्या कृष्णदयाल को कुछ भी पता नहीं कि उसके साथ कितनी बड़ी दुर्घटना हो गईं है? अखबारों में समाचार छपा है। सब जगह उसकी चर्चा हुई है। कृष्णदयाल को चाहिए

तो यह था कि वह भगतराम की सहायता के लिए स्वयं ही आता, पर वह तो बिलकुल ही अनजान बन रहा है। उसके चेहरे पर परेशानी का रंग उतर आया।

"जनाब, आपको मालूम ही नहीं? मेरे साथ तो इतनी बड़ी बात हो गई। गिरफ्तार कर लिया गया था। अब जमानत पर छूटकर आया हूं। सरकारी पद से निलम्बित कर दिया गया हूं।"

"ओह...ठीक...आई एम सॉरी...भगतराम, रीयली वेरी सॉरी...सुना था, पढ़ा भी था...शायद कोई विभागीय रिपोर्ट भी आई है। यह सब कैसे हो गया?"

भगतराम ने संक्षेप में सब सुना दिया।

"अरे, घबराने की कोई बात नहीं। सब ठीक कर दूंगा। कुछ दिन तुम्हें निलम्बित रहना पड़ेगा, बस।"

भगतराम की जान में जान आ गई। वह गिड़गिड़ाते हुए बोला, "देखिए, मैंने हमेशा आपकी पूरी सेवा की है। हर प्रकार का संकट मोल लेकर भी मैंने आपको सुखी रखा है। आपकी सुख-सुविधा के लिए मैंने कभी कोई कसर उठा नहीं रखी। अब यह मेरी ज़िन्दगी और मौत का सवाल है।" भगतराम अपनी आंखें पोंछने लगा।

"ठीक है, मुझे सब याद है। तुम्हारी सेवाएं मैं कभी भूल नहीं सकता।" आश्वासन देते हुए कृष्णदयाल ने कहा।

"और जनाब, यदि मुझे सज़ा हो गई तो एक तरफ मैं नौकरी से जाऊंगा, सारा मान-सम्मान मिट्टी में मिल जाएगा और बच्चे भूखे मरेंगे।"

"भगतराम, जीवन में दुःख-कष्ट भी आते हैं, उनका हिम्मत से मुकाबला किया जाता है, घबराकर कुछ नहीं होता। पर यह बताओ, तुमने उस लड़की की मर्ज़ी के खिलाफ यह सब कुछ क्यों कर डम्ला?"

"बुरे दिन समझो, जनाब !"

"देखो, भगतराम, मैंने ज़िन्दगी-भर नई-नई लड़कियों का सहवास किया है, पर मेरी ज़िन्दगी का उसूल रहा है कि मैंने बिना मर्ज़ी कभी किसीसे ज़बरदस्ती नहीं की।"

"ठीक है, जनाब !" भगतराम ने सिर हिलाया।

"मैंने रिश्वत भी खूब ली है। तुम तो क्या देते हो, एक बार एक खास

संगीन मामला मेरे सामने आया था। मैंने कुछ मांगा नहीं, पर वह एक बहुत बड़ा सेठ था। उसने पचास हजार रुपये दे दिए। मैंने उसका मामला रफा-दफा कर दिया, लेकिन मैंने अपना उसूल नहीं छोड़ा। उससे खुद कुछ नहीं मांगा। ज़बरदस्ती बुरी बात है। जो भी करो, रज़ामन्दी से, चाहे धन हो या कुछ और। तुम उस चक्कर में कैसे फंस गए?"

"जनाब वह लड़की क्या है—बस, कमाल ही है। उसे देखकर मैं ही क्या, कोई भी कुछ कर बैठे। मैं तो चाहता था, उसे किसी प्रकार फंसाकर आपको पेश करता, पर..."

"अरे भाई, तुमने उसूल छोड़ दिया, तभी इतनी हानि हुई। उसूल छोड़ने के कारण ही तुम इस संकट में फंस गए और मैं उस इतनी सुन्दर लड़की से वंचित हो गया। इसीलिए तो सब बड़े आदमियों ने कहा है कि उसूल से गिरना नहीं चाहिए।" ललचाई नज़रों से देखते हुए कृष्णदयाल ने कहा।

कुछ देर दोनों चुप रहे। चाय आ गईं थी, दोनों पीने लगे।

चाय की एक चुसकी लेकर कृष्णदयाल बोला, "देखो, मैं अगले मास की दस तारीख को पठानकोट जा रहा हूं, वहां से दो दिन के लिए धर्मशाला आ जाऊंगा। वहां पर सब सम्बन्धित अफसरों को बुलाकर पुलिस वालों को भी कहलवा दूंगा कि वे मुकदमा इस प्रकार से तैयार करें कि तुम छूट जाओ।"

कृष्णदयाल के पैर छूकर भगतराम बोला, "बस, मैं अब आपके ही सहारे हैं। यदि आपकी कृपा न हुई तो मैं बरबाद हो जाऊंगा। मैं ज़िन्दगी भर आपकी यह कृपा नहीं भूलूंगा।"

भगतराम चलने के लिए उठा। दरवाज़े तक चला गया तो कृष्णदयाल ने उसे अपने पास बुलाया और धीरे से कहा, "वह एक बार मटौर के पास की एक लड़की तुम लाए थे, थी तो वह काली, पर उसके नक्श बड़े तीखे थे। देखो, दस की रात वह पठानकोट ज़रूर आ जाए।"

"ज़रूर जनाब, वह तो बिलकुल अपने कहे पर है।"

"बस, यही है उसूल और आदर्श। बस, रज़ामन्दी से, ज़ोर-ज़बरदस्ती नहीं। तुम इस उसूल पर रहते तो यह कष्ट न होता। खैर, देख लेंगे।"

भगतराम विदा लेकर चला गया।

१३

भगतराम ने पठानकोट में दस तारीख को अपना वायदा पूरा कर दिया। कृष्णदयाल उसके बाद धर्मशाला आया। उसने पुलिस अधिकारी को बुलाकर उस विशेष अधिकारी को बुलाया, जो भगतराम के मुकदमे के कागज़ तैयार कर रहा था। उसे समझाया गया कि मुकदमे में कुछ इस प्रकार की कमियां रखी जाएं ताकि आरोप प्रमाणित न हो सके और उसे सन्देह का लाभ मिल सके। सबने मिलकर सारे विषय पर विचार किया। एक योजना यह बनाई गईं कि किसी प्रकार यह सिद्ध किया जाए कि घटना वाली रात को भगतराम पालमपुर में था ही नहीं। वह सायंकाल को ही अपने घर चला गया था। यह सिद्ध किया जाए कि सारी घटना भगतराम के कुछ विरोधियों ने मनगढ़त बनाई है। उस दृष्टि से सभी कागजों में कुछ फेर-बदल करके व कमियां रखने के लिए सबको कह दिया गया।

पुलिस अधिकारी ने कृष्णदयाल को कहा कि पालमपुर के एस० डी. एम० को भी यह इशारा कर दें, क्योंकि इस मुकदमे में वह भी एक गवाह बन गया है। एक संदेश भेजा गया और दूसरी प्रातः पालमपुर के एस० डी० एम०, वी० विश्वनाथन भी धर्मशाला आ गए।

धर्मशाला के सर्किट हाउस के बाहर काफी चहल-पहल थी। ज़िला के सभी मुख्य अधिकारी कृष्णदयाल की देखभाल के लिए मौजूद थे। कुछ फाइलें लेकर आए थे, कुछ भेंट चढ़ाने आए थे। कुछ अपने विशेष काम करवाने के लिए उससे एकांत में मिलने की कोशिश कर रहे थे।

धर्मशाला के कोतवाली बाजार के बीच में बाईं तरफ को यह सर्किट हाउस एक सुरम्य स्थान पर स्थित था। सामने की ऊंची पहाड़ियों पर लम्बे ऊंचे देवदार के वृक्ष मानो आकाश छुने की कोशिश में खड़े थे। इधर नीचे की कांगड़-वादी एक विशाल पीली चादर की तरह बिछी थी। पर्वतों पर बादल दौड़ रहे थे। कभी बादल वृक्षों की ओट में चले जाते तो कभी उन वृक्षों को अपनी बांहों में लपेट लेते। उनकी यह आंखमिचौनी देखने वाले के दिल को मोह लेती।

प्रकृति की इस मनोरम छटा से घिरे धर्मशाला के सर्किट हाउस के बाहर एक पवित्र, सुन्दर, निश्कलंक वातावरण था और सर्किट हाउस के अन्दर के कमरे में कृष्णदयाल, विश्वनाथन को कह रहा था, "बात यह है विश्वनाथनजी, उस मुकदमे में किसी न किसी प्रकार भगतराम की मदद करनी है।"

"पर सर, यह ठीक नहीं होगा।" विश्वनाथन ने कुछ तनकर कहा।

विश्वनाथन अभी-अभी आई० ए० एस० पास करके आया था। एक नवयुवक था। छल, कपट, भ्रष्टाचार से उसे घृणा थी। वह प्रशासन की पवित्रता व दक्षता पर विश्वास रखता था। उसकी यह बात सुनकर कृष्णदयाल को कुछ क्रोध-सा आ गया। उसने चौंककर पूछा, "क्यों, क्या ठीक नहीं होगा?"

"सर, शायद आपको सारी घटना का पता नहीं है।"

"मुझे सब पता है विश्वनाथन!" सिगरेट का लम्बा कश लेकर कृष्णदयाल ने कहा।

"बात यह है कि भगतराम ने एक शहीद की विधवा की इज़्ज़त पर हाथ डाला है और वह भी उसे धोखा देकर अपने कमरे में रखने के बाद।"

"फिर क्या हुआ?" लापरवाही से कृष्णदयाल ने पूछा।

"भगतराम ने उस विधवा को सरकारी अनुदान का पांच हज़ार रुपया कई दिन तक नहीं दिया। धन खज़ाने से निकलवाकर अपने पास रख छोड़ा।"।

"हूं।" विश्वनाथन की ओर तेज़ नज़रों से देखते हुए कृष्णदयाल ने सिगरेट का एक और कश लिया।

"इस प्रकार उसने अस्थायी गबन का भी अपराध किया है। सबसे बड़ी बात तो यह है कि एक शहीद की विधवा की इज़्ज़त पर उसने हाथ डाला है और इससे बड़ा और कोई पाप या अपराध नहीं हो सकता।"

"और कुछ?" कृष्णदयाल ने व्यंग्य से पूछा।

"घटना के तुरन्त बाद लड़की मेरी कोर्ट में लाई गईं थी और उसने मेरे सामने ही प्रथम बयान दिया था।"

"इसके अलावा और कुछ?" कृष्णदयाल अब कुछ क्रोध में आ गया था।

"भगतराम के विरुद्ध इस प्रकार की शिकायतें बहुत दिनों से हैं। वह रिश्वत भी लेता है और मुकदमे के लिए आने वाली भोली-भाली। गांव की स्त्रियों को खराब भी करता है।"

"मिस्टर विश्वनाथन ! वोंट यू स्टाप योर बोरिंग स्पीच?" कुर्सी से उठते हुए लाल आंखों से क्रोध के अंगारे निकालते हुए कृष्णदयाल ने कहा। फिर एकदम कुछ संभलकर संयत स्वर में बोला, "विश्वनाथन, तुम समझते नहीं कि भगतराम हमारा ऑफिसर भाई है। यदि उसकी हम सब मिलकर मदद नहीं करेंगे तो और कौन करेगा? ये बातें जो तुम बता रहे हो, सारी सच नहीं हो सकतीं। पालमपुर में कुछ ऐसे वकीलों का गुट है, जिनके कहने पर भगतराम ने कुछ मुकदमों का उनके हक में फैसला नहीं किया। इसलिए उन लोगों ने उसके विरुद्ध यह षड्यन्त्र रचा है। और कुछ ठीक भी हो तो भी क्या हुआ ! इन्सान से गलती भी तो हो जाती है। कई बार कुछ गलतियों पर परदा भी डालना पड़ता है।" कृष्णदयाल ने उसे समझाते हुए कहा।

"पर यह गलती नहीं, भयंकर अपराध व पाप है, सर !"

"तुम मैजिस्ट्रेट के साथ-साथ धर्मराज कब से बन गए, जो पाप-पुण्य का फैसला भी देने लग गए?"

"यह तो बिलकुल स्पष्ट है। कोई भी उसे उचित नहीं ठहरा सकता।"

"यदि ऐसा भी हो तो क्या अपने एक साथी को बचाने की कोशिश नहीं करनी चाहिए?"

"कानून तो सबके लिए बराबर है, और कानून के आगे सब बराबर हैं।"

"नहीं, विश्वनाथन, नहीं। केवल किताबों की दृष्टि से सब बराबर हैं, पर कुछ लोग बाकियों से अधिक बराबर हैं।"

"मैंने ऐसा कानून नहीं पढ़ा।"

"तो तुम्हें यहां पढ़ना पड़ेगा।"

"मुझे विवश नहीं किया जा सकता।"

"विश्वनाथन !" क्रोध से कांपते हुए कृष्णदयाल बोला और कुछ देर चुप उसकी ओर देखता रहा।

"तुम नये-नये आए हो—तुमने यहां सर्विस करनी है या नहीं?" कृष्णदयाल ने खड़े होकर पूछा।

"सर्विस करनी है, पर आत्मा नहीं बेचनी।" स्वाभिमान से विश्वनाथन ने कहा और कुर्सी से उठ खड़ा हुआ।

"तुम नये-नये आए हो मिस्टर ! धीरे-धीरे तुम्हारी आत्मा भी ठीक हो जाएगी। नये-नये आई० ए० एस० इसी प्रकार की ढींग मारते रहते हैं; पर इस तरीके से दुनियादारी नहीं चलती। आज भगतराम से यह अपराध हुआ है, कल इसी प्रकार का तुमसे भी हो सकता है।"

"जब मुझसे ऐसा अपराध होगा तो मैं चाहूंगा कि मुझे भी कानून कें अनुसार सज़ा मिले।"

"यह तुम आज कह रहे हो। उस समय हाथ जोड़कर गिड़गिड़ाओगे।" कृष्णदयाल ने कहा, "विश्वनाथन, मुझे दो टूक जवाब चाहिए। तुम्हें याद रखना चाहिए कि तुम मेरे अधीन सेवा करते हो।"

"नहीं, यह गलत है।"

"क्या कहा? तुम मेरे अधीन सरकारी नौकर नहीं हो?"

"नहीं, बिलकुल नहीं। मैं किसीका व्यक्तिगत नौकर नहीं हूं। मैं स्वतन्त्र भारत का नौकर हैं और अपने देश की सर्विस करता हूं, किसी एक व्यक्ति की नहीं। मेरी वफादारी मेरे देश के प्रति है।"

"अच्छा, इस भाषणबाज़ी को छोड़ो। मुझे दो टूक जवाब दो।"

"किस बात का?"

"भगतराम को बचाने के लिए सहायता करोगे या नहीं?"

'बिलकुल नहीं। किसी भी मूल्य पर नहीं—क्या मैं जा सक विश्वनाथन दरवाज़े की ओर बढ़ा।

"विश्वनाथन ! याद रखना, तुम्हें यह इनकार बहुत महंगा पड़ेगा। भगतराम साफ बचेगा और ज़रूर बचेगा। तुम जितना चाहो, ज़ोर लगा लो।" कृष्णदयाल के कहते-कहते विश्वनाथन बाहर जा चुका था।

कुछ ही दिन के बाद विश्वनाथन की बदली लाहौल तथा स्पीती ज़िला के काजा नामक स्थान पर कर दी गईं। उन दिनों सबसे बड़ी सज़ा देने का यही एक तरीका था। साथ में विश्वनाथन को यह सन्देश भी मिला कि यदि

वह कृष्णदयाल के कहे अनुसार भगतराम की सहायता करने को तैयार हो, तो उसकी बदली के आदेश रद्द हो सकते हैं; पर विश्वनाथन ने यह उत्तर भिजवाया कि वह सर्विस करने आया है, अपनी आत्मा बेचने नहीं। उसने अपना सामान बांधा और काजा की ओर प्रस्थान कर दिया।

विश्वनाथन के चले जाने से पुलिस को मुकदमे में फेर-बदल करना आसान हो गया। भगतराम व पुलिस ने मिलकर जालन्धर के वकील चड्ढा से सलाह की और उसीके अनुसार मुकदमे के सारे कागजों को अन्तिम रूप दिया।

जब चड्ढा से भगतराम विदा लेने लगा था, तो उसने कहा था, "भगतराम, तुम्हारी सफाई में दो ही बात कही जा सकती हैं। एक यह कि लाजवन्ती पवनकुमार वकील के गांव की है, कुछ वकीलों से तुम्हारा कई दिनों से झगड़ा चला आ रहा है और उन वकीलों ने ही तुम्हारे विरुद्ध यह षड्यन्त्र रचा है। दूसरी बात यह कही जा सकती है कि जिस रात वह घटना घटी, उस रात तुम पालमपुर थे ही नहीं। तुम्हें यह साबित करना होगा कि उस रात तुम किसी और स्थान पर थे। इसलिए यदि किसी डॉक्टर का प्रमाणपत्र मिल जाए तो तुम्हारे बचने की सम्भावना हो सकती है। बाकी तो सब कुछ तुम्हारे विरुद्ध है।" भगतराम अब इसी प्रकार की गवाहियां तलाश करने में लग पड़ा।

१४

हरिद्वार की एक सराय में लाजो, प्रेम व बड़ी दादी ठहरे हुए थे। एक कमरे में लाजो व बड़ी दादी सो रही थीं तो दूसरे में प्रेम करवटें बदल रहा था। रात-भर के गाड़ी के सफर की थकावट थी। गाड़ी में भयंकर भीड़ थी, इसलिए सारी रात बैठकर जागते हुए धक्के खाते ही बीती थी।

प्रेम को नींद नहीं आ रही थी। वह पिछले दिन की घटनाओं को याद करने लगा। एक-एक घटना उसके मस्तिष्क में उतरने लगी।

जब बड़ी दादी वाली सीट पर दाढ़ी वाले दो यात्री आकर बैठ गए थे तो दादी को शक हुआ था कि वे मुसलमान हैं। वह घबराई थी। मुसलमानों से छूने पर उसका धर्म भ्रष्ट हो जाएगा। उसके थैले में रखी रोटियां भी खराब हो जाएंगी। उसने प्रेम से अपनी कठिनाई बताई तो प्रेम ने बड़ी मुश्किल से ऊपर वाली सामान रखने की जगह में बड़ी दादी को बैठा दिया था। उस भीड़-भरे डिब्बे में बस वही जगह थी, जहां बड़ी दादी अपने धर्म को सुरक्षित रख सकती थी।

खिड़की के साथ लाजो बैठी थी। उसके साथ ही प्रेम था। अगले स्टेशन पर गाड़ी रुकी को मुसाफिरों का एक तूफान ही अन्दर आ गया था। सबको सटकर बैठना पड़ा था। लाज की मारी लाजो दुबकी-सी मानो खिड़की में ही समा जाना चाह रही थी। उस सीट पर कुछ और लोग बैठ गए थे। उन्होंने आगे वालों को थोड़ा धकेला, तो प्रेम को भी उस धक्के ने आगे कर दिया था। प्रेम समझ रहा था कि लाजो के साथ इतना सटकर बैठना ठीक नहीं है।

'आप ठीक प्रकार बैठिए, मैं खड़ा हो जाता हूं।' यह कहते हुए प्रेम उठ खड़ा हुआ था।

'यह आप क्या कर रहे हैं?' विस्मय से लाजो ने पूछा था।

'आपको तकलीफ जो हो रही है।'

'पर इतना लम्बा सफर खड़े-खड़े तो कट नहीं पाएगा।'

'पर आपको कष्ट देकर भी तो सफर काटना ठीक नहीं है।'

लाजो ने अपना थोड़ा-सा घूंघट भी कुछ हटा दिया था। वह प्रेम की ओर आंखें ऊंची करते हुए बोली थी—'आपको किसने कहा है कि मुझे कष्ट हो रहा है?

'हर बात कही भी तो नहीं जाती।'

'पर बिना कहे गलत भी तो नहीं समझ लेना चाहिए।'

बड़ी-दादी ऊपर आराम से सो रही थी। कुछ यात्री बातें कर रहे। थे, कुछ ऊंघ रहे थे। किसीको किसीकी ओर देखने या उसकी बात सुनने का समय न था। भीड़-भड़ाके में भी एकान्त था। इसलिए प्रेम व लाजो आज पहली बार खुलकर बातें कर रहे थे।

एक जगह गाड़ी को ज़रा ज़ोर का धक्का लगा, तो प्रेम झूल-सा गया। उसने अपना हाथ ऊपर के फट्ट की लोहे की ज़ंजीर से फंसा रखा था। प्रेम उठ खड़ा हुआ था, इसलिए पीछे के आदमी उसकी जगह पर धीरे-धीरे कब्ज़ा जमा रहे थे।

लाजो ने प्रेम को इशारा किया और धीरे से उसके कान में कहा, 'इस जगह पर कोई और आकर बैठ जाएंगे, आप ही बैठ जाइए।'

खड़े-खड़े प्रेम भी थक गया था। वह बैठना भी चाहता था, परन्तु संकोच की भावना उसे बैठने नहीं दे रही थी। बात बदलते हुए उसने कहा था—'बड़ी दादी तो खर्राटे भर रही है।'

'चलो, अच्छा हुआ, उन्हें आराम तो मिल गया।'

'आराम तो मिला ही, पर धर्म भी बच गया।' प्रेम ने हंसते हुए कहा था।

'तो क्या आपको छुआछूत ठीक नहीं लगती?'

'ये सब व्यर्थ की लकीरें हैं। हम इन्हें व्यर्थ ही पीटते जा रहे हैं। सब भगवान के पुत्र हैं, सब समान हैं। किसीसे न छूना मानवता का बहुत बड़ा अपमान है। छुआछूत भगवान के प्रति पाप है और देश के प्रति एक अपराध।' गाड़ी के हिचकोले खाते हुए प्रेम ने कहा था।

'तो क्या पुरानी सब बातों में आपका विश्वास नहीं है?'

'है क्यों नहीं? पर सब पुरानी बातें पुरानी होने के कारण ही ठीक नहीं होतीं।'

'तो क्या जो ठीक नहीं, उसे आप छोड़ना चाहते हैं और नई अच्छी चीज़ को अपनाने पर आपका विश्वास है?''

'बिलकुल।'

'पर आप कहते कुछ हैं और करते कुछ और हैं।'

लाजो की आंखों में एक बालसुलभ शरारत की चमक थी। प्रेम कुछ समझ न पाया। अपना थका हाथ कुछ मज़बूती से पकड़े नीचे की ओर देखते हुए प्रेम बोला था—'मैं कुछ समझा नहीं !'

'और यह समझते हुए भी कुछ न समझना—यह पुरानी बात है या नई बात?'

'आज आप पहेलियां बुझा रही हैं।'

'मैं तो गांव की अनपढ़ गंवार लड़की हूं, साधारण बात पूछ रही हूं; पर आप कुछ उत्तर ही नहीं देते।'

'कुछ समझ भी तो आए।'

'देखिए, मेरे पास बैठना शायद पुराने विचारों के अनुसार ठीक नहीं। इसलिए आप खड़े होकर कष्ट उठा रहे हैं। मैंने बार-बार कहा तो भी आप नहीं माने। इसमें कौन-सा अच्छापन है?'

'मैं खड़ा तो इसलिए हूं ताकि आपको कष्ट न हो।'

'पर कष्ट तो मुझे अब हो रहा है, जब आप खड़े हैं। पहले तो कोई भी कष्ट नहीं था।' इसपर दोनों खिलखिला पड़े थे।

प्रेम ने करवट बदली। विचारों की उड़ान में खोए-खोए रात काफी बीत चुकी थी। प्रेम ने सोने का यन्त किया। पर जितना ही वह सोने का प्रयत्न करता था, उतनी ही नींद उखड़ जाती थी।

उसे फिर गाड़ी की बात याद आई। गाड़ी छक-छक चली जा रही थी। प्रेम का हाथ ऊपर के फट्टे को पकड़कर थक चुका था। वह लाजो के बार-बार आग्रह को संकोच के कारण इनकार कर चुका था। पर अब खड़ा रहना भी उसके बस में न था। एक जगह गाड़ी ज़ोर से रुकी, धक्का लगा और प्रेम उछलकर दूसरी तरफ खिसक गया। लाजो ने तुरन्त अपने दुपट्टे से अपना हाथ निकाला और प्रेम का हाथ पकड़ा। उसे नीचे बिठाते हुए बोली थी—'आप ऐसे मानेंगे नहीं। बैठिए।'

हाथ छूते ही दोनों के शरीर में एक बिजली-सी दौड़ गई थी। प्रेम ने इस प्रकार की झुरझुरी कभी अनुभव भी नहीं की थी। उसे लगा था कि एक सुखद मनमोहक बिजली की लहर-सी उसके शरीर में दौड़ी और फिर उसके मन को छू गई।

कुछ देर मौन दोनो रहे थे।

'क्षमा करना, मैंने आपको ज़बरदस्ती बिठा लिया।' लाजो ने प्रेम की ओर देखकर कहा था।

'आपने अच्छा ही किया।'

'क्यों?'

'मैं खड़ा-खड़ा थक गया था, पर आपको...'

'कष्ट नहीं देना चाहते थे।' बात लाजो ने पूरी कर दी थी।

'लाजवन्तीजी, आज एकदम आपको इतनी बातें कहां से सूझ रही हैं?'

'शायद गाड़ी में पहली बार बैठी हूं, इसलिए—या फिर आपके पास बैठने का असर हो।'

'जरूर कोई बात तो है।'

'जब आप थक गए थे तो बैठ क्यों नहीं गए?'

'आप द्वारा हाथ पकड़कर बिठाने के इन्तज़ार में था।'

लाजो का मुंह लाज से लाल हो गया था। वह खिड़की की तरफ देखने लग पड़ी थी। फिर बोली थी—'तो आप मुझे कह देते। मैं पहले ही आपको बिठा लेती।'

'बिन मांगे मिली चीज़ अधिक मीठी होती है।' और अपना हाथ देखते हुए प्रेम बोला था—'देखिए, फट्टे की ज़ंजीर पकड़ कर क्या हाल हो गया हाथ का।'

और एकदम लाजो ने प्रेम का हाथ पकड़कर कहा था—'हाय, यह कितना लाल हो गया! कुछ देर और खड़े रहते तो इसमें तो खून ही निकल जाता!'

फिर एक झटके से उसने हाथ छोड़ दिया था। वह शर्म से लाल हो गई थी। खिड़की की तरफ मुंह करके वह कितनी ही देर चुप रही थी।

प्रेम उसके हाथ का स्पर्श पाते ही जैसे किसी सपने में खो गया था। गाड़ी की छक-छक, टक-टक उसकी विचार-तरंगों को रोक न पाई थी।

इस प्रकार की कल्पनाओं में खोया प्रेम करवटें बदलते-बदलते सो गया था।

दूसरे दिन घाट पर सैकड़ों श्रद्धालु गंगा में स्नान कर रहे थे। चारों तरफ खुब चहल-पहल थी। गंगोत्री की ऊंची-नीची पहाड़ियों पर से अपनी यात्रा आरम्भ करके हरिद्वार के उस मुख्य घाट के पास गंगा गंभीरता लिए बही जा रही थी। उसके पानी में कुछ नीलापन था। कहीं-कहीं फूलपत्ते तैर रहे थे। काफी आगे की धारा बड़ी तेज़ थी। पहाड़ों पर से होती हुई सूर्य की किरणें गंगा के पानी पर तैरतीं तो सुनहरी चमक से सारा घाट दीप्त हो

उठता।

पूजा, श्राद्ध व अस्थि-प्रवाह के सारे काम बड़ी दादी व पंडे की देख-रेख में किए जा चुके थे। सबने स्नान कर लिया था; पर बड़ी दादी पूजा व दोबारा स्नान करने के लिए फिर घाट की ओर चली गईं। उसने स्नान करने के बाद वहीं पर पूजा भी करनी थी। सामान संभाले हुए ऊपर की सीढ़ियों पर प्रेम व लाजो दोनों प्रतीक्षा में बैठे थे।

दोनों कितनी ही देर चुपचाप गंगा की बहती धारा में अपनी भावनाओं के बहाव को नापते-तोलते रहे।

"यहां कितना शान्त वातावरण है ! गंगा का यह पवित्र किनारा कितनी शान्ति देता है !" प्रेम ने मौन तोड़ने के लिए कहा।

लाजो चुप रही।

"इसी गंगा के किनारे ऋषि लोग तपस्या करने आते थे और यहीं इसी उत्तराखंड में उन्होंने ज्ञान प्राप्त किया और वेदों, उपनिषदों की रचना की थी।"

"पर मैं तो यहां बहुत अशान्त हो गईं हूं।" लाजो ने घुटने पर से सिर उठाकर कहा।

"वाह, हरिद्वार में आकर भी अशान्त?"

"हां, बिलकुल अशान्त।"

"क्यों?"

"यह एकान्त मेरे जीवन के भविष्य को खोलकर सामने ला रहा है। उसे जब देखती हूं, तो चीख मारने को दिल करता है।"

प्रेम चुप रहा। दोनों फिर गंगा के बहते पानी पर नज़रें टिकाए बैठे रहे। दूर गंगा में किसी भक्त ने डुबकी लगाई—'जय गंगा मैया' का स्वर गूंजा।

"लाजवन्तीजी, इस पानी की कलकल धारा को साक्षी मानकर मैंने एक निश्चय किया है।"

"और मैंने भी कर लिया है।"

"बताइए आपने क्या निश्चय किया?" प्रेम ने अपनी आंखें गंगा की धारा से हटाकर लाजो पर गड़ा दीं।

"पहले आप बताइए।" लाजो ने कुछ गर्व से कहा।

"नहीं, पहले आप।"

"पहले आप।"

"नहीं, आप।"

दोनों हंस पड़े, पर लाजो की आंखें फिर गीली हो गईं। निचली सीढ़ी पर पैर रखे वह ऊपर की सीढ़ी पर बैठी थी। अपने घुटनों पर सिर रखकर वह आंखें पोंछने लग पड़ी।

"इस वातावरण में स्वर्ग का सा आनन्द आ रहा है, और आप हैं कि आंसू बहा रही हैं!"

"शायद मेरे स्वर्ग में भी आंसू ही आंसू हैं।"

"खैर, छोड़िए। बताइए, आपका निश्चय क्या है?"

तभी बड़ी दादी नहाकर घाट से निकलकर सामने आईं। उसने कुछ कपड़े लाजो के पास दिए और एक माला लेकर फिर गंगा के किनारे जा बैठी।

प्रेम ने फिर अपना प्रश्न दोहराया, "बताइए, क्या है आपका निश्चय?"

"वह देखिए, गंगा की धारा कितनी पवित्र है! कितने आनन्द से बही जा रही है!" सामने दूर तक गंगा के पानी पर अपनी दृष्टि दौड़ाते हुए लाजो बोली।

"देख रहा हूं मैं।"प्रेम ने कहा।

"आपको पता है कि जो इस हरिद्वार में आकर प्राण छोड़ते हैं, उन्हें सीधा स्वर्ग मिलता है?"

"सुना है, पर पता नहीं, यह सच है या नहीं।"

"मुझे पहले भी सच लगता था, परन्तु आज यहां बैठकर यह विश्वास हो। गया है कि यह बिलकुल सच है।"

"फिर?" उत्सुकता से प्रेम ने पूछा।

"मैंने सोचा है, आज के अपने जीवन के नर्क से छुटकारा पाकर क्यों न सीधा स्वर्ग प्राप्त करूं?"

"क्या मतलब?"

"मैं यहां से जाऊंगी नहीं। यहीं इसी गंगा की धारा में डूबकर इस

जीवन को समाप्त कर लूंगी, जिसके जीने का अब कोई सहारा नहीं है। न इस जीवन में कोई चाह है न किसीको इसकी चाह है।"

लाजो की आंखों का पानी सीढ़ी पर गिर रहा था। वह फिर बोली, "मैं कहां जाऊं और क्यों जाऊं? अब किसके लिए जीऊं? इतनी लम्बी ज़िन्दगी और वह भी अकेले, मैं कैसे जी सकूंगी और ऐसे समाज में—जहां एक सरकारी अधिकारी के पास भी मेरी इज्ज़त सुरक्षित नहीं है? मेरा पति चला गया और आज ससुर की अस्थियां भी यहां प्रवाहित कर दीं। देखिए, अब यह गंगा मुझे भी बुला रही है।"

लाजो की आंखें बरस रही थीं। उसकी आंखों का पानी नीचे गिरकर गंगा की धारा में मिलने के लिए बहा जा रहा था। प्रेम निस्तब्ध हो कभी उसकी ओर तो कभी गंगा के प्रवाह को देख रहा था।

लाजो ने आंखें मूंद लीं और अपने घुटने पर सिर रखकर निःशब्द रोने लगी। प्रेम कुछ पल व्याकुल-सा देखता रहा, फिर लाजो का सिर उठाकर बोला, "ऐसे मत रोइए।"

"नहीं, बस, मुझे यहीं छोड़ दें। मैं अब गंगा मैया में समा जाऊंगी।" घुटने पर सिर टिकाए लाजो फूट पड़ी।

दोनों मौन बैठे रहे, पर अन्तर में जैसे तूफान मचा था। प्रेम को लगा, जैसे गंगा की सरसराहट तेज़ हो गईं थी। उसके दिल की धड़कन भी अब जोर से धड़क रही थी। उसके शरीर में मानो एक लहर आती थी, दूसरी जाती थी। उसे एक कंपकंपी-सी अनुभव हुई।

प्रेम ने जोर से सिर झटका और मन के तूफान को रोककर एकदम लाजो का हाथ पकड़ लिया, "लाजो...लाजो..."

लाजो सिहर उठी। स्पर्श से भी अधिक इस सम्बोधन से।

"लाजो, इधर देखो।" प्रेम की आवाज़ में दृढ़ता थी।

लाजो ने आंसुओं से नहाई आंखें ऊपर कीं और प्रेम को देखने लगी।

"मैंने भी एक निश्चय किया है इस गंगा के किनारे।"

"क्या?"

"मरने का नहीं, जीने का।"

लाजो चुप सुनती रही।

"लाजो," प्रेम थोड़ा रुककर फिर बोला, "लाजो, मैं तुम्हारे साथ विवाह करूंगा।"

इतना सुनते ही लाजो ने झटके से अपना हाथ छुड़ाया और विस्फारित आंखों से उसे देखने लगी। उसे लगा, जैसे गंगा उल्टी बहने लग पड़ी हो, घाट टूट गया हो और नदी का प्रवाह अपने किनारे को तोड़कर उसे भी साथ बहा ले चला हो। उसे सारी दुनिया घूमती हुई लगी। अपने घुटनों में सिर रखकर वह चुपचाप बैठ गईं। आश्चर्य और आनन्द के आवेग से उसकी आंखें बन्द हो गईं, वाणी मूक हो गईं।

प्रेम उठा और नीचे की सीढ़ियां उतरता-उतरता गंगा की धारा के पास पहुंच गया। वह वहां बड़ी देर खड़ा रहा। जब लाजो ने आंखें उठाकर देखा तो प्रेम अंजलि में गंगा का जल लेकर खड़े-खड़े कुछ कह रहा था।

लाजो ने देखा—सूर्य की चमकती किरणों के प्रकाश में, गंगा के नीले जल की पृष्ठभूमि में प्रेम का एक नया रूप। उसने इस प्रकार कभी भी प्रेम को नहीं देखा था। शायद अब प्रेम भी नया था और लाजो की आंखें भी नई थीं। घुटने पर अपना माथा टिकाए वह अपलक प्रेम को देखती रही।

तभी प्रेम ऊपर आ गया।

"नीचे क्या कर रहे थे आप?"

"गंगा मैया को साक्षी करके मैंने प्रण किया है कि जिऊंगा तो तुम्हारे साथ और मरूंगा तो तुम्हारे साथ।"

लाजो यह सुनकर लाल हो उठी। 'आप' की जगह वह अब 'तुम' हो गईं थी।

"लाजो, अब यदि तुम्हें स्वर्ग भी जाना होगा तो मुझे साथ लेकर ही जा सकोगी।" प्रेम बोला, "अब दो ही मार्ग हैं लाजो !"

"कौन-से?" लाजो ने पूछा।

"तुम्हारा स्वर्ग है गंगा में डूब मरने का और मेरा स्वर्ग है घर चलकर विवाह कर जीने का।"

"आप यह सब कुछ मुझपर दया व सहानुभूति के कारण कह रहे हैं?"

नहीं; पर ऐसा क्यों पूछती हो?"

"मैं अपना जीवन किसी की दया पर नहीं जीना चाहती।"

"लाजो, परसों तक मैं भी यही सोचता था कि तुमपर किसीको दया करनी चाहिए, तुम्हारे जीवन में किसीको सहानुभूति दिखाकर आना चाहिए; पर आज मैं ऐसा कुछ नहीं सोचता, मैं कुछ नहीं जानता, मैं तुम्हें प्यार करता हूं—केवल प्यार।"

प्यार के नाम से लाजो आरक्त बदन नीचे देखने लगी।

"पर समाज, बिरादरी, आपका परिवार..."

"सब ठीक होगा। तुम घबराओ मत।"

"मैं राजपूत, आपका परिवार ब्राह्मण—कौन यह सब सहन करेगा? यह आकाश का तारा लाजो के भाग्य में नहीं।"

"है, और अवश्य है। यदि नहीं, तो मेरे भाग्य में भी नहीं। लाजो, इस क्षण से दो भाग्य जुड़ गए हैं। आज पवित्र गंगा के किनारे का यह वचन प्रभु अवश्य पूरा करेंगे।"

"हे गंगा मैया ! मुझे पहले ही भाग्य ने बहुत छला है, मुझ दुखिया को यह सपना दिखाकर निराश मत करना..." हाथ जोड़कर लाजो ने कहा और अपना सिर झुका लिया।

बड़ी दादी के अब तक सारे मनके घूम चुके थे। वह आईं तो तीनों उठकर चले आए। उससे दूसरे दिन हरिद्वार से चलकर वे घर पहुंचे।

१५

"रमेश, मुझे तुमसे बड़ी आवश्यक बात करनी है। चलो, जरा शिवनगर की ओर घूम आएं।" प्रेम ने रमेश के घर के बाहर खड़े होकर कहा। रमेश अन्दर गया और तुरन्त घूमने की तैयारी करके आ गया। दोनों बस की कच्ची सड़क से सीधे शिवनगर की ओर चल पड़े।

"तुमने बताया ही नहीं कि हरिद्वार-यात्रा के सी रही?"

"अच्छी रही।"

"बड़ी दादी ने काफी तंग किया होगा। गाड़ी में उनके धर्म का क्या बना? सब के छू जाने से उन्हें बड़ी कठिनाई हुई होगी।"

"दादी ने अपनी सुरक्षा का प्रबन्ध पूरा किया था।"

"क्या मतलब?"

"गंगाजल रखा था। जब भी उन्हें सन्देह होता कि कोई हरिजन या मुसलमान छू गया है तो वह गंगाजल छिड़क लेती थीं।"

दोनों हंस पड़े।

वे कुछ देर चुपचाप चलते रहे। सामने से एक बस आईं। आसपास वृक्ष व झाड़ियां थीं। सड़क से बहुत दूर हटने की जगह न थी, इसलिए सड़क के एक तरफ दोनों खड़े हो गए। बस आईं और घर्र-घर्र की आवाज़ करती हुई गुज़र गईं। उसके साथ ही गर्द-गुब्बार का एक तूफान उमड़ पड़ा। सड़क की सारी मिट्टी मानो सड़क के कच्चे होने के विरुद्ध विद्रोह कर उठी हो। सारी गर्द उन दोनों के कपड़ों में समा गईं। इतना ही नहीं, उनके कान और मुंह में भी मिट्टी प्रवेश कर गईं। बस के गुज़र जाने के बाद कितनी ही देर दोनों खड़े रहे। रूमाल निकाले और मुंह, आंखें, नाक साफ करते रहे।

"क्या मुसीबत है यह भी !" झुंझलाकर प्रेम बोला।

" 'है सच्चा हिन्दुस्तान कहां? वह बसा हमारे गांवों में...'याद है, सोहनलाल द्विवेदीजी की ये पंक्तियां? सच्चे हिन्दुस्तान की ओर आज बहुत कम ध्यान दिया गया है। सरहदों पर मरने के लिए जवान चाहिए तो गांव देंगे, देश को खाने के लिए अनाज चाहिए तो गांव पैदा करेगे, पर इन गांवों की ये सड़कें धूल उड़ाकर आज भी आज़ादी का उपहास कर रही हैं।" रमेश ने बड़े दुःख से कहा।

"रमेश, पता नहीं, विधानसभा में हमारे प्रतिनिधि हमारे दुःख-दर्द की बात सरकार तक पहुंचाते भी हैं या नहीं। शहर कहां से कहां पहुंच गए और गांव यहीं के यहीं पड़े हैं।"

"अच्छा प्रेम, इसे छोड़ो। यह तो जीवन-भर का रोग है। तुम कोई ज़रूरी बात करना चाह रहे थे।" रमेश ने विषय बदलते हुए कहा।

अब दोनों खड्ड के किनारे शिवनगर के पास आ गए थे। वहां एक

छोटा-सा मन्दिर भी था। उस मन्दिर की कुछ ही दिन पहले लोगों ने मरम्मत करवाई थी। उसके सामने पत्थरों की एक बड़ी दीवार देकर खड्ड के पानी से मन्दिर की रक्षा का प्रबन्ध भी किया गया था। मन्दिर के बाहर एक बड़े पत्थर पर दोनों बैठ गए।

"रमेश, तुम मेरे मित्र हो न?" प्रेम ने प्रश्न-भरी नज़रों से देखकर पूछा।

"क्यों, हरिद्वार से वापसी पर यह सन्देह क्यों हो गया?"

"सन्देह नहीं, बस याद दिला रहा हूं।"

"इधर-उधर की बात छोड़ो, तुम असली बात बताओ।" प्रेम का हाथ पकड़ते हुए रमेश ने कहा।

"रमेश, तुम दोस्ती निभाओगे? तुम्हारे सहारे मैंने एक बड़ा कठिन निश्चय किया है।"

"तुम्हें मेरी मित्रता पर सन्देह क्यों हो रहा है?"

"रमेश, मैंने लाजो के साथ विवाह का निश्चय कर लिया है।"

"लाजो के साथ विवाह..." एक क्षण रमेश चुप-सा रहा, फिर बोल पड़ा, "शाबाश ! प्यारे, कमाल कर दिया...उठ ज़रा..." उसने प्रेम का हाथ पकड़कर उसे खड़ा किया। फिर अपनी बांहें फैलाकर उसे जोर के साथ छाती से लगाकर बोला, "सच कहता हूं प्रेम, तुम वीर हो। मैं केवल बातें बनाना जानता हूं, पर तुम करने पर विश्वास रखते हो।"

"पर रमेश, यह सब कैसे होगा?"

"यह तुम छोड़ दो। रमेश के रहते तुम्हें इसकी कुछ भी चिन्ता नहीं। इस प्रकार के विरोधों को ठुकराकर हम समाज के सामने एक नया उदाहरण पेश करेंगे।"

थोड़ी देर दोनों चुप रहे।

"प्रेम, तुम सचमुच धन्य हो।"

"क्यों, इस में ऐसा क्या है?"

"देखो प्रेम, मैंने इस सम्बन्ध में सबसे अधिक दलीलें दी थीं। ज़ोर-ज़ोर से कहा था कि लाजवन्तीजी का विवाह किया जाना चाहिए। मेरे मन ने मुझे कई बार पूछा था—'तू ही क्यों नहीं तैयार होता?' तब मैं अपने मन के सामने

कोई भी उत्तर नहीं दे सका था। मैं जिसे ठीक समझता था, उसे करने की मुझमें हिम्मत न आ सकी। मैं चाहता था, कोई युवक आगे आए और इस प्रथा के विरुद्ध विद्रोह करे; पर मैं स्वयं यह 'कोई' बनने को तैयार न था। पर तुमने सच कमाल कर दिया। चलो, रमेश न सही, रमेश का दोस्त ही सही, कोई तो आगे आया।"

कुछ देर चुप रहकर रमेश ने फिर पूछा, "पर क्या लाजवन्ती तैयार है?"

"हां, मैंने उसे भी बता दिया। वह भी चाहती है।"

"तो लगता है, कुछ प्यार भी हो गया है?" शरारत-भरी नज़रों से रमेश ने पूछा।

"बिलकुल ठीक।"

"वाह, यार, खूब मोर्चा मारा तुमने। बड़ी दादी के साथ रहते तुम्हारी आंखें लड़ गईं, यह हुआ कैसे?"

"बड़ी दादी गाड़ी में ऊपर के फट्टे पर सो गईं, तब हमें बात करने का समय मिल गया था। फिर गंगा-घाट पर बड़ी दादी लम्बी पूजा करती रही। न जाने कितने हज़ार मनके उसने फेर दिए।"

"और तब तुम दोनों मन के मनके घुमाते रहे?" दोनों हंस पड़े।

"प्रेम, मैं कल पालमपुर जाकर अपने मित्र ओमकृष्ण से सारी बात करूंगा। सबसे पहले हमें इस सम्बन्ध में कानूनी पेचीदगियों का पता कर लेना चाहिए। ये गांव के बड़े-बूढ़े चुप नहीं बैठेंगे। ये हमारे विरुद्ध सब प्रकार का प्रयत्न करेंगे। पर तुम चिंता मत करो। सुमेरचन्द को दिया हुआ शहीद की अमानत की देखभाल का वचन हम अवश्य पूरा करेंगे। तुम रमेश पर सब छोड़कर निश्चिन्त हो सकते हो।"

सांझ ढल रही थी। सूर्य पहाड़ियों के उस पार जा चुका था। छोटे-छोटे बच्चे सड़क के किनारे गुल्ली-डंडा खेल रहे थे। गांव की दुकानों पर सामान लेने वालों की भीड़ थी। कुछ ग्वाले गाय, भैंसें, बैलों को लेकर अपने घरों को जा रहे थे। रमेश व प्रेम भी बातें करते हुए अपने घर पहुंच गए।

दूसरे दिन प्रातः की पहली बस से रमेश पालमपुर आया। उसने ओम

कृष्ण वकील से सारी बात की। सारी बात सुनकर ओमकृष्ण ने कहा, "रमेश, तुम युवकों के विचार क्रांतिकारी हैं और सराहनीय भी हैं। हिमाचल प्रदेश में और विशेषकर कांगड़ा ज़िला में शहीद सैनिकों की विधवाओं का प्रश्न एक बहुत बड़ा सामाजिक प्रश्न है और पुनर्विवाह उसका एकमात्र उत्तर भी है, परन्तु उसमें एक बहुत बड़ी कठिनाई है।"

चिन्तित होकर रमेश ने पूछा, "क्या कठिनाई है?"

"कठिनाई और कोई नहीं। विवाह करने पर कोई भी कानूनी रोक नहीं है। लड़की की इच्छा है, उसकी मां भी तैयार है, तो कानूनी दृष्टि से तो कोई अड़चन नहीं।"

"तो फिर कठिनाई है क्या?" रमेश ने उत्सुकता से पूछा।

"लाजवन्ती एक शहीद की विधवा है। शहीद की विधवा होने के कारण उसे बहुत कुछ सरकारी सहायता, अनुदान आदि मिल रहे हैं। जब वह विवाह कर लेगी तो वह विधवा नहीं रहेगी। कानून की नज़र में वह शहीद की विधवा न होने के कारण उन सब सुविधाओं से वंचित हो जाएगी।" ओमकृष्ण ने कहा।

"तो इसका अर्थ यह होगा कि सरकार भी यही चाहती है कि ये विधवाएं सारी आयु विधवाएं ही रहें? यह भी अच्छी प्रगतिशीलता है !" रमेश ने कुछ क्रोध में कहा।

ओमकृष्ण फिर बोला, "लाजवन्ती को पेंशन नहीं मिलेगी। सरकार कुछ भूमि भी देने की सोच रही है, वह भी उन्हें नहीं मिलेगी। और भी सरकार जो सुविधाएं शहीद की विधवाओं को देगी, विवाह के बाद लाजवन्ती उन्हें प्राप्त नहीं कर सकेगी।"

"बीसवीं शताब्दी में इससे बड़ा अन्याय और क्या हो सकता है ! समाज-सुधार के युग में इससे बड़ी विडंबना और क्या हो सकती है !" रमेश का मुंह लटक गया। चिन्ता की गहरी रेखा उसकी आंखों में झलक उठी।

रमेश ने फिर पूछा, "और इसका तो कोई इलाज भी नहीं हो सकता। या तो वह सारी सुविधाएं ले या विवाह करे। अपने पति की शहादत के बदले में सुविधाएं प्राप्त करने के लिए उसे सारी उमर विधवा रहने पर सरकार विवश करती है। यह तो सरासर ज़ुल्म है।"

"भाई रमेश, इसका किसीके पास कोई इलाज नहीं। इसमें कोई सन्देह नहीं कि यह एक मानवीय प्रश्न है। इसे सरकार तक पहुंचाया जाना चाहिए।" ओमकृष्ण ने उत्तर दिया।

रमेश ने वापस आकर प्रेम को सारी बात बता दी। प्रेम काफी दुःखी हुआ। उसे धैर्य बंधाते हुए रमेश बोला, "प्रेम, यह एक नई कठिनाई पैदा हो गईं है, तो भी मैं समझता हूं, इस सम्बन्ध में लाजवन्तीजी से बात की जानी चाहिए। यदि वह तैयार हों तो ये सब सुविधाएं भी छोड़ी जा सकती हैं।"

"रमेश, मैंने अभी अपना बी० ए० पूरा नहीं किया। पूरा करने के बाद भी नौकरी मिलने की कोई गारंटी नहीं। घर वाले इस विवाह के बाद शायद घर पर रहने भी नहीं देंगे, तो फिर क्या उस बेचारी को भूखों मारने के लिए विवाह करूं?" चिन्ताग्रस्त प्रेम ने कहा।

"चिन्ता की कोई बात नहीं। हर नये काम में इसी प्रकार कठिनाइयां आती हैं। हम धीरे-धीरे सब कठिनाइयों को पार करेंगे। तुम लाजवन्तीजी से पूछो तो सही, वह क्या कहती हैं।"

"क्या पूछे उससे? जब अपना ही मन नहीं मान रहा तो उसे क्या कहा जाए? रमेश, ऐसा लगता है, हमें अपना निर्णय बदलना पड़ेगा।"

"पर क्या तुम अब उसके बिना रह सकोगे?"

"हरगिज़ नहीं। यही तो मेरी चिन्ता है।"

"मैं तुम्हारा दोस्त हूं प्रेम ! सब जान गया हूं। तुम तो दिन-रात सपने भी उसी के देखते हो।"

"मुझे क्षमा करना।"

"क्या पागल हो गए हो? क्षमा की क्या बात है? सच्चा प्रेम तो भग वान का वरदान है। तुम्हारा प्रेम सच्चा है तो ये सब बाधाएं यहीं समाप्त हो जाएंगी। तुम्हारे लिए अब यह विधवा पुनर्विवाह का प्रश्न नहीं रहा, सामाजिक प्रश्न भी नहीं, तुम्हारे लिए तो अब प्यार को निभाने का सवाल है।"

तुम ठीक कहते हो रमेश !"

"पर तुम निराश क्यों हो रहे हो? अभी तो और भी बाधाएं आ सकती

हैं। समाज में नई परंपराएं आसानी से तो शुरू नहीं होतीं।"

दोनों कुछ देर सोचते रहे।

रमेश फिर बोला, "अच्छा, तुम बात मत करो, मैं कान्ता के माध्यम से लाजवन्तीजी से बात करूंगा। क्या कान्ता को कुछ पता है?"

"हो सकता है, लाजो ने बता दिया हो। मैंने तो कभी किसीसे बात नहीं की।"

प्रेम को वहीं छोड़ रमेश कान्ता के घर की ओर चल पड़ा।

"बड़ी दादीजी, सुनाइए, क्या हाल है?" रमेश ने दादी के पैर छूते हुए कहा।

"आ बच्चा रमेशो, राजी रह। तू इस पासें बड़यां दिनां आया।"[१] दादी ने आशीर्वाद देते हुए कहा। अब तक कान्ता भी सामने आ गईं थी।

"दादी, मुझे पता लगा है कि काता के विवाह की तैयारियां हो रही हैं। मैंने सोचा, कुछ काम मैं भी कर आऊं।"

"धत्त तेरे की !" यह कहते ही कान्ता अन्दर भाग गईं।

"दादी, यह कैसी बहन है? न चाय को पूछती है, न कुशल समाचार। ये लड़कियां बस पराये घर की ही होती हैं।" रमेश ने कान्ता को सुनाते हुए ज़ोर से कहा।

"सच गलाया तें। ए कुड़ियां पराया धन हुँदा। पाला, पोसा कने भेजी दिआ। इयां ही चलया ए संसार। चल भलेया अपने घरे जाण कने सुख करन।" दादी ने कहा।

"दादी, विवाह कब है?"

"मुनुआं, अगले दे सोलह प्रविष्टे।"[३]

दादी रसोई में रमेश के लिए चाय बनाने लग पड़ी। रमेश अन्दर के कमरे में आकर कान्ता को ढूंढ़ने लगा। वह बेचारी कमरे में छुपकर बैठी थी।

---

१. आ बेटा रमेश, कुशल रहो। तु इस तरफ बहुत दिनों के बाद आया। २. तुमने सच कहा, ये लड़कियां पराया धन होती हैं। इनका पालन-पोषण करो और भेज दो। संसार ऐसे ही चल रहा है। चलो, अपने घर जाएं और सुख करें। ३. बेटा, अगले माह के सोलह प्रविष्टे।

कमरे में अंधेरा था। रमेश को कुछ दिखाई न दिया, वह बोला, "ओ कुड़िए, बाहर निकल। विवाह की अकड़ में अब बात भी नहीं करेगी?"

"भाई, तुम्हें और कुछ सूझता ही नहीं, बस हर वक्त यही बात।" कान्ता के होंठों पर हंसी थी, पर उसने एक मीठा क्रोध जताते हुए कहा।

"कान्ता, एक बात बताओगी?"

"पूछो।"

"तू आजकल सारा दिन क्या सोचती रहती है?"

"क्यों? क्या मतलब तुम्हारा?"

"मैं तुम्हें देख वही कुछ कहता हूं, जो तुम सारा दिन सोचती रहती हो। ऐसे क्यों बनती हो? देख, मेरी कुड़माई नहीं हुई तो भी बस यही विचार बार-बार आता रहता है और तू तो अब तैयार बैठी है।"

"अच्छा, बस कर।"

"कान्ता, तू चली जाएगी तो मैं किसको छेड़ा करूंगा?"

"क्यों, छेड़े वगैर रोटी हज़म नहीं होती?"

"सच, तुझे छेड़ने में बड़ा मज़ा आता है। फिर जब तुम बिगड़ती हो, तब तो आनन्द ही आ जाता है। इतनी अच्छी बहन फिर मुझे कहां मिलेगी?"

"बहन तो मैं तब भी उतनी ही रहूंगी।

"राखी भेजोगी?"

"बिलकुल नहीं।"

"क्यों, गुस्से हो मुझसे?"

"नहीं तो।"

"तो फिर?"

"रमेश, तू ही तो एक भाई है। मेरा सगा भाई तो कोई नहीं है। तुझे ही भाई समझती हूं। राखी के दिन तू भी मेरे पास नहीं आया करेगा तो मैं क्या करूंगी? इसलिए तो मैंने कहा कि मैं राखी भेजूंगी नहीं। बंधवाने तुम्हें ही मेरे पास आना पड़ेगा।" कान्ता की आंखें डबडबा गईं।

"मेरी अच्छी बहन, मैं हर राखी पर तुम्हारे पास अवश्य आया करूंगा। तुमसे बढ़कर सगी बहन भी क्या हो सकती है!"

कुछ देर चुप रहकर रमेश फिर बोला, "कान्ता, एक काम है।"

"बोलो।"

"लाजवन्ती भाभी के पास मेरे साथ चल।"

"क्यों?"

"तुम्हें प्रेम व उसके बारे में कुछ पता है?"

"तू छुपाता रह, मुझे तो सब पता है।"

"कैसे?"

"लाजो मेरी सहेली भी है, उसने सब बता दिया।"

"तो चल, उससे एक ज़रूरी बात करनी है।"

"ज़रा ठहर, तू चाय पी ले, फिर दादी पूजा करने जाएगी, तब हम चल पड़ेंगे।"

"ठीक है।"

दोनों रसोई में चले गए, चाय तैयार थी। रमेश ने चाय पी। कुछ देर बाद दादी पूजा का सामान उठाकर चली गईं। कान्ता ने घर का दरवाज़ा बन्द किया और रमेश के साथ लाजो के घर चली आईं। लाजो ने दोनों को बिठाया और स्वयं भी एक तरफ बैठ गईं।

"भाभी, रमेश तुमसे कोई ज़रूरी बात करने आया है।" कान्ता ने बात शुरू की।

"भाभीजी, प्रेम ने मुझे सब कुछ बताया है। मैं उस सम्बन्ध में पालमपुर गया था, ताकि यह पता किया जा सके कि इस विवाह में कोई कानूनी अड़चन तो नहीं है।" रमेश ने कहा।

"रमेश, इस सम्बन्ध में कानून बीच में कैसे आ सकता है? रोज़ तो यहां विवाह होते रहते हैं। क्या हर विवाह के लिए किसी की इजाज़त की ज़रूरत होती है?" कान्ता बीच में बोल पड़ी।

रमेश ने उसे कुछ घूरते हुए कहा, "तेरे विवाह के लिए तो कोई कानूनी अड़चन नहीं है, तू क्यों चिन्ता से परेशान हो रही है? तेरा काम तो बिलकुल पक्का है, पर प्रेम व इनके विवाह के लिए बहुत कुछ सोचना पड़ेगा।"

"रमेश, बात सुन। तुझे तब मानूंगी, अगर भाभी का विवाह पहले करवा

दे।" कान्ता ने चुनौती दी।

"पहले...पहले का मतलब?"

"पहले का मतलब होता है पहले, और क्या !" कान्ता ने ज़ोर से कहा।

"साफ क्यों नहीं बोलती?"

"ले, साफ बोल रही हूं। मेरे विवाह से पहले। तुमसे शरमाती भी कब तक रहूंगी?"

कान्ता की बात पर सब हंस पड़े।

रमेश ने ज़रा गंभीर होकर बात शुरू की, "और तो कोई भी कठिनाई नहीं है, परन्तु जब इनका विवाह हो जाएगा तो शहीद के नाम पर मिलने वाली सभी सुविधाएं समाप्त हो जाएंगी।"

लाजो ने कान्ता के कान में कुछ कहा। कान्ता ने पूछा, "क्या कुछ बंद हो जाएगा?"

"इनको पेंशन नहीं मिलेगी। सरकार कुछ ज़मीन देने की सोच रही है, वह भी नहीं मिलेगी। और भी जो कुछ सरकार की ओर से शहीद प्यारचन्द के नाम पर मिलना होगा, वह सब नहीं मिलेगा। मैं यह सब कुछ पालमपुर में एक मित्र वकील से पूछकर आया हूं।" रमेश ने बात पूरी कर दी।

"तो प्रेम क्या कहता है?" कान्ता ने पूछा

"प्रेम ने तो सच्चा प्रेम किया है।"

"तो क्या मेरी भाभी लाजो ने झूठा किया है?" ज़रा तनकर कान्ता बोली।

"मैं तो अपने मित्र के दिल की बात कह सकता हूं।"

"और मैं भी अपनी प्यारी सहेली व भाभी के दिल की बात कह रही हूं कि इसने भी सच्चा प्यार किया है।"

"कान्ता, बात इतनी सरल नहीं है। प्रेम कहता है कि वह अभी बी० ए० पास नहीं हुआ है। नौकरी का कोई प्रबन्ध नहीं। घर वाले इस प्रकार के विवाह की स्थिति में शायद उसे घर से ही बाहर निकाल देंगे। तब कहीं भाभीजी यह न सोचें कि उसे पेंशन से भी वंचित किया और उसकी सुख-सुविधा का भी कोई प्रबन्ध न किया। जल्दबाज़ी में इतने गंभीर निर्णय

नहीं होते। भाभीजी गहराई से सोच लें।" रमेश ने सारी बात बता दी और दोनों की तरफ देखने लग पड़ा।

लाजो को लगा, जैसे उसके सपने का महल चूर हो गया। आशा का फूल जैसे मसला गया। उसके भविष्य के लहलहाते बाग को जैसे किसी ने आग लगा दी।

थोड़ी देर सब चुप रहे।

"कान्ता, तुम उनसे सलाह करके मुझे उत्तर दो।" रमेश बोला।

"पर यह इसका क्या उत्तर देगी। मुझे ही कुछ समझ नहीं आ रहा। अच्छा, तू बैठ।" कहकर कान्ता लाजो को लेकर अन्दर चली गईं।

कुछ देर के बाद लाजो रसोई में चली गईं और कान्ता बाहर आईं। बोली, "रमेश, लाजो प्रेम से सच्चा प्रेम करती है। पर विवाह के बारे में उसका कहना है कि हम तीनों। तू, मैं व प्रेम, जो भी ठीक समझें, वह करें। वह सब सुविधाएं छोड़ने को भी तैयार है। उसने कहा है कि ज़िन्दगी पैसे के सहारे तो कटेगी नहीं।"

"बात तो बिलकुल ठीक है; पर प्रेम का यह कहना भी तो ठीक है कि इस बेकारी की हालत में वह विवाह भी कैसे कर सकता है? तब फिर विवाह के लिए कुछ प्रतीक्षा करनी पड़ेगी।" रमेश ने कहा।

"ठीक है। तब तक घर वालों से बात करके उन्हें मनाने की कोशिश करें। प्रेम का बी० ए० भी हो जाएगा। फिर यदि घर वालों ने कुछ भी न दिया तो प्रेम कहीं नौकरी कर लेगा।" कान्ता के यह कहते-कहते लाजो चाय बनाकर ले आईं। तीनों ने चाय पी। फिर रमेश विदा लेकर चला गया।

रमेश ने प्रेम के पास आकर सारी बात बता दी। दोनों ने यह तय किया कि अगले मास प्रेम की परीक्षा है। तब तक किसी से कुछ न कहा जाए। परीक्षा देने के बाद घर वालों को तैयार करने का प्रयत्न किया जाएगा।

१६

रामलाल अपने क्लीनिक में आराम कर रहा था। शाम के समय रोगियों को देखने के बाद मेज़ की ड्राअर में रखे आज के कमाए सारे धन को उसने गिना और फिर जेब में डाल लिया। तभी बाहर किसी के आने की सूचना कम्पाउंडर ने दी।

"आज क्या बात है डॉक्टर साहब? बड़ी देर तक यहां बैठे हैं। मैं तो समझ रहा था, इस समय तक आप घर जा चुके होंगे।" भगतराम ने दरवाज़े से प्रवेश करते हुए कहा।

"आइए-आइए, बड़े दिनों बाद दर्शन हुए। मेरा तो यह रोज़ का समय है।" अपनी ऐनक ठीक करते हुए डॉक्टर रामलाल बोला।

"दर्शन क्या करता, मैं तो एक अजीब फंदे में फंस गया भाई !"

"हां, कुछ सुना भी था और पढ़ा भी था। वह क्या बात हो गई थी? क्या कर बैठे आप?"

"करना क्या था, ग्रह-दशा का चक्कर समझिए।"

"तो आजकल आप..."

"मैं निलम्बित हूं। मुकदमा न्यायालय में चल रहा है।"

"क्या स्थिति है मुकदमे की?"

"डॉक्टर साहब, स्थिति क्या होनी है ! बस, कुछ दिन की परेशानी समझिए। अपने सब मित्र सहायता कर रहे हैं, इसलिए आशा है, बच जाऊंगा।"

"यह तो अच्छी बात है।"

"जालन्धर के राजस्व अधिकारी कृष्णदयालजी ने तो पूरा जोर लगा दिया है। वह स्वयं यहां दौरे पर आए थे। लगभग सभी कुछ ठीक करवा दिया है। बस, अब आपकी थोड़ी ज़रूरत है।"

"मेरी ज़रूरत है?"

"आपको भी एक गवाही देनी होगी।"

"पर भगतरामजी, मैंने इस सम्बन्ध में कभी कुछ देखा नहीं, मुझे

कुछ मालूम भी नहीं, मैं क्या गवाही दे सकता हूं?" डॉक्टर रामलाल ने कुछ परेशानी से कहा।

"ऐसी बात नहीं है। आपने केवल इतनी गवाही देनी है कि उस रात मैं यहीं अपने घर पर था। उस रात मेरी मां बीमार हुई, मैं उसके लिए आपको लेने आया और आप मेरे साथ मेरे घर तक गए। आपको यह भी कहना होगा कि मेरे पेट में भी उस दिन दर्द था और मुझे भी आपने दवाई दी थी।"

"पर...यह सब कैसे होगा?"

"क्यों, क्या कठिनाई है इसमें?"

"भगतरामजी, मेरे रजिस्टर में उस दिन का आपका और आपकी मां का नाम तो दर्ज होना चाहिए था। आपकी दवाई की पर्ची भी बननी चाहिए।"

"आप रजिस्टर नया बना लें।"

"पर यह सब झूठ होगा—और फिर देखिए, एक शहीद की विधवा के साथ आपने जो किया, वह भी तो बड़ा भारी अन्याय था। मुझे आप इस चक्कर में क्यों डाल रहे हैं?"

डॉक्टर रामलाल का यह उत्तर सुनकर भगतराम का चेहरा लाल हो गया। कुछ देर चुप रहकर वह बोला, "डॉक्टर रामलाल ! आज आपको यह अन्याय नज़र आ रहा है, पर उस समय आपकी यह न्याय भावना कहां थी, जब एक मर रही बुढ़िया को बेहोश करके उसकी एक लाख की सम्पत्ति आपने अपने नाम करवानी चाही थी? उस समय यदि मैं आपकी उस धोखेबाज़ी में साथ न देता तो आज आप उस एक लाख के मालिक न होते। एक बुढ़िया को जानबूझकर बेहोश करना, उसके सम्बन्धियों को सम्पत्ति से वंचित करना और स्वयं उसकी सम्पत्ति को हड़प लेना—क्या यह सब न्याय था?"

"तो उसकी पूरी कीमत आपने मुझसे वसूल की थी।"

"वह कुछ भी न था। यदि मैं चाहूं तो आज भी आप जेल जा सकते हैं। वह धोखा आज भी धोखा सिद्ध हो सकता है।" भगतराम ने पूरे जोश के साथ कहा।

"अरे भाई, भगतरामजी ! ऐसे भी गुस्से में आने की क्या बात है? मुझे आपके सब एहसान याद हैं। तब यदि आप यहां तहसीलदार न होते तो मुझे वह सम्पत्ति न मिल पाती। घबराओ नहीं, मैं तो वैसे ही कह रहा था। सब हो जाएगा। यह तो बात ही बहुत मामूली है।"

डॉक्टर रामलाल ने अपना रजिस्टर निकाला। उसमें यथास्थान सब कुछ लिख लिया। उस दिन की एक परची भी बना ली। फिर बोला, "यहां रजिस्टर में मैंने सब लिख दिया है, अब मैं इसके अनुसार कल नया रजिस्टर बना लूंगा।"

कुछ सोचकर रामलाल फिर बोला, "पर यह बताइए, आपकी गिरफ्तारी उसके दूसरे दिन प्रातः पालमपुर में हुई। यदि आप रात घर पर थे, तो दूसरी प्रातः आप पालमपुर कैसे पहुंच गए?"

"आप यह चिन्ता न करें। वैसे मुझे गिरफ्तार तो बहुत प्रातः कर लिया गया था, पर अब सब कागज़ बदल दिए गए हैं। गिरफ्तारी का समय ग्यारह बजे का दिखाया गया है।"

"तब तो बिलकुल ठीक है, यह सब कुछ हो जाएगा।"

"डॉक्टर साहब, दोस्तों की याद रखा करिए। हम भी कभी आपके काम आए हैं और आगे भी आ सकते हैं। खैर, आपका बहुत-बहुत धन्यवाद।"

भगतराम आश्वस्त होकर वापस चला आया।

न्यायालय में कई दिन तक अभियोग चलता रहा। जिस दिन अभियोग की सुनवाई होती, न्यायालय का कमरा दर्शकों से भर जाता। भगतराम के सम्बन्धी जालन्धर के सबसे प्रमुख वकील को लाए थे। उसकी ओर से और भी कई लोग पैरवी करने वाले थे। लाजो की ओर से यद्यपि पुलिस अभियोग लड़ रही थी, परन्तु इसके अतिरिक्त प्रेम, रमेश तथा पालमपुर के कुछ वकील विशेष रुचि लेते थे। वे अभियोग की पैरवी भी कर रहे थे।

जब भगतराम का बयान होने लगा तो सबकी आंखें और कान उसी ओर लग गए। आज रमेश व प्रेम भी विशेष रूप से न्यायालय में थे। प्रेम तो शनिवार घर जाकर सोमवार को वापस अपने कॉलेज धर्मशाला को जाता था। रमेश भी कभी-कभी पुराने कॉलेज-मित्रों को मिलने धर्मशाला आता

रहता था।

भगतराम गवाही-कक्ष में आकर खड़ा हुआ तो उसे न्यायाधीश ने सौगंध लेने को कहा। भगतराम बोला, “मैं ईश्वर को साक्षी करके कहता हूं कि जो कुछ भी कहूंगा, वह सत्य कहूंगा और सत्य के अलावा कुछ न कहूंगा।”

प्रेम ने रमेश के कान में कहा, “देखा रमेश, ईश्वर व सत्य का जितना उपहास यहां उड़ाया जाता है, उतना शायद कहीं भी नहीं उड़ाया जाता।”

रमेश ने कहा, “झूठ भी यहां पर सत्य के नाम पर बोला जाता है।”

“और वह भी ईश्वर के नाम की सौगंध खाकर।”

भगतराम के वकील ने उससे प्रश्न पूछने शुरू किए और भगतराम बयान देने लगा, “मैं उस दिन सायंकाल अपने कार्यालय का सारा काम समाप्त करके साढ़े पांच बजे की बस से अपने घर नगरोटा चला गया था। उस रात न मैं पालमपुर में था और न कोई इस प्रकार की घटना घटी। नगरोटा में रात के समय मेरी मां बीमार हो गईं तो मैं स्वयं ही डॉक्टर रामलाल को लेने उनके घर गया। उन्हें अपने घर लाया, अपनी मां का इलाज करवाया। उस दिन मेरे पेट में भी कुछ दर्द था। उसके लिए मैंने भी दवाई ली थी। दूसरे दिन प्रातः मैं पालमपुर पहुंचा तो गिरफ्तार कर लिया गया। पालमपुर के कई वकीलों से मेरा झगड़ा चल रहा था। मैंने कुछ मुकदमों में उनकी इच्छा के अनुसार फैसला नहीं दिया था, इसलिए उन्होंने यह सब षड्यन्त्र रचा है। मुझपर लगाए गए सब आरोप झूठे हैं। मैं बिलकुल निर्दोष हूं।”

पालमपुर के बहुत-से वकील भी वहां मौजूद थे। ज्ञाननाथ की आंखें गुस्से से लाल थीं। उसने धीरे से पवन कुमार के कान में कहा, “साला कितना बकवास कर रहा है...”

भगतराम की ओर से डॉक्टर रामलाल का एक प्रमाणपत्र भी पेश किया गया। साथ ही उसके रोगी रजिस्टर की प्रति भी पेश की गईं, जिसमें उस रात की उसकी मां व उसको दी गईं दवाई व उनके नाम दर्ज थे। डॉक्टर रामलाल की भी उसी प्रकार की गवाही करवाई गईं थी। भगतराम ने बस का एक टिकट भी न्यायालय में पेश किया था, जो उस सायंकाल को

पालमपुर से नगरोटा तक का था। वकीलों की ओर से भगतराम के विरुद्ध उच्च-अधिकारियों को दिए गए प्रार्थनापत्र की प्रति भी पेश की गईं।

लाजो की ओर से सरकारी वकील की जिरह के बाद पवनकुमार ने भी भगतराम से प्रश्न पूछे, "भगतरामजी, क्या यह सच है कि जब आप प्यारचन्द की मृत्यु के बाद खैरा गए थे तो लाजवन्ती को देने के लिए पांच हज़ार रुपये साथ ले गए थे।"

"ठीक है।" भगतराम ने उत्तर दिया।

"फिर अपने वह रुपया लाजवन्ती को न देकर उसे पालमपुर क्यों बुलाया था?"

कुछ कगज़ों के पूरा करने में कमी रह गईं थी।" भगतराम कुछ खिसियाना होकर बोला।

"क्या आप बता सकते हैं कि किस कागज में किस जगह क्या कमी रही थी?"

यह पूछने पर भगतराम के चेहरे का रंग पीला पड़ गया। वह कुछ देर चुप रहा, फिर बोला, "मुझे याद नहीं।"

पवनकुमार ने फिर पूछा, "आपने पूरे चार मास तक लाजवन्तीजी को अनुदान का धन नहीं दिया और वह धन कुछ दिन अपने पास भी रखा। क्या यह सच है?"

"सच है।" मुंह लटकाकर भगतराम बोला।

"घटना वाले दिन जब लाजवन्ती आपके न्यायालय में आईं, तब आपने उसे धन न देकर रात रुकने के लिए क्यों कहा?"

पवनकुमार के इस प्रश्न पर भगतराम खांसा, फिर संभलकर बोला, "नहीं, बिलकुल नहीं आईं। न ही मैंने उसे रुकने को कहा।"

तहसील कार्यालय के चपरासी चन्दू की भी गवाही हुई। उसने गवाही में यह कहा कि भगतराम उस दिन सायंकाल चला गया था। कार्यालय के पीछे कमरे में ताला लगा हुआ था और वह अपने घर सोया था। उसने कहा कि लाजवन्ती को उसने देखा तक भी नहीं।

वकील ओमकृष्ण, ज्ञाननाथ, रवीन्द्र व लाजो ने, जो कुछ घटना घटी थी, वह न्यायालय के सामने कह दी। वकील ओमकृष्ण ने कहा कि उसने

लाजो को भगतराम के पास ले जाकर यह कहा था कि उसका काम जल्दी कर दें, क्योंकि उसने आखिरी बस से घर जाना है। भगतराम के चरित्र के सम्बन्ध में भी दोनों वकीलों ने यह कहा था कि वह मुकदमे में फंसी स्त्रियों को अपने घर बुलाता रहता था। सभी प्रकार की गवाहियां सुनने के बाद न्यायालय ने मुकदमे की अगली तारीख दी।

प्रेम व रमेश पालमपुर के तीनों वकीलों के पास जाकर खड़े हो गए। रमेश बोला, "इतना बड़ा झूठ भगतराम ने किस प्रकार बोल दिया? उसे उस सायं व दूसरी प्रातः हजारों लोगों ने देखा है और उसने कह दिया कि वह यहां था ही नहीं।"

"अरे आपको यह गलत फहमी कैसे हो गई कि न्यायालय में सच कहा जाता है?" ज्ञाननाथ ने कहा।

"अब हमें और क्या करना चाहिए?" प्रेम ने पूछा।

"और क्या कर सकते हैं? जो भी सम्भव हो सकता था, वह सब कुछ कर दिया है। अब तो बात न्यायालय पर है।" ओमकृष्ण ने कहा।

"वकील साहब, इस प्रकार का पाप करने के बाद भी यदि यह भगतराम बच जाए तब तो बड़ा अनर्थ होगा।"

"भई, न्यायालय भी तो गवाहियों के आधार पर ही निर्णय करेगा। ऐसे अनर्थ तो रोज़ होते रहते हैं।" पवनकुमार ने उन्हें तसल्ली दी।

"यदि इस न्यायालय में भी न्याय न मिले तो फिर क्या किया जा सकता है?" परेशानी से झुंझलाकर प्रेम ने पूछा।

"कुछ भी नहीं।" ज्ञाननाथ का उत्तर था। "क्यों, हम तो यह अन्याय सहन नहीं करेंगे।" प्रेम क्रोध से बोल उठा।

"पर आप कर ही क्या सकते हैं? जब न्यायालय ही उसे निर्दोष घोषित कर दे तो कोई भी कुछ नहीं कह सकता। अधिक से अधिक आप अपील ही तो कर सकते हैं।" ज्ञाननाथ ने उन्हें समझाने की कोशिश की।

"खैर, देखेंगे।" कहकर रमेश व प्रेम विदा लेकर चले गए।

उनके जाने के बाद ज्ञाननाथ बोला, "लड़के कुछ तेज़ लगते हैं। पहली बार अदालत में आए, सच झूठ और झूठ सच होते देख युवकों के हृदय की यह प्रतिक्रिया स्वाभाविक ही है। पर धीरे-धीरे जब इन्हें इस दुनिया की सच्चाइयों

का पता चलेगा, तो सब समझ जाएंगे।"

उससे अगली पेशी पर दोनों ओर के वकीलों ने जमकर बहस की। उस दिन न्यायालय पूरी तरह भरा हुआ था।

भगतराम के वकील चड्ढा ने सब से बड़ी यह सफाई दी कि घटना वाली रात को भगतराम पालमपुर था ही नहीं। उसके लिए डॉक्टर रामलाल की गवाही, उसका रजिस्टर, प्रमाणपत्र और बस का टिकट—इन सब बातों के लिए उसने ज़ोर दिया था। पुलिस ने गिरफ्तारी का जो समय लिखा था, वह भी नगरोटा से पालमपुर पहुंचने वाली बस के बाद का था। चड्ढा ने यह भी कहा कि पालमपुर के वकीलों ने सारा षड्यन्त्र किया है, क्योंकि भगतराम से उनकी काफी दिनों से अनबन चल रही थी।

दोनों ओर के तर्क सुनने के बाद निर्णय के लिए न्यायालय ने अगली तारीख दे दी।

१७

रमेश व प्रेम ने अब यह सलाह की कि प्रेम व लाजो के विवाह के लिए घर की अनुमति प्राप्त करने का प्रयत्न आरम्भ कर देना चाहिए। प्रेम ने अपने पिता दीनानाथ से बात करने का कई दिन तक यत्न किया, पर एक तो उपयुक्त समय नहीं मिल पाता था; दूसरे, उसकी हिम्मत नहीं पड़ती थी। प्रेम बी० ए० की परीक्षा दे चुका था, कुछ ही दिनों में उसका परिणाम आने वाला था। अब वह घर पर ही रहता था।

प्रेम के कुछ सम्बन्धी बी० ए० के बाद उसकी सर्विस तथा विवाह की बात सोचने लगे थे।

एक दिन घर के सब लोग कहीं बाहर गए थे। प्रेम के पिता ही घर पर थे। उपयुक्त समय समझकर प्रेम अपने पिता के पास आकर बैठ गया और बोला, "पिताजी, मैं आपसे एक बड़ी आवश्यक बात करने की कई दिन से सोच रहा हूं।"

"कहो बेटा, क्या बात है? मैं भी बस तुम्हारे परीक्षा-परिणाम के इन्तज़ार में हूं। तेरे मामा ने सन्देश भेजा है कि तुम्हारी सर्विस लग जाए तो फिर तुम्हारे विवाह की बात भी तुरन्त सोचेंगे। उन्होंने एक-दो जगह लड़कियां देखी भी हैं।"

पिता की यह बात सुनकर प्रेम और अधिक सकुचा गया। उसके शरीर में एक कंपकंपी-सी उठी। वह क्या कहे व कैसे कहे, यह उसे समझ नहीं आ रहा था। अपना साहस बटोरकर वह बोला, "पिताजी, बात यह है कि...आप नाराज़ न हों... मैंने एक निश्चय किया है।"

"हां, बेटा बताओ, नाराज़ होने की क्या बात है।"

"पिताजी, मेरा विवाह प्यारचन्द की विधवा लाजवन्ती से होगा।"

दीनानाथ के हाथ से हुक्के की नली नीचे छूट गई। उसकी आंखों के आगे मानो घना अन्धकार छा गया। उसे लगा सब कुछ घूम रहा है। मकान की छत नीचे और फर्श ऊपर घूमता हुआ दिखाई देने लगा।

"क्या बक रहा है तू? होश ठिकाने हैं तेरे या नहीं?"

"पिताजी, इसीलिए मैंने कहा था कि आप नाराज़ न हों तो मैं कहूं। मैं जानता था कि आप यह सब सुन न सकेंगे।"

"प्रेम, तू जानता है, तू क्या कह रहा है?"

"खूब जानता हूं, पिताजी!"

"एक ब्राह्मण के लड़के का विवाह अपनी बिरादरी से बाहर—राजपूत के घर—और वह भी एक विधवा से, यह कैसे हो सकता है? आखिर यह सब तूने सोच कैसे लिया?"

"पिताजी, ये बिरादरियों की दीवारें तो मनुष्य ने बनाई हैं। ये झूठी हैं। सब मनुष्य परमात्मा के समान पुत्र हैं। नये युग का नया सवेरा आ रहा है। इन बिरादरियों की पुरानी जर्जर दीवारों को अब गिराना ही होगा।"

"बस-बस, बकवास बन्द कर। इसलिए तुझे मैंने बी० ए० तक पढ़ाया है कि तू मेरे कुल-बिरादरी व धर्म को इस प्रकार भ्रष्ट करे? खबरदार, यदि फिर यह बात कही तो तेरी ज़बान खीच लूंगा!"

"आप मेरे पिता हैं, चाहें तो चमड़ी भी उधेड़ दें; पर मैं अपनी आत्मा की आवाज़ प्रकट किए बिना नहीं रह सकता।"

"तुम्हें रमेश ने उकसाया है। वह विधवा-विवाह का बड़ा शोर मचाता था। इतना ही समाज-सेवक है तो वह स्वयं ही क्यों नहीं उस विधवा से विवाह कर लेता?"

"मुझे रमेश या किसी और से कोई मतलब नहीं। मैं तो अपने दिल की बात कह रहा हूं।"

"देख प्रेम, ये पागलपन की बातें करके तू मुझे पागल न बना। हमारा श्रेष्ठ ब्राह्मण कुल है। हमारा रिश्ता तो साधारण ब्राह्मण परिवार में भी नहीं हो सकता। केवल उच्च कुल के ब्राह्मण से ही हमारा रिश्ता हो सकता है। वह तो राजपूत है, फिर विधवा है।"

"मैं जाति-प्रथा को बिलकुल नहीं मानता।"

"क्यों?"

"इस प्रथा ने हमारे समाज को कमज़ोर किया। मनुष्य-मनुष्य के बीच दीवारें खड़ी कर दीं। अपने ही समाज के एक बहुत बड़े वर्ग को अछूत बना दिया और उसे भी विधर्मी बनने के लिए प्रेरित किया। पिताजी, यह जाति-प्रथा अतीत की एक सड़ी हुई लाश है। अब इसमें से दुर्गन्ध आ रही है। इसे अब कन्धे पर उठाए फिरने में कोई लाभ नहीं है।"

"पर वह विधवा भी तो है।"

"पिताजी, विधवा है तो क्या हुआ? तीन दिन का ही तो उसका सुहाग रहा था। जिसका पति देश-सेवा में बलिदान हो गया, क्या उसे फिर से सुहागिन बनने का कोई अधिकार नहीं है? हमारे किसी वेद व उपनिषद् में नहीं लिखा कि विधवा-विवाह नहीं होना चाहिए। हमारा धर्म तो विधवा-विवाह की आज्ञा देता है।"

दीनानाथ प्रेम के तर्क का तो उत्तर नहीं दे पा रहा था, इसलिए भी उसका क्रोध बढ़ गया। उसकी आंखें आग उगलने लगीं, तो भी वह संभलकर बोला, "बेटा, तेरा विवाह तो मैंने निश्चित करना है, तूने स्वयं कैसे कर लिया?"

"मैं तो बस बता ही रहा हूं, बाकी तो सब अपने ही करना है।"

"पर मैं तो अपनी इच्छानुसार किसी श्रेष्ठ ब्राह्मण परिवार में करूंगा।"

"पर पिताजी, विवाह मेरा होना है, इसलिए मुझे ही यह बताने का

अधिकार है कि मेरा विवाह कहां पर हो।"

आज प्रेम जिस दृढ़ता से पिता के सामने सब कुछ कहे जा रहा था, वह बिलकुल अभूतपूर्व था। दीनानाथ उसकी बातें सुनता, फिर उसके मुंह की ओर देखता। फिर इधर-उधर दीवारों को देखता रहता। उसे लग रहा था, जैसे कोई भूचाल आ रहा हो और धरती नीचे से फट रही हो। अपने पुत्र के तर्क के सामने उसके पास दलील तो कोई न थी।

उसने सामने से हुक्के को उठाकर एक तरफ किया। कन्धे पर रखा परना उतारा और दूसरे कन्धे पर रख लिया। ज़ोर से 'शिव ओम-शिव ओम' पुकारता हुआ बोला, "प्रेम, पता नहीं तुझे किसीने क्या बहका दिया है ! या तो तुझ पर कोई जादू-टोना कर दिया है या कुछ खिला दिया है। उसके प्रभाव में ही तू यह सब बक रहा है। जो कभी परिवार में, कुल में हुआ नहीं, वह अब भी नहीं होगा। कुल की मर्यादाएं नहीं तोड़ी जा सकतीं। तुम नई रोशनी के छोकरे हर पुरानी बात को गलत कहते हो, पर पुरखों ने जो भी लकीरें बनाई हैं, वे सब सच्ची हैं।"

दीनानाथ ने दोनों हाथों में अपना सिर रख लिया और धरती की ओर देखने लगा। फिर बोला, "जिस प्रकार पैर की जूती सिर पर नहीं रखी जा सकती, इसी प्रकार अछूत व हरिजन को सिर पर नहीं चढ़ाया जा सकता। हर व्यक्ति का और हर बिरादरी का एक स्थान निश्चित है। हर कोई अपने स्थान पर रहे, तभी समाज ठीक प्रकार से चल सकता है।"

प्रेम ने अब अधिक चुप रहना भी ठीक नहीं समझा, "पिताजी, यह स्थान किसने निश्चित किए? मनुष्य ने अपने स्वार्थ के लिए एक-दूसरे का शोषण किया और यह सब रीति-नीतियां बनाईं। समाज में मनुष्य का स्थान उसके कर्म से व उसके गुणों से निश्चित होना चाहिए न कि जन्म से। किसी भी मनुष्य को हम पैर की जूती नहीं कह सकते, क्योंकि हर मनुष्य में परमात्मा का बराबर अंश है। जब प्रत्येक मनुष्य परमात्मा-रूपी सूर्य की किरण है, आत्मा है, तो कोई ऊंचा और कोई नीचा कैसे हो सकता है? अब इन पुरानी दलीलों में कोई दम नहीं है पिताजी !"

आखिर दीनानाथ ने अन्तिम अचूक तर्क दिया, "अच्छा, व्यर्थ की बकवास मैं नहीं सुनना चाहता। यदि तुम्हें मेरे पुत्र के रूप में रहना है तो यह

कभी भी नहीं हो सकता और यदि तुमने यह सब कुछ करना है तो तुम मेरे पुत्र बनकर मेरे घर में नहीं रह सकते।"

"पिताजी, आप मुझे घर में पुत्र के रूप में रखना चाहते हैं या एक गुलाम व नौकर के रूप में?"

"क्या मतलब?"

"मतलब यही कि पुत्र तो मनुष्य होगा। जो मनुष्य होगा, वह सोचेगा भी। और यह आवश्यक नहीं कि वह वही कुछ सोचेगा, जो आप सोचते हैं। उसकी सोच आपसे भिन्न भी हो सकती है। हां, एक गुलाम ही ऐसा हो सकता है, जो अपने दिमाग को ताला लगाकर चुपचाप पीछे चलता रहे।"

"प्रेम, तुम आज बहुत बहक रहे हो। इसका परिणाम अच्छा नहीं होगा।" क्रोध से तिलमिलाते हुए दीनानाथ ने कहा।

"मैं यदि जीऊंगा तो अपनी आत्मा के निर्देशों के अनुसार। अपनी आत्मा की आवाज़ को कुचलकर जीने की बजाय मैं मरना अधिक अच्छा समझता हूं।"

उसी समय प्रेम की मां कमरे में आ गईं। प्रेम अपनी बात कहकर बाहर चला गया।

उस दिन से घर में कुहराम मच गया। सारे परिवार पर इस समाचार ने वह काम किया, जो लहलहाती हरी खेती पर टिड्डी दल करता है। प्रेम की मां, बहन व भाभी उसे समझातीं, डांटतीं व बुरा-भला कहतीं। घर में सारा दिन खटपट और कलह रहने लगी।

बात एकदम सारे गांव में फैल गईं। सब जगह उसीकी चर्चा होने लगी। अधिकतर लोग इसका विरोध करने लगे। रमेश, प्रेम, भीखूराम व कान्ता को छोड़कर सारा गांव उसके विरोध में खड़ा हो गया।

ब्राह्मण-सभा की एक बैठक बुलाई गईं। प्रेम के इस निश्चय पर खेद प्रकट किया गया और उसकी निन्दा की गईं। यह भी निश्चय किया गया कि यदि प्रेम यह विवाह करेगा तो उसे बिरादरी से निकाल दिया जाएगा।

उसके तुरन्त बाद राजपूत-सभा ने भी एक बैठक में निर्णय करके लाजो को कहला भेजा कि यदि यह विवाह हो गया तो उसे राजपूत-बिरादरी से निकाल दिया जाएगा।

सारे गांव में ही नहीं, आसपास के सभी गांवों में भी यही चर्चा का विषय बन गया। खुले आम इसपर बहस होने लगी। कुछ स्थानों पर झगड़े भी हुए।

१८

जब सांझ ढलने लगी तो लाजो ने एक लम्बा-सा झाड़ू लेकर आंगन साफ किया, बरामदे और कमरे में भी झाड़ू लगाया। बाहर का सामान अन्दर रखा। घराल की तरफ गईं। गाय और बछड़े को बरामदे से खोलकर अन्दर बांधा। दूध दुहा, घास डाली और फिर रसोई में आकर बैठ गईं।

खाने को आज क्या बनाया जाए, यह उसके सामने समस्या थी। वह सोच रही थी कि सामने से बड़ी दादी आ गईं। लाजो उठी और बड़ी दादी को बिठाया। कुछ देर चुप रहकर बड़ी दादी बोली, "ओ लाडी ! मैं एह क्या सुणिया, तेरा ब्याह होणा? तू ईयां आईं करी सारा कुल कने धर्म भ्रष्ट करना था?"[१]

लाजो ने घूंघट खींच लिया। नीचे पैर के नाखून से धरती कुरेदने लगी। उसकी आंखें धरती में गड़ी जा रही थीं।

बड़ी दादी फिर बोली, "तू बोलदी नीं? याद रख, एह नीं होई सकदा। इना छोरूआं दे भकौटे मत औंदी, नहीं ता असां बरादरियां बाहर करी दिंगे।"[२]

दादी उठी और चली गईं। न लाजो ने कुछ कहा और न दादी ने कुछ सुनने की प्रतीक्षा की।

आसमान पर बादल घिरे थे। वे गड़गड़ाने लगे। इधर-उधर से गोरे-

---

१. बहू, मैं यह क्या सुन रही हूं, क्या तेरा विवाह होगा? इस प्रकार तु यहां आकर सारा कुल-धर्म भ्रष्ट करेगी? २. तू बोलती नहीं? याद रख, यह नहीं हो सकता। इन बुरे लड़कों के बहकावे में मत आना, नहीं तो हम तुम्हें बिरादरी से बाहर कर देंगे।

काले बादलों के झुंड इकट्ठे हो-होकर धौलाधार की ओर बढ़े जा रहे थे। थोड़ी देर में धौलाधार की ऊंची सफेद चोटियां बादलों से ऐसे घिर गईं, जैसे घूंघट में गोरी का मुखड़ा छुपा रहता है। बादल कुछ और गहरे होने लगे। इधर रात का अंधेरा बढ़ रहा था, उधर काले बादलों ने मिलकर एक घने अन्धकार की एक परत और डाल दी।

रसोई में रोटी तो न बन सकी, पर जहां लाजो बैठी थी, वह सब धरती उसकी आंखों के पानी से गीली हो गईं। वह उठी और बरामदे में आ गईं। फिर भीतर गईं, दीपक जलाया। एक कोने में सुमेरचंद के समय की एक पीढ़ी-सी रखी थी। उसपर दो-तीन भगवान की मूर्तियां थीं। सुमेरचन्द प्रातः-सायं उनकी पूजा किया करता था। वहीं पर लाजो ने धूप जलाया और खड़ी होकर भगवान को याद करने लगी। उसकी आंखें बन्द थीं तो भी बन्द आंखों के परदों को चीरकर उसके दिल का दर्द बाहर आकर बह उठा। वह भागकर ओबरी में चली गईं। इधर-उधर देखा, कोने का अंधेरा मानो उसे खाने को दौड़ पड़ा। वह फिर बाहर आ गईं। रसोई में गईं। वहां भी वह ठहर न सकी तो बरामदे से होकर फिर कमरे में आ गईं।

तभी बिजली की तेज़ चमक घर-आंगन को चमका-सी गईं। और उसके एकदम बाद बादलों की भयंकर गरज से सारा मकान जरजरा उठा। लाजो ने ज़ोर से दरवाज़ा बन्द करना चाहा तभी एक और गर्जना हुई, लाजो की चीख निकल गईं। अब इसके साथ ही ज़ोर से वर्षा शुरू हो गईं।

तभी किसीने दरवाज़ा खटखटाया। लाजो अभी भी दुबककर दरवाज़े के नीचे ही बैठी थी। खटखटाहट सुनी तो और भी घबरा उठी। इस समय कौन क्यों आया होगा, उसे कुछ भी समझ नहीं आया।

“भाभी... लाजो भाभी...दरवाज़ा खोलो।” कान्ता की आवाज़ पहचान लाजो ने लपककर दरवाज़ा खोला। ज्योंही कान्ता अन्दर आईं, लाजो उससे लिपट पड़ी और फूट-फूटकर रोने लग पड़ी। कान्ता को कुछ भी समझ नहीं आया। उसके बार-बार पूछने पर भी वह कुछ नहीं बोली। मां से अलग हुए एक शिशु की तरह फूट-फूटकर रोती ही रही।

“भाभी, यही सोचकर तो मैं आईं हूं कि बड़ी दादी ने तुम्हें न जाने क्या कुछ कह दिया है। बड़ी नाराज हो रही थी।” कान्ता ने लाजो की आंखें पोंछते

हुए कहा।

"तू व्यर्थ इस प्रकार रोकर अपना खून सुखा रही है। रमेश बोल रहा था कि हर नई बात का शुरू में इसी प्रकार विरोध होता है। कहने वालों को एक बार जी भरकर कह लेने दो। सब ठीक हो जाएगा।" सान्त्वना देते हुए कान्ता ने कहा।

"क्या ठीक होगा कान्ता ! तुम अगले सप्ताह अपनी ससुराल चली जाओगी। मुझे बिरादरी से निकालने का निर्णय हो गया है। विवाह होगा ही नहीं, यदि हुआ भी तो दोनों बिरादरी से निकाले जाएंगे और मेरी पेंशन भी बन्द हो जाएगी। बोल, वह भी जीने योग्य जीवन होगा?" एक ठंडी सांस निकालकर लाजो ने कहा।

"भाभी, तू सच्ची है, पर घबराकर तो कुछ भी न बनेगा।"

"मैं तो घबराना नहीं, बल्कि साहस दिखाना चाहती हूं।"

"किस तरह?"

"कान्ता, अब और कोई भी चारा नहीं है। मैं आत्महत्या करूंगी। इस जीवन को समाप्त कर लूंगी। एक बार तुम्हें दुल्हन बनकर देखने की साध है। तू अपने घर जा...बस, मैं भी गईं कभी वापस न आने के लिए।" यह कहकर लाजो कान्ता के गले से लगकर फूट पड़ी।

बाहर कुछ वर्षा कुछ पल रुकी, फिर बिजली की चमक चमकी और ज़ोर से बादल गरजे। इसके साथ ही मूसलाधार वर्षा शुरू हो गईं।

लाजो के आंसुओं को पोंछते हुए कान्ता बोली, "भाभी, मैं क्या करूं? मेरे बस में कुछ नहीं। प्रेम से तेरा विवाह हो जाता तो तेरा जीवन भी एक दिशा में चल पड़ता। मैं भी निश्चिंत हो जाती। पर तू घबरा मत, सब ठीक हो जाएगा।"

लाजो ने लम्बी गहरी सांस छोड़ी, मानो उसका दिल ही बाहर आ गया हो। वह बोली, "कान्ता, तुम्हें पता है, कल बड़ी दादी ने क्या कहा था और फिर जब तेरे विवाह के कपड़े आदि बन रहे थे तब मैं भी बड़े चाव से वहां पर जाकर सब देख रही थी; पर तभी मुझे पीछे हटने को कह दिया गया। बडी दादी ने कह दिया था कि मैं वहां पर न रहूं।"

कान्ता ने उसे समझाते हुए कहा, "बात यह है कि हमारे रिवाज के

अनुसार किसी भी शुभ काम में विधवा का हाथ नहीं लगने देते। शुभ कार्य में विधवा का होना अशुभ समझा जाता है। इसीलिए दादी ने ऐसा कहा था। मैं तो स्वयं यह सुनकर बड़ी दुखी हुई थी। दादी से लड़ी भी, पर दादी तो सब पुरानी बातों पर अटल विश्वास रखती है।"

"इसीलिए तो मैं सोचती हूं कि विधवा होकर—अशुभ बनकर जीना भी कोई जीना नहीं।"

"पर तू विधवा सदा तो नहीं रहेगी। प्रेम से अब तेरा विवाह निश्चित हो गया है।"

"नहीं कान्ता, यह केवल भ्रम है। सारा गांव विरोध में खड़ा हो गया है। बिरादरियों ने फैसला कर लिया है। सरकार भी मानो मेरे विवाह के हक में नहीं। मेरी पेंशन व सब सुविधाएं भी बन्द कर दी जाएंगी। मैं सोचती हूं, ऐसी स्थिति में मेरा विवाह उस बेचारे युवक को मुसीबत में डालना ही है।"

दोनों कुछ देर चुप रहीं। इस मौन को वर्षा की आवाज का सन्नाटा ही भर रहा था।

लाजो फिर बोली, "किसी शुभ काम में मैं सामने नहीं जा सकती। तेरे विवाह का मुझे इतना चाव है, पर मैं तो पूरी तरह विवाह में शामिल भी नहीं हो सकती। तेरे विवाह तक मेरे जीने की साध थी, पर अब तो वह भी मर रही है। दिल कर रहा है, इस अपमान के कलंक को आत्महत्या से धो लिया जाए।"

"भाभी...लाजो..." कहते हुए कान्ता उससे लिपटकर ज़ोर-ज़ोर से रोने लग पड़ी। उसके आंसुओं का जैसे रुका हुआ बांध टूट पड़ा। रोते हुए वह बोली, "भाभी, तुझ इतने बड़े दुःख में छोड़ मुझ अपने विवाह की भी कोई खुशी नहीं है। मेरे बस में हो तो मैं तब तक अपना विवाह न करू, जब तक तेरा विवाह न हो जाए।"

"कान्ता, तभी तो मैं कहती हूं कि इस सारे संकट का अब एक ही उत्तर है।"

"क्या?"

"वही, जो पहले बताया—आत्महत्या। बस, सब संकट एकदम समाप्त हो जाएंगे।"

"चल, फिर एक काम करें।" कान्ता ने गम्भीर होकर कहा।

"बता।"

"चल, हम दोनों आज रात इकट्ठी आत्महत्या कर लेती हैं। बड़ा मज़ा आएगा। आगे भी हम इकट्ठी ही रहेंगी।" कान्ता ने आंसू पोंछकर कहा।

"हट पगली ! अपने बारे में ऐसी अशुभ मत बोल। तेरा तो विवाह है। तुम्हें तो अभी सारा जीवन जीना है। सारी इच्छाओं-तमन्नाओं को पूरा करना है। दोबारा ऐसा मत बोलना।"

वे अभी बातें ही कर रही थीं कि दरवाज़े पर खटखटाहट हुई। लाजो ने दरवाजा खोला तो बड़ी दादी सामने थी। अब बड़ी दादी के दिल में लाजो के लिए वह प्यार न रहा था। जब से उसे लाजो व प्रेम के सम्बन्धों का पता चला था, वह लाजो से अधिक बात भी नहीं करती थी।

बड़ी दादी ने कान्ता को घर चलने के लिए कहा। उसने यह भी कहा कि अब उसका विवाह निकट है, इसलिए उसे अपने घर सोना चाहिए। कान्ता ने कुछ मना किया, पर दादी की डांट के आगे वह चुप हो गईं। कान्ता उठी और लाजो की ओर कैद हिरणी की तरह बेबसी-भरी नज़रों से देखा और बड़ी दादी के पीछे चली गईं। लाजो दरवाज़े पर खड़ी कितनी ही देर देखती रही। फिर दरवाज़ा बन्द किया और अन्दर चली गईं।

बिस्तर पर लेटी लाजो सोचती रही। टिमटिमाते दीपक की धीमी लौ प्रकाश की धुंधली-सी रेखा छोड़ रही थी। उस प्रकाश में लाजो की आंखें छत पर अपलक देख रही थीं।

'आज मुझे किसीने रोटी खाने के लिए भी नहीं पूछा।' लाजो मन ही मन बोली —'अभी तो जीवन के कितने ही लम्बे वर्ष, इसी प्रकार की कितनी ही अन्धेरी रातें मुझे इस मकान में अकेले बितानी हैं।' वह फिर बड़बड़ाई।

वह लेटी रही। सोने की कोशिश की, पर नींद भी जैसे कान्ता की तरह उसका साथ छोड़ गईं थी। दीपक की लौ कुछ मन्द होने लगी, शायद तेल समाप्त हो रहा था। पर उसकी उठने की हिम्मत न थी। न ही उसे प्रकाश की कोई आवश्यकता लगी।

ओबरी की छोटी-सी खिड़की से बाहर बरसती वर्षा की छम-छम स्वर

लहरी गूंज रही थी। लाजो को वह दिन याद आया, जब पहली बार वह एक दुल्हन के रूप में इस घर में आईं थी। वह रात याद आईं, जब इसी ओबरी में इसी पलंग पर वह प्रथम बार अपने पति की हो गईं थी। फिर वे तीन दिन और फिर पति का जाना और फिर तार का आना...एक-एक घटना याद आती गईं और उसका दिल टुकड़े-टुकड़े होता रहा।

प्रेम उसकी कल्पना में आने तो लगा था, पर उसे वह भी आकाश का तारा ही लगता था। वह सोचती कि उसके भाग्य में यदि सुख होता तो पहले मिला सुख ही उससे क्यों छिन जाता?

प्रकाश की एक तेज़ चमक खिड़की में से आईं और फिर ज़ोर से गड़गड़ की भयंकर आवाज़ गूंज उठी। सारा मकान हिल गया। टिमटिमाता दीपक भी उस धक्के से बुझ गया। अन्धकार ने सब कुछ समेट लिया। लाजो उठी और बिस्तर पर डरकर बैठ गईं। तभी मूसलाधार वर्षा के वेग से मानो छत ही नीचे आने लग पड़ी।

लाजो ज़ोर से चीखी; पर उसकी चीख सुनने के लिए नीरवता व अन्धकार के अलावा वहां पर कोई भी न था। उसने अपनी आंखों पर दोनों हाथ रख लिए और रोने लगी, पर अब आंखों में आंसू भी न थे।

कितनी ही देर वह दुबककर अपने बिस्तर पर बैठी रही। फिर धीरे से उठी, टटोलती हुई दूसरे कमरे की खिड़की तलाश करने लगी ताकि दिया सलाई निकालकर दीपक जलाया जा सके।

अन्धकार में उसके हाथ वहां पर पहुंचे, जहां एक लकड़ी के चौखटे में दो-तीन पत्थर के देवता रखे थे, जिन्हें लाजो प्रतिदिन धूप देती थी। दियासलाई तो मिली नहीं, पर उस के टटोलते हाथों से वह लकड़ी का चौखटा धरती पर आ गया। खटाक की आवाज़ से वह फिर सहमी। चीखकर वहीं बैठ गईं। अपनी आंखें अपने हाथों में छिपा लीं। अपनी रक्षा का उसके पास अब यही उपाय था।

साहस बटोर उठी और कुछ तलाश के बाद दियासलाई मिलने पर उसने दीपक जलाया। धरती पर पड़े हुए पत्थर के देवता को उठाया और उसी प्रकार उन्हें अपनी जगह रखकर हाथ जोड़कर खड़ी हो गईं।

"प्रभु, अब तुम भी मुझे डराने लग पड़े हो !" वह बोली, "बोलो, इस

प्रकार का जीवन देकर भी तुम दयालु और कृपालु कैसे हो? मेरे ससुर प्रतिदिन तुम्हें नहलाते थे। तुम्हारी पूजा करते, आरती उतारते और भोग लगाते थे। तुमने उनका पुत्र छीन लिया, मुझे विधवा बना दिया। वह घुट-घुटकर, तड़प-तड़पकर अपने प्राण छोड़कर चले गए।" लाजो अपने-आपमें बोलती-बोलती फिर रोने लग पड़ी। रुके हुए आंसू फिर ढलक पड़े।

"प्रभु ऐसे ही दुःख देने के लिए तुमने मुझे पैदा किया...कुछ नहीं दे सकते तो मौत दे दो...हे प्रभु, मुझे लगता है, या तो तुम हो ही नहीं, यदि हो भी तो बहुत कठोर हो—पत्थर ही की तरह।"

लाजो उठी, उसके हाथ पत्थर के भगवान की ओर बढ़े। उसने सभी मूर्तियां उठाई और ज़ोर से दरवाज़े की तरफ फेंक दीं। ज़ोर की आवाज़ हुई और उसी आवाज़ से चौंककर डरी हुई वह इधर-उधर देखने लगी।

"दरवाज़ा खोलो।"

"हाय, इस समय यह कौन...बताओ..." लाजो यह बड़बड़ाती हुई तड़प उठी। वह दरवाज़े से आने वाली आवाज़ को पहचानने की कोशिश करने लगी। फिर वह स्वयं से बोली, "मैंने भगवान की मूर्तियों को नीचे फेंककर उनका अपमान किया है, शायद इसीलिए मुझे उसका दड देने कोई चोर या डाकू आया होगा..."

"लाजो, दरवाजा खोलो।" बाहर से आवाज़ कुछ स्पष्ट होने लगी। उसे लगा, आवाज़ कुछ परिचित-सी है। पर वर्षा भी अभी बरस रही थी और वर्षा की आवाज़ में दरवाज़े से आने वाली आवाज़ खो सी जाती थी।

लाजो सोचते-सोचते धीरे से उठी और दरवाज़े की ओर बढ़ी, पर फिर ठिठक गईं।

"लाजो, डरो मत, मैं हूं प्रेम।"

और खटाक से लाजो ने दरवाज़ा खोल दिया।

भीगे कपड़ों में प्रेम ज्योंही दरवाज़े से अन्दर आया, लाजो छिन्न लता की तरह उससे जा लिपटी। वह फूट-फूटकर रो पड़ी। प्रेम भी प्रेम के इस बांध को रोक न सका। उसके हाथ अपने-आप उठे और उन्होंने लाजो को अपने में समा लिया।

दो हृदय पास-पास धड़क रहे थे। श्वास परस्पर टकरा रहे थे।

एक-दूसरे में समा जाने की, एक-दूसरे के हो जाने की द्वैत को समाप्त कर अद्वैत होने की मानो एक होड़ चल रही थी। लाजो की अब आंखें नहीं, बल्कि होंठ गीले थे। कुछ ही क्षण पहले तो लाजो पानी से बाहर मछली की तरह छटपटा रही थी, अब वह निश्चिन्त होकर दो बांहों में हिलोरे ले रही थी।

वर्षा की कितनी ही बूंदे छत पर गिरकर उसमें समा गईं। उन्हें कुछ भी पता न चला। लाजो को लगा, अभी कुछ क्षण पहले उसके पास कुछ भी न था और अब कुछ भी प्राप्त करने को बाकी न था।

"लाजो..." प्रेम के होंठ फड़ फड़ाए।

"मुझे छोड़ना मत। बस, इसी प्रकार...इसी समय मेरे जीवन का अन्त हो जाए तो अच्छा है।" लाजो प्रेम की छाती से मुंह सटाकर बोली।

"क्यों?"

"मैं तो आज इस भयंकर रात की भयंकरता में कांप रही थी। बादलों की गरज मेरा दिल चीर जाती...आप इस समय कैसे आ गए?"

"मुझे पता चल गया कि तुम अकेली घबरा रही हो।"

"कैसे पता चला?'

लाजो के होंठों पर अपनी उंगलियां रखकर प्रेम बोला, "तुम्हारे दिल की धड़कन मुझे सुनाई दी।"

लाजो ने हलकी मुस्कान दी और सिर नीचे कर लिया।

'ये मूर्तियां नीचे कैसे?" नीचे पड़ी मूर्तियों को देख प्रेम ने पूछा।

लाजो बैठ गईं, प्रेम को भी बिठाया और कान्ता के आने से लेकर अब की तक सारी घटना उसे कह सुनाई।

लाजो कुछ थकान अनुभव कर रही थी। वह दीवार का सहारा लेकर बैठ गईं।

"तुमने आज भोजन नहीं किया, चेहरे पर थकावट दिखाई दे रही है।" प्रेम ने कहा।

"यह थकावट भोजन न करने के कारण नहीं है।"

"और किस कारण है?"

"बताऊँ?"

"नहीं।"

दोनों मुस्करा पड़े।

"लाजो, पहले उठकर रसोई में जाओ, खाना बनाओ, तब फिर तुमसे एक ज़रूरी बात करनी है।"

"आप बात करिए। अब मुझे किसी और चीज़ के खाने-पीने की इच्छा बाकी नहीं रही।"

"पेट भी भर गया?"

"सब कुछ—दिल भी, आत्मा भी।"

"नहीं, पेट की भूख अलग है।"

"हां, चाय ज़रूर बनाती हूं।"

लाजो उठकर दरवाज़े से बाहर गईं। रसोई में दीपक जलाया, चूल्हा जलाकर उसपर चाय का पानी रख, एकदम अकर बोली, "मैं तो भूल ही गईं, आपके कपड़े तो गीले थे।"

"हां, गीले तो थे, जब आया था; पर अब तो सुख-से रहे हैं।"

"ऐसे कैसे सूखेंगे?"

"तुम्हारे प्यार से।" प्रेम ने ला जो का हाथ पकड़ कर कहा।

"नहीं, आप भी रसोई में चलिए। चूल्हे के पास बैठकर कपड़े सूख जाएंगे।"

दोनों रसोई में पहुंचे। चाय बन गईं। लाजो ने सुबह की बनाई हुई एक मक्की की रोटी निकाली। चाय दो गिलासों में डाल दी।

"मुझे तो अब भूख लगी है, यह सुबह की रोटी पड़ी है, इसे ही खाऊंगी।" फिर कुछ रुककर लाजो ने पूछा, "आपने रोटी खाई है या नहीं?"

"लाजो, यह संयोग आज कैसे हो गया ! आज मैंने भी रोटी नहीं खाई थी और इधर तुम भी भूखी थीं।"

"पर आपने क्यो नहीं खाई?"

"मुझे' आज घर से निकाल दिया गया है।" चिन्तित होते हुए प्रेम ने कहा।

"क्यों?"

"क्योंकि मैं तुमसे विवाह करने पर ज़ोर दे रहा था। कल मामाजी आए,

एक-दो और सम्बन्धी इकट्ठे हुए, मुझे समझाने की कोशिश की। मैंने साफ बता दिया तो उन सबने मुझे कहा कि मैं घर से निकल जाऊं।"

"इतनी वर्षा में घर से निकाल दिया?" लाजो ने हैरान होकर पूछा।

"नहीं, निकाला तो सायंकाल को था। फिर रमेश के पास कुछ देर रहा। वहां पर एक और दुखद समाचार सुना।"

"क्या?"

"अच्छा, पहले तुम रोटी खाओ, फिर बताता हूं।"

चाय के साथ सुबह की सूखी मक्के की रोटी खाकर दोनों रसोई से निकले और कमरे में आ गए।

लाजो ने उत्सुकता से पूछा, "बताओ, कौन-सा दुखद समाचार सुना?"

"उस मुकदमे का फैसला हो गया।"

"क्या फैसला हुआ? कितनी सज़ा हुई उस नीच को?"

"सज़ा नहीं हुई। वह सम्मानपूर्वक बरी कर दिया गया।"

"सम्मान से बरी ! यानी छोड़ दिया गया?"

"इतना ही नहीं। फैसले में यह भी लिखा गया है कि तुमने झूठ बोला था। यह भी लिखा है कि उस अधिकारी को फंसाने के लिए सबने मिलकर षड्यन्त्र किया था।"

"मैंने झूठ बोला था?" लाजो का मुंह खुला रह गया।

"हां। पालमपुर के वकील उस अधिकारी से किसी कारण बदला लेना चाहते थे, तुम्हें हथियार बनाकर वह सब करवाया गया—ऐसा निर्णय में लिखा है।"

"तो अदालत में यही न्याय मिलता है?"

"लाजो, सब पाखंड है। सब झूठ है, फरेब है। ये अदालतें न्याय नहीं देतीं, सिर्फ कागज़ पर लिखा कानून देती हैं और कानून उसके साथ चलता है, जो धन व प्रभाव के सहारे झूठी गवाहियां इकट्ठी करता है।"

"तो गवाहियां हमारे विरुद्ध थीं?"।

"हां। नगरोटा के डॉक्टर ने यह गवाही दी कि उस रात भगतराम उसके पास दवाई के लिए आया था। उसके रजिस्टर में भी उसका नाम दर्ज था। बस का उस दिन पालमपुर से नगरोटा तक का टिकट भी भगतराम ने पेश किया।

तहसील के कुछ और कर्मचारियों ने भी यही गवाही दी कि उस सायं भगतराम बस में बैठकर नगरोटा चला गया था। उसका उसी दिन का एक प्रार्थनापत्र एस० डी० एम० के नाम प्रमाणित हो गया, जिसमें उसने उस सायं घर जाने की सूचना दी थी।"

"इतना सब झूठ बना लिया गया—और साबित भी हो गया?" लाजो ने हैरान होकर पूछा।

"और अदालत ने उसे सच समझकर उस नीच को ईमानदारी का प्रमाण-पत्र देकर छोड़ भी दिया।"

"मुझ अभागिन का भगवान भी नहीं है। फिर यह अदालत भी मुझे न्याय कैसे दे देगी?"

"लाजो, उधर यह समाचार मिला इधर मुझे घर से निकाल दिया। मैं बहुत परेशान था। रमेश के पास गया। हम दोनों कितनी ही देर शिवनगर के मन्दिर के बाहर बैठे रहे। फिर मैंने रमेश को कहा कि मैं लाजो को मिलकर रात उसीके पास सोऊंगा।"

कुछ देर वह लाजो की आंखों में आंखें डाल देखता रहा। इतने निकट से दोनों ने एक-दुसरे को कभी न देखा था, न पहचाना था, न अनुभव किया था। आज इस उन्मुक्त मिलन में दोनों एक अभूतपूर्व आनन्द का अनुभव कर रहे थे।

"अच्छा, अब मैं चलता हूं लाजो ! तुम्हें एक बार मिलने की बड़ी साध थी, पता नहीं फिर मिलन होगा या नहीं।" प्रेम ने ठंडी सांस भरकर कहा।

"क्यों, ऐसी भी क्या बात है?" लाजो ने हैरानी से पूछा।

"लाजो, सारा गांव विरोध पर तुल गया है। दोनों बिरादरियों ने मुझे व तुम्हें बिरादरियों से निकालने की धमकी दी है। कल दोनों बिरादरियों ने यह भी निर्णय कर दिया कि जो कोई मेरे व तुम्हारे विवाह में सहायक बनेगा, उसे भी बिरादरियों से निकाल दिया जाएगा। रमेश के पिता ने उसे खूब डांटा है और मेरा साथ छोड़ने को कहा है। ऐसी स्थिति में बताओ, मैं तुम्हें कैसे पा सकता हूं? यह मिलन कैसे सम्भव होगा? तुमसे विवाह करूं तो घर से, बिरादरी से बाहर कर दिया जाऊंगा। मुझे इसकी ज़रा भी चिन्ता नहीं, पर मैं बिलकुल बेकार हूं। तुम्हें पेंशन का सहारा है। विवाह के बाद वह भी

बन्द हो जाएगी। मैं नहीं चाहता, तुम्हें इस सारे संकट में डालूं।" प्रेम के चेहरे पर चिन्ता की रेखाएं उभर गईं।

"मुझे पेंशन नहीं चाहिए, आप चाहिए। धन नहीं, जीवन-धन चाहिए। चांदी के टुकड़े नहीं, ज़िन्दगी चाहिए।"

"पर लाजो, यह सब आकाश का वह तारा लगता है, जो हमारी पहुंच से बाहर है।"

"क्यों बाहर है? मैं व आप मेहनत-मजदूरी करके पेट भर लेंगे। यहां गांव से निकाल दिए गए तो भी क्या है ! यह दुनिया बहुत लम्बी-चौड़ी है। कहीं तो हमें सिर छिपाने को जगह मिल ही जाएगी। मैं अब आपके बिना नहीं रहूंगी।"

दीपक की टिमटिमाती लौ की ओर देख लाजो फिर बोली, "बस, यह गांव छोड़ चलें, कहीं दूर चलें। ऐसी जगह, जहां पर समाज इस प्रकार मासूम भावनाओं को आग लगा कर तमाशा न देखता हो। जहां बिरादरी व धर्म के नाम पर खड़ी की गईं झूठी दीवारें मनुष्य का सांस न घोंटती हों। जहां मनुष्य को मनुष्य के नाते जीने का अधिकार हो।"

"और जहां कोई न्यायालय एक शहीद की विधवा पर पाप-भावना से आक्रमण करने वाले को पुरस्कार न देता हो।" प्रेम ने बात पूरी की।

वर्षा अब थम चुकी थी। प्रेम उठा और चलने लगा। "...लाजो, अभी तो मैं उस पापी भगतराम से निपट लूं, तुम प्रतीक्षा करना। ज्योंही नौकरी लग गई, मैं तुम्हारे साथ विवाह करूंगा।"

"कैसे निपटोगे उससे?"

"उसे सरे बाज़ार जूते लगाऊंगा। जब से सुना है कि कानून को धोखा देकर वह छुट गया, मेरे शरीर का अणु-अणु क्रोध से पागल हो रहा है।"

"आप उसे छोड़िए। उसे भगवान स्वयं दंड देंगे। आप व्यर्थ और कोई झंझट मोल न लें। आप ही तो हैं, जिनके सहारे मैं यह जीवन जीने की सोचती हूं।"

प्रेम ने फिर उटने का यत्न किया। अब रात काफी बीत चुकी थी। गांव के कुत्तों ने भौंकना शुरू कर दिया था। प्रेम जब भी उठकर चलने लगता, लाजो उसे बिठा लेती। यह सोच कि रमेश उसकी प्रतीक्षा कर रहा

होगा, वह उठा और दरवाज़े पर खड़ा होकर बोला, "अच्छा लाजो, ये घड़ियां याद रहेंगी। मैं तुम्हें शीघ्र अपने पास बुलाऊंगा। तुम ठीक रहना, हिम्मत से, धैर्य से..."

प्रेम जब रमेश के घर पहुंचा तो वह उसकी लम्बी प्रतीक्षा के बाद सो चुका था। दरवाज़ा खुला था। धीरे से प्रेम अन्दर गया और रमेश के साथ ही लेट गया। रमेश की आंख खुल गईं।

"अरे, तुम आ गए !

"और क्या?"

"मैंने सोचा, शायद आज तुम वहीं रहो।"

"देर हो गईं। आज पहली बार लाजो के साथ एकांत में मिलने का मौका मिला था।

"तो मिलन की बधाई।"

"छोड़ यार ! मतलब की बात कर।"

"इससे बढ़कर और क्या है मतलब की बात?"

"कुछ भी नहीं।" प्रेम ने उसे चुटकी काटी। फिर बोला, "पर अभी तो असम्भव है सब।"

"हां, प्रेम, लगता तो मुझे भी ऐसा ही है। तुम्हारे जाने के बाद मुझे भी घर वालों ने नोटिस दे दिया कि यदि तुमसे मिला या घर पर तुमको आने दिया तो मुझे भी घर से निकाल दिया जाएगा।"

"तो बता, अब मैं कहां जाऊं?"

"कुछ समझ नहीं आ रहा।"

"यहां तो कल से रह नहीं सकूंगा।"

"बिलकुल नहीं।"

"फिर?"

"प्रेम, तुम दलजीत के घर चले जाओ। वह तुम्हारा सहपाठी है। आज-कल घर पर ही है। उसके पिता की मृत्यु हो गईं है, वह अकेला ही है। उसे सब बात बताकर कुछ दिन उसके पास ठहरो, फिर मैं अगले सप्ताह तुम्हें वहीं मिलूंगा। उसके बाद अगली योजना बनाएंगे।"

प्रेम को बात ठीक लगी। बोला, "तुम भी खूब सूझ-बूझ रखते हो।

बिलकुल ठीक जगह बताई। वह हमारा पक्का मित्र है। अवश्य ही शरण देगा; पर यार, उस भगतराम का क्या करें?"

"उसका अब हम क्या कर सकते हैं?"

"उस नीच पापी को सज़ा तो मिलनी ही चाहिए।"

"प्रेम, सज़ा देने के लिए जो न्यायालय बना है, वह ही उसे सज़ा न देकर पुरस्कार देता है, तो तुम क्या कर सकते हो?"

"मैं उसे सरे बाज़ार जूतियां तो लगा ही सकता हूं।"

"उसका क्या लाभ?"

"अपराधी को अपराध की सज़ा।"

"यह व्यर्थ की बकवास बन्द करो। एक मुसीबत ही काफी है।"

"रमेश, पता नहीं मुझे क्या हो रहा है। भगतराम बार-बार दिखाई देता है, और उसका ध्यान आते ही मेरा खून उबलने लगता है। जी करता है, घर-बार से तो निकाला ही गया हूं, लाजो का मिलना भी इन परिस्थितियों में सम्भव नहीं, क्यों न उस नीच को ही ठिकाने लगा दूं?"

"क्या मतलब है तुम्हारा?" रमेश चिन्ता से बोला।

"उसकी हड्डी-पसली तोड़ दूं।"

"प्रेम, तुम पागल हो। एक बात के पीछे पड़ गए तो छोड़ते ही नहीं। भूल जाओ उसे।"

"रमेश, मैं लाजो को कितना चाहता हूं, यह तुम जानते हो। उस पापी ने मेरी लाजो को धोखा दिया। उसकी इज़्ज़त पर हाथ डाला। शहीद की शहादत को काला करने का यत्न भी किया और फिर भी अदालत से साफ बच निकला।"

"तो तुम क्या कर सकते हो?"

"क्या हम तमाशा देखते रहें? कुछ तो उसे मज़ा चखाना चाहिए।"

"यह पागलपन छोड़ो और सो जाओ। सुबह पहली बस से इस गांव से निकल जाओ। किसीको अपना पता न बताना। तुम्हारे गुम होने के दुःख में शायद तुम्हारे परिवार वाले तुम्हारे विवाह की बात मान जाएं।"

दोनों सो गए। दूसरे दिन प्रातःकाल की पहली बस से प्रेम धर्मशाला के निकट दाड़ी में अपने मित्र दलजीत के पास पहुंच गया।

१९

कान्ता के विवाह की तैयारियां अब अन्तिम चरण पर थीं। घर को लीप-पोतकर साफ-सुथरा बना दिया गया था। फर्श पर नई मिट्टी का लेप कर दिया गया था। प्रतिदिन घर में गांव की स्त्रियां इकट्ठी होतीं व गीत गाती थीं। कभी विवाह के कपड़े सिलने पर, कभी विवाह के लिए चावल साफ करने पर, तो कभी दाल साफ करने के लिए इकट्ठी होकर काम भी करती जातीं और गीत भी गाती जातीं। कुछ जगह लाजो भी शामिल हो जाती, पर कुछ विशेष शुभ कर्मों में बड़ी दादी उसे विधवा होने के कारण आगे नहीं आने देती थी। विवाह से बहुत पहले ही उस घर में विभिन्न रिवाजों और गीतों की चहल-पहल शुरू हो चुकी थी।

लाजो को लगा, जैसे कान्ता नहीं, बल्कि उसके दिल का एक टुकड़ा ही उससे अलग हो रहा है। अब वह कान्ता से बात भी नहीं कर पाती थी। कान्ता का घर से निकलना लगभग बन्द कर दिया गया था।

विवाह से एक दिन पूर्व लाजो कान्ता को मिलने गईं। घर की ओबरी में कान्ता अकेली बैठी थी। सब लोग विवाह की तैयारियों में लगे थे। कान्ता ने आंखें भरकर कहा, "भाभी, मुझे मां के छोड़ने का इतना दुःख नहीं, जितना तुम्हें छोड़ने का है।"

"क्यों?" लाजो ने पूछा।

"मां का तो पूरा परिवार है, पर तुम्हें बिलकुल बेसहारा छोड़कर जा रही हूं। अब तो प्रेम भी पता नहीं कहां चला गया।"

"कान्ता, तू कोई चिन्ता न कर, मैं जैसे-तैसे जी लूंगी। बस, एक काम करना..." कहते कहते उसकी आंखों से आंसू गिर पड़े।

लाजो को अपनी बांहों में भरकर प्यार से कान्ता बोली, "बोल, क्या करूं तेरे लिए?"

"बस, मुझे याद रखना।"

"तो क्या मैं तुम्हें भूल जाउंगी?"

"मुझ अभागिन को कोई कितने दिन याद रखेगा?"

"ऐसा मत बोल भाभी !"

"तू अब नई दुनिया में प्रवेश करेगी। नया जीवन, नई उमंग, नई राहें होंगी। पिछला सब कुछ याद थोड़े ही रहेगा ! खैर, कान्ता, तूने इतना प्यार दिया कि उसकी याद में भी मैं सारा जीवन जी सकती हूं।"

लाजो दूर शून्य में देख रही थी। ओबरी अंधेरी थी। एक छोटी-सी खिड़की थी। उसमें छनकर थोड़ा-सा प्रकाश ओबरी के अन्धकार को दूर हटाने का प्रयत्न कर रहा था। उस खिड़की से आते प्रकाश की किरणों में उड़ते धूल के कुछ कण दीख रहे थे। शायद लाजो उन्हें ही गिन रही थी।

कान्ता ने लपककर लाजो को अपनी बांहों में कस लिया। उसके बिलकुल पास अपना मुंह ले जाकर उसके गाल के साथ अपनी गाल सटा दी। कान्ता की पकड़ लाजो को बहुत अच्छी लग रही थी। उससे दो दिन पहले की उसे एक पकड़ की याद आ रही थी। वह अनायास हंस पड़ी।

"भाभी, तू हंसी क्यों?"

"एक बहुत प्यारी याद आ गई।"

"बता।"

"नहीं।" लाजो सकुवा गई।

"मुझे भी नहीं बताओगी? मैं तो तुम्हें सब कुछ बता देती हूं।"

"पिछले सोमवार की रात वे आए थे।"

"कौन?"

"वही तेरे भाई रमेश के मित्र।"

"कौन—प्रेम?"

"हां।"

"फिर?"

"फिर, कुछ भी नहीं।"

"कितनी देर ठहरा वह?"

"काफी रात गए।"

"अभी याद कैसे आई?"

लाजो ने कान्ता को ज़ोर से पकड़ लिया। प्यार से भर गई। उसके कानों के पास मुंह ले जाकर धीरे से बोली, "कान्ता, मुझे उन्होंने प्यार किया

था...बहुत प्यार किया था...फिर वे चले गए... तन-मन को घायल करके..." लाजो की आंखें बरस पड़ीं।

"तो वह तुम्हें मिलकर गया? कहां गया, क्या तुम्हें नहीं बताया?"

लाजो ने प्रेम के आने व बातचीत का ब्योरा सुना दिया। फिर कहा, "उन्हें घर से निकाल दिया गया है। अब न जाने कहां चले गए। मेरा भाग्य ही ऐसा है। मुझ अभागिन से जो भी जुड़ेगा, उसका भी वैसा ही हाल हो जाएगा। तू दूर चली जाएगी, यह अच्छा ही हुआ।"

"भाभी, मुझे विश्वास है, तू और प्रेम ज़रूर मिलेंगे, तुम्हारा विवाह भी होगा। और कोई आए न आए, मैं जरूर आऊंगी, उनको भी साथ लाऊंगी।"

"अच्छा कान्ता, अब चलती हूं। अब शायद न मिल सकूं। तू अब सजधज जाएगी, तब तो मुझे तुम्हारे पास नहीं आना चाहिए, नहीं तो बड़ी दादी नाराज हो जाएगी।"

"क्या करूं! बड़ी दादी के पुराने विचार हैं। मैं तो चाहती हूं, तुम सदा मेरे पास रहो। खैर, मेरे दिल में तो तुम हो ही।"

भरे दिल से लाजो ने विदा ली। दोनों की आंखें सजल थीं।

दूसरे दिन खूब रौनक हुई। बारात आईं, बाजे बजे। स्त्रियों ने गीतों से बारात का स्वागत किया। रात को कन्यादान व फेरे हुए। दूसरे दिन गांवभर की आंखों में आंसुओं की झड़ी लगाती कान्ता विदा हो गईं। पर लाजो की आंखों के आंसू सबसे अलग ही थे। उसके जीवन के दो ही आधार थे। एक प्रेम, वह दो दिन पूर्व प्यार की एक कसक देकर चला गया था। दूसरी कान्ता थी, वह भी आज विदा हो गईं। अब लाजो सचमुच अकेली थी।

२०

प्रेम के एकदम गुम होने से दो-चार दिन तो घर वालों को विशेष चिन्ता न हुई। उन्होंने सोचा कि पास के किसी गांव में किसी सम्बन्धी के घर चला गया होगा; पर जब चार दिन बीत गए तो कुछ चिन्ता बढ़ी। एक सप्ताह बीतने पर

दौड़-धूप होने लगी।

सभी सम्बन्धियों के घर से पता कर लिया गया। प्रेम का कहीं पता न चला। गांव में पूछताछ करने पर इतना ही पता चला था कि उस दिन पहली बस से वह चला गया था।

दीनानाथ ने रमेश को बुलाकर पूछा, "रमेश, तुम्हें प्रेम का कुछ पता है?"

"नहीं, बिलकुल नहीं।" गंभीरता से रमेश बोला।

"तुम्हें वह कब मिला था?"

"जिस दिन आपने उसे घर से निकाल दिया था, उसी सायंकाल मिला था। वह बहुत दुखी व परेशान था। मैं अपने घर लाने लगा, पर वह माना नहीं। वह शिवनगर की ओर चला गया था।"

"रमेश, कुछ पता करो। मैंने गुस्से में उसे निकाल दिया, पर अब पछतावा हो रहा है।"

"चाचाजी, मुझे लगता है, जब तक आप उसकी बात नहीं मानेंगे, वह नहीं आएगा। वह अपनी धुन का पक्का है। मैंने भी उसे बहुत समझाया था, पर वह माना ही नहीं।"

"रमेश, तुमने तो उसे उलटा ही समझाया होगा। मैं तुम्हें भी खूब जानता हूं। तुमने ही सबसे पहले लाजवन्ती के विवाह का शोर मचाया था। तुमने प्रेम को आगे कर दिया और स्वयं पीछे हो गए।" दीनानाथ ने क्रोध से कहा।

रमेश चुप रहा।

दीनानाथ फिर बोला, "उसकी बात मैं कैसे मान सकता हूं ठीक वह मेरा पुत्र है, पर धर्म भी तो नहीं छोड़ा जा सकता।"

"चाचाजी, किस वेद में यह लिखा है?"

"बस, चुप रहो। तुमने ही पढ़ा है वेद।"

"पढ़ा नहीं, पर जिन महापुरुषों ने वेद पढ़ा है, वे सब कहते हैं कि विधवा-विवाह की वेद आज्ञा देता है। जाति-प्रथा भी बाद की बनाई हुई है।"

"रमेश, कुल-धर्म और कुल-रीति भी तो कुछ होती है। मैं समाज, गांव और बिरादरी को क्या मुंह दिखाऊंगा?"

"चाचाजी, प्रेम को आप अच्छी तरह जानते हैं, मैं तो उसका मित्र हूं। उसके मन में एक बार जो बात आ जाए, वह उसे करके ही छोड़ता है। कौन

समझाए उसे ! आप यकीन करना, यह उसके स्वभाव की एक विशेषता है। मुझे डर है, यदि आप न मानें तो वह कोई और गलत काम न कर बैठे।"

यह सुनकर दीनानाथ के चेहरे पर चिन्ता की रेखाएं उभर आंईं।

"रमेश, मेरे लिए व मेरे परिवार के लिए तुम उसे समझा नहीं सकते कि वह अपनी ज़िद छोड़ दे?"

"चाचाजी, अब तो भगवान भी उसे नहीं समझा सकता। उसका स्वभाव तो आप भी जानते हैं। याद करिए, आपने उसे कॉलेज पढ़ने से कितना रोका था ! कितना बवंडर खड़ा हुआ था आपके परिवार में, पर प्रेम अपने निश्चय पर हिमालय की तरह अडिग रहा था। आपको उसे कॉलेज में पढ़ाना ही पड़ा।"

सामने से भीखूराम आया। दीनानाथ ने उसके बैठने को दरी बिछा दी।

"भई दीनानाथ, प्रेम का कुछ पता लगा?"

"नहीं, कुछ भी पता नहीं लगा। इसीलिए मैंने रमेश को बुलाया था। सोचा, शायद इसे कुछ पता हो। पर इसे भी कुछ मालूम नहीं।" दीनानाथ ने चिन्ता प्रकट करते हुए उत्तर दिया। तभी प्रेम का पता करने के लिए ध्यानसिंह भी आ गया। वह भी पास आकर बैठ गया। सारे गांव में प्रेम के गुम होने की चिन्ता थी। सभी सहानुभूति प्रकट करने के लिए दीनानाथ के पास आ रहे थे।

भीखूराम बोला, "दीनानाथ, तुमने प्रेम को घर से निकाल दिया और अब उसकी तलाश कर रहे हो?"

"मुझे क्या पता था कि वह सचमुच ही घर से चला जाएगा। मैंने सोचा था, घर से निकालने की धमकी से शायद वह सीधे रास्ते पर आ जाए।" दीनानाथ बोला।

"अरे दीने, तुझे मैंने कितना समझाया था कि अपने हाथों प्रेम व लाजवन्ती का विवाह कर दे। प्रेम ज़िद का पक्का है, तू तो उसे हमसे भी अच्छी तरह जानता है...तूने बड़ी गलती की। जब तूने उसे घर से ही निकाल दिया तो वह क्या करता?' भीखूराम ने गुस्से से कहा।

"पर भाई, इस प्रकार यह एक विवाह हो गया तो फिर ऐसी रीत ही चल पड़ेगी। धर्म, परिवार, कुल सब भ्रष्ट हो जाएंगे।" ध्यानसिंह ने गम्भीर होकर कहा।

"यह सब सोचकर ही तो मैं प्रेम की बात नहीं माना था।" दीनानाथ ने समर्थन प्राप्त कर कुछ साहस से कहा।

"ये सब व्यर्थ की बातें हैं दीने ! इस बिरादरी व जाति की दीवारों में अब दीमक लग गईं है। एक समय था, जब विदेशी आक्रमणकारी ने हमें नष्ट करने का यत्न किया। तब समाज ने अपनी रक्षा के लिए ये सब दीवारें बनाई थीं, पर अब इनका कोई लाभ नहीं। यह समाज की शत्रु हैं। धर्म तो इससे बहुत ऊंची वस्तु है। सब महापुरुषों ने इन पुराने रीति-रिवाजों को छोड़ने का उपदेश दिया था।" भीखूराम की बात सुनकर सब गंभीर हो गए।

"तो क्या अपने ही हाथों अपना धर्म भ्रष्ट कर दिया जाए?" ध्यानसिंह ने विरोध के स्वर में कहा।

"ओ ध्याने ! मैं सबका धर्म जानता हूं। वह तिलकधारी, धोती-पोथी वाला पंडित रामचन्द पिछले बीस सालों से नीच जाति की कही जाने वाली एक गुलाबो के पास जाता है। सारा गांव इस बात को जानता है, पर उसका धर्म भ्रष्ट नहीं हुआ। तू गरीब लोगों की अमानत के हज़ारों रुपये खा गया तो धर्म भ्रष्ट नहीं हुआ। होशयारचन्द बड़ा खानदानी बनता है, पर उसने एक नौकरानी की इज़्ज़त पर हाथ डाला तो धर्म भ्रष्ट नहीं हुआ। मैं पूछता हूं, इन सब लोगों को बिरादरी ने बाहर क्यों नहीं निकाला? प्रेम व लाजवन्ती सच्चा प्रेम करते हैं, उनका प्रेम भगवान की तरह पवित्र है; पर उन दोनों के पीछे सब लोग लठ लेकर पड़े हैं।"

भीखूराम आयु में ही सबसे बड़ा नहीं था, बल्कि दबंग प्रकृति का भी था। सच बोलता था, कठोर बात भी कह देता था। उसकी बात पर कोई भी कुछ न बोला। उसने फिर कहना शुरू किया, "रमेश, तू प्रेम को तलाश करके ले आ। यदि दीनानाथ ने उसे निकाल दिया तो मैं उसे अपनी गोद लूंगा और अपने हाथों से प्रेम व लाजवन्ती का विवाह करूंगा। देखता हूं, कौन हमें बिरादरी से निकालता है? इन बिरादरी व जाति की गली-सड़ी लकीरों ने सबको पागल बना दिया है। दुनिया चांद पर चढ़ गईं, पर तुम बिरादरियों की गन्दी गलियों में फंसे पड़े हो।"

"चाचाजी, मैं आज ही धर्मशाला जाता हूं। कॉलेज के कुछ पुराने साथियों से शायद प्रेम का कुछ पता चल जाए। मैं भी आपके साथ उनके

विवाह में शामिल हूंगा।" रमेश ने उछलते हुए कहा।

"देख दीने, सुन ले। कान खोलकर सुन ले। यदि तूने प्रेम की बात न मानी तो मैं धूम-धड़ाके से उसका विवाह रचाऊंगा। अपनी सारी ज़मीन-जायदाद मैं प्रेम व लाजवन्ती के नाम कर दूंगा। मेरा और तो कोई है भी नहीं।"

भीखूराम की बात सुनकर सब स्तब्ध हो गए। दीनानाथ चुप होकर सब सुन रहा था। उसका दिल कह रहा था कि वह सबके सामने यह स्वीकर कर ले कि वह प्रेम व लाजवन्ती का विवाह स्वयं करेगा, पर भीतर ही भीतर कोई शक्तिशाली विचार उसकी इस भावना को रोक रहा था।

सबने सान्त्वना और सहानुभूति की बातें कीं और विदा ले ली।

२१

"वाह, दलजीत, कमाल का निशानची है तू भी।' दलजीत ने बन्दूक की गोली से जब दूर पत्तों में छिपी चिड़िया को मार गिराया तो प्रेम खुशी व विस्मय से उछल पड़ा।

"मैं एक गोरखा सैनिक का पुत्र हूं। बन्दूक-खुखरी चलाना तो हमें विरासत में—मां की घुट्टी में मिलता है।" दलजीत ने अपनी चौड़ी छाती ज़रा और फुलाते हुए कहा।

प्रेम खैरा से आकर अपने मित्र दलजीत के पास ठहरा था। उसने दलजीत को सारी बात बता दी थी। उसने उसे यह भी कहा था कि वह कुछ दिन उसके पास रहेगा, फिर जब रमेश घर से समाचार लाएगा तब अगली योजना बनाई जाएगी। दलजीत एक गोरखा सैनिक का इकलौता पुत्र था। उसके पिता की मृत्यु हो चुकी थी। बी० ए० करने के बाद वह भी घर पर ही बेकार था। प्रेम व दलजीत सहपाठी व मित्र रहे थे।

वे कभी-कभी दाड़ी के पास के एक जंगल में शिकार खेलने व सैर करने के लिए चले जाते थे। दलजीत आज बन्दूक व पिस्तौल दोनों साथ लाया था। वे दोनों शस्त्र उसके पिता के थे। पिता की मृत्यु के बाद इनका

लाइसेंस दलजीत के नाम दर्ज हो गया था।

"दलजीत, यह कितनी दूर तक मार करता है?" प्रेम ने पिस्तौल हाथ में लेकर कहा।

"लो, अभी दिखाता हूं।" दलजीत ने सामने एक वृक्ष पर गोली मारी। धड़ाक् की आवाज़ हुई और वृक्ष में एक सूराख हो गया।

"प्रेम, इस पिस्तौल का भी एक बड़ा इतिहास है।"

"क्या इतिहास है इसका?"

"मेरे पिता ने इस पिस्तौल से एक अंग्रेज़ की हत्या की थी।

"क्यों की थी?"

"उसने मेरी मां की ओर बुरी नज़र से देखा और जब पिताजी ने कुछ कहा तो उसने उन्हें गालियां दीं। वह एक सैनिक अफसर था। तब अंग्रेजों का राज्य था। पिताजी मेरठ छावनी में थे।"

"कमाल कर दिया तुम्हारे पिताजी ने !" हैरान होकर प्रेम ने कहा।

"और वह हत्या इतनी होशियारी से की गईं कि पिताजी पर किसीको भी सन्देह नहीं हुआ। वह पकड़े तक नहीं गए। अपनी मृत्यु से कुछ दिन पूर्व केवल मुझे उन्होंने यह रहस्य बताया था।"

"काश, उस भगतराम की छाती भी इसी पिस्तौल से छलनी हो सकती !"

"भगतराम ! अच्छा, वह ऑफिसर? तेरी प्रेमिका को छेड़ने वाला? साला है तो गोली के ही काबिल, पर..." दलजीत ने आकाश की तरफ देखते हुए कहा।

"पर...पर क्या?" दलजीत से प्रेम ने पूछा।

"कुछ भी नहीं।"

"तुम कुछ कहना चाह रहे हो। चुप क्यों हो गए?"

"प्रेम, गोली चलाने के लिए हिमालय जैसा कड़ा दिल चाहिए। तुम्हारी जगह कोई गोरखा जवान होता तो अब तक भगतराम का श्राद्ध भी हो गया होता।"

"तो क्या मैं कायर हूं?"

"तो क्या कहूं?" व्यंग्य से दलजीत बोला।

"क्या भगतराम ने कोई कम अपराध किया है?"

"भयंकर अपराध किया है—देश के प्रति, कानून के प्रति और मानवता के प्रति; पर उसे दण्ड देने वाली अदालत ने तो पुरस्कार दे दिया और..."

"और क्या?"

"और तुममें यह हिम्मत नहीं।"

"केसी हिम्मत?"

"यार, प्रेम, जाने दो इन बातों को। मैं गोरखा हूं, मरना-मारना जानता हूं। तुम अपने काम से काम रखो। तुम लोगों का तरीका अलग है।"

"कैसा तरीका?"

"तुम बहुत कुछ सहन कर सकते हो।"

"तुम्हारा मतलब है कि हम अपमान सहन कर सकते हैं?" प्रेम की आंखों में खून उतर आया।

"छोड़ो इस व्यर्थ की बात को।"

"क्यों, यह व्यर्थ की बात कैसे हो गई?"

"प्रेम, कभी खीर खाने वाला ब्राह्मण भी अपनी प्रेमिका के हुए अपमान का बदला ले सकता है? वह बेचारी तुम्हारे लिए आहें भर रही है और तुम यहां छिपे हो। घर वालों ने तुम्हें निकाल दिया और तुम घर से भी कायर बनकर निकल आए, यह भी प्रेम करना हुआ? प्रेम में डर नहीं होता प्रेम!"

"दलजीत !" प्रेम तनकर खड़ा हो गया। दलजीत चुप रहा।

"दलजीत, मेरी मदद करोगे?"

"तुम्हारा दिली दोस्त हूं, यह भी कोई पूने की बात है !"

"दलजीत, यह पिस्तौल मुझे दो। मैं भगतराम की हत्या करूंगा। तुमने मेरे सोए पौरुष को जगा दिया है। जब से अदालत ने उसे छोड़ा है, मैं मन ही मन उद्विग्न हूं, परेशान हूं। अन्दर ही अन्दर मुझे कोई चीज़ कचोट रही है। मेरा अणु-अणु मुझे धिक्कारता-सा रहता है। जब तक वह नीच पापी इस धरती पर है, मैं चैन से नहीं रह सकता। तुम्हें बस यह पिस्तौल मुझे देनी होगी।" प्रेम का रंग ही बदल गया था। उसकी आंखों में एक अजीब प्रकार की लाली छलक रही थी।

"अवश्य दूंगा; पर एक शर्त पर।"

"क्या शर्त?"

"तुम ऐसी कुशलता से सब करो कि यह पिस्तौल या तो मुझे मिल जाए या बिलकुल नष्ट हो जाए।"

"ऐसा ही होगा।"

"प्रेम, ऐसी योजना बनाओ कि पकड़े न जाओ। पकड़े जाओ तो अपराध स्वीकार न करो। सत्यवादी मत बनना। और देखो, जो भी करना है, अपने मन से सोच-समझकर करना। कल यह न कहना कि दलजीत के उकसाने पर सब कुछ किया है।"

"हरगिज़ नहीं। प्रेम अपनी जिम्मेदारी खूब समझता है।"

आज सैर करते-करते इस नये प्रसंग ने दोनों को गम्भीर बना दिया था। प्रेम चुप हो गया। घर की तरफ चलते-चलते वह कई बार रास्ते में रुक जाता, कुछ सोचने लगता, फिर दलजीत आगे निकल जाता तो वह चौंक जाता। इसी प्रकार दोनों सैर करते-करते घर वापस आ गए।

२२

रमेश भीखूराम की बातचीत से उत्साहित होकर सोचने लगा कि प्रेम आ जाए तो प्रेम व लाजो का विवाह कराया जा सकता है। वह लाजवन्ती के पास गया। उसे भीखूराम की साहसपूर्ण बात सुनाई। लाजो ने भी राहत अनुभव की। रमेश ने उसे बताया कि कल उसका पता करने वह धर्मशाला जा रहा है।

दूसरे दिन रमेश धर्मशाला बस पर चल पड़ा। पालमपुर में बस रुकी। वह अड्डे पर उतर गया। ज्योंही वह उतरा, उसने देखा, चारों तरफ छोटे-छोटे झुंडों में लोग खड़े बातें कर रहे हैं। अड्डे के साथ की चाय की दुकान पर धीरे-धीरे चर्चा हो रही थी। एक जगह लोगों के झुंड के पास जाकर उसने सुनने की कोशिश की तो वह एकदम चौंक पड़ा। लोग बात कर रहे थे कि भगतराम की हत्या हो गई है। रमेश घबरा गया। उधर से हटकर वह अपनी बस के पास चला गया। उसने देखा कि तहसील को चारों तरफ से पुलिस ने घेर लिया था।

चारों तरफ भय और आतंक का वातावरण था।

रमेश अड्डे के साथ की एक चाय की दुकान पर चाय पीने के बहाने घुस गया। वहां कुछ लोग बातें कर रहे थे।

"हत्या भी कमाल से की है। अभी तक हत्यारा पकड़ा नहीं गया।" एक ने कहा।

"कोई चोर तो लगता नहीं, क्योंकि किसी सामान को उसने हाथ नहीं लगाया। हो न हो, उस शहीद की विधवा से छेड़ने का किसी ने बदला लिया हो।" दूसरे व्यक्ति ने अनुमान लगाया।

"मेरा खयाल है, कोई औरत का मामला होगा। वह भगतराम औरतों का शौकीन था ही। उसकी अदालत में जो भी गरीब स्त्री आती थी, वह उसकी अदालत से अपनी इज़्ज़त बचाकर घर नहीं पहुंच सकती थी।" एक तीसरे व्यक्ति ने चाय की चुसकी लगाकर कहा।

"वैसे हुआ तो बहुत अच्छा। उसने भी हद कर दी थी। किसी अच्छे-भले घर की बहू-बेटी को भी बुरी नज़र से देखे बिना वह छोड़ता नहीं था। शहीद की विधवा से छेड़खानी के प्रश्न पर कुछ वकीलों ने हिम्मत की थी तो अब वह उनको भी खूब तंग किया करता था। अदालत ने भी उसे सम्मानपूर्वक छोड़ दिया।" पहला व्यक्ति सिगरेट का कश लगाकर बोला।

"भई, किसी फौजी ने ही यह किया होगा।"

"गोली कहां लगी है?"

"पुलिस का एक व्यक्ति कह रहा था कि गोली ठीक माथे पर लगी और आर-पार हो गई। हत्यारा कोई निशानेबाज़ लगता है।"

"भगवान के घर देर है, अन्धेर नहीं। उस भगतराम ने भी न जाने कितने मासूम दिलों की भावनाओं को कुचला था। कितनी भोली-भाली ग्रामीण स्त्रियों की मजबूरी का लाभ उठा उनका शील भंग किया था। ऐसे पापी को मारने वाला तो पूजा जाना चाहिए।"

"यदि मिल गया तो बेचारा फांसी चढ़ेगा।"

तभी बस ने हॉर्न बजाया। रमेश दौड़कर अपनी सीट पर बैठ गया। उसे रह-रहकर कोई आवाज़ कचोटती—'कहीं प्रेम ने ही तो यह नहीं कर दिया?' फिर यह सोचने पर कि प्रेम तो पिस्तौल चलाना जानता नहीं था, उसे काफी

धैर्य होता।

वह दाढ़ी दलजीत के पास पहुंचा। उसे पालमपुर में सुनी घटना सुनाई तो उसके चेहरे पर चिन्ता की रेखाएं उभर आईं। रमेश को एकांत ले जाकर बोला, "प्रेम ने ही किया है यह सब।"

"तुम्हें कैसे मालूम?"

"मुझे कहकर वह यहां से कल गया था।"

"दलजीत, उसने यह अच्छा नहीं किया।"

"रमेश, वह तो पिस्तौल भी मेरी ले गया था। मैंने ही परोक्ष रूप से उसे इस हत्या के लिए उत्साहित किया था। सचमुच यह बहुत बुरा हुआ। अब क्या होगा?"

"होगा क्या ! गिरफ्तारी और सज़ा।"

"मेरी पिस्तौल भी पहचानी जा सकती है।"

"चल ज़रा, घर से बाहर चलें।"

रमेश दलजीत को बाहर ले गया। उसके पूछने पर दलजीत ने विस्तार से सारी बातचीत कह दी। फिर बोला, "उसने यह पक्का विश्वास दिया था कि वह पिस्तौल को या वापस कर देगा या किसी ऐसी जगह फेंकेगा कि किसीको मिल ही न सके।"

"दलजीत, मैं कुछ और ही योजना बनाकर आया था और यहां कुछ और ही हो गया।"

"क्या योजना?"

"अब प्रेम व लाजवन्ती के विवाह करने का कुछ वातावरण गांव में बना था। एक सज्जन भीखूराम तैयार हो गया। उसने प्रेम के पिता को कह दिया कि यदि वह प्रेम का विवाह न करेगा तो वह अपनी सारी जायदाद भी प्रेम को देगा और धूम-धड़ाके से उसका विवाह भी करेगा; पर अब क्या होगा?"

"रमेश, घबराओ नहीं। उस साले भगतराम को भी कुछ सज़ा मिलनी ही चाहिए थी।"

"हुआ तो बहुत ठीक है, पर बेचारा प्रेम।"

"मैंने उसे कुछ अधिक ही उकसा दिया था।"

"दलजीत, तुम तो जानते ही थे कि प्रेम गम्भीर प्रकृति का युवक है।

ज़िद का बिलकुल पक्का। दिल में जो आ गई, वह तो करके ही छोड़ता था।"

"गलती तो हो गई, पर अब उसका पता करना चाहिए।"

"मुझे तो दलजीत, तुम्हारी ही चिन्ता है। तुम्हारी पिस्तौल..."

"पता करना चाहिए।"

दोनों ने बस ली और धर्मशाला अड्डे पर चले आए। वहीं उन्हें कॉलेज का मित्र सतीश मिला, जो पालमपुर से आने वाली बस से उतरा था। उसे लेकर वे एकान्त में बात करने लगे।

सतीश ने घबराकर कहा, "प्रेम तो पकड़ा गया। भगतराम की हत्या उसीने की।"

"तुम्हें किसने बताया?" रमेश ने पूछा।

"मैं पालमपुर से आ रहा हूं। सब ओर चर्चा थी। कुछ सहपाठी भी मिले। उन्होंने बताया कि प्रातः पांच बजे वह भगतराम के मकान पर गया, उसने दरवाज़ा खटखटाया, ज्योंही उसने उठकर दरवाज़ा खोला, उस युवक ने पिस्तौल की गोलियों से उसे भून दिया। भगतराम तत्काल मर गया। और फिर कुछ घंटों के बाद संदिग्ध स्थिति में प्रेम न्यूगल खड्ड के पास पकड़ लिया गया। वहां उसे कुछ लोगों ने इधर-उधर घूमते देखा। उसके चेहरे पर घबराहट थी, इसलिए उसीपर सन्देह हो गया।" सतीश ने अपने चेहरे का पसीना पोंछकर कहा।

दलजीत ने पूछा, "उसके पास कोई शस्त्र भी पकड़ा गया?"

"नहीं। उसीकी खोज में पुलिस लगी है।"

सतीश का उत्तर सुन दलजीत को कुछ राहत मिली।

तीनों बातें करते चाय की दुकान पर गए और चाय पीने लगे।

सतीश ने पूछा, "रमेश, प्रेम ने यह सब कुछ क्यों किया?"

रमेश ने जब प्रेम का लाजो से सम्बन्ध और भगतराम के अदालत से छूटने पर प्रेम की प्रतिक्रिया उसे बता दी तो सतीश ने प्रसन्नता से कहा, "तब तो हमारे दोस्त ने एक बहादुरी का कारनामा किया। चिन्ता नहीं, हमें उसकी कानूनी मदद की योजना बनानी चाहिए।"

"बिलकुल ठीक है।" दलजीत और रमेश ने सहमति प्रकट की।

इन सबने धर्मशाला के मुख्य वकील से सलाह की और उसे कुछ फीस

देकर प्रेम की सफाई के लिए नियुक्त कर दिया। रमेश दूसरे दिन घर वापस आ गया।

प्रेम दलजीत की पिस्तौल लेकर रात की बस से पालमपुर आ गया था। रात वहीं सराय में रहा। प्रातःकाल भगतराम के निवास पर जाकर उसका दरवाज़ा खटखटाया, दरवाज़ा खोलते ही पिस्तौल की गोलियों से भगतराम की हत्या कर दी। वहां से वह सीधा बन्दला गांव की ओर भागा। न्यूगल खड्ड में जाकर एक बहुत गहरी जगह, कपड़ों और पत्थरों में लपेटकर पिस्तौल को पानी में डुबो दिया। फिर वह ऊपर के खुले मैदान में घूमता, सोचता रहा। वहीं कुछ समय के बाद पकड़ा गया।

पुलिस ने उसे पूछा, मारा और सब प्रकार की यातनाएं दीं, पर उसने किसी भी बात को स्वीकार न किया। वह मौन रहा। पुलिस पिस्तौल भी बरामद न कर सकी। परन्तु जब उसको बहुत अधिक यातनाएं दी गईं तो उसने यह बता दिया कि उसने शहीद की विधवा का अपमान करने वाले पापी से धरती का भार हलका किया है। उसने यह स्वीकार कर लिया कि हत्या उसीने की है और यह भी कहा कि भगतराम की पिस्तौल से ही उसकी हत्या की है। पिस्तौल साथ की अलमारी में उसने बताया, और संयोगवश पुलिस को उसी अलमारी से पिस्तौल मिल गई।

अभियोग चला। सरकार एक सरकारी ऑफिसर की सरेआम हत्या पर बहुत चिन्तित थी। ऊपर से आदेश मिला कि अपराधी को अधिक से अधिक दण्ड दिलाने के लिए सब प्रकार की सावधानी बरती जाए और मज़बूती से केस तैयार किया जाए। न्यायालय ने प्रेम को फांसी की सजा सुना दी। कुछ ही दिन के बाद उसकी अपील उच्च न्यायालय में कर दी गई।

२३

जिस दिन खैरा गांव में प्रेम को फांसी की सज़ा का समाचार मिला, उस

दिन सारा गांव रो पड़ा। सबकी आंखों में आंसू थे। प्रेम के घर पर मातम की काली छाया पड़ गईं। लाजो बिलख-बिलखकर रोती रही। उस दिन शायद ही गांव के किसी घर में चूल्हा जला हो।

दीनानाथ और उसकी पत्नी अपने मकान के आंगन में बैठे रो रहे थे। आसपास के कुछ लोग उन्हें सांत्वना देने आ रहे थे। भीखूराम भी सामने से आया और बोला, "दीने, बड़ा ज़ुलम हो गया। ऐसा तो सोचा भी न था। यह प्रभु ने क्या किया ! मैं तुम्हें क्या दिलासा दूं, मेरा तो अपना दिल भी बैठे जा रहा है।"

"प्रेम मेरा इकलौता पुत्र था...यह प्रभु ने क्या किया...मैं अब किसे पुत्र कहूंगा?" दीनानाथ बिलख पड़ा। उसकी पत्नी रोती-रोती अन्दर चली गईं। वहां स्त्रियां उसे दिलासा देने लगीं।

रमेश भी आ गया। बोला, "चाचाजी, चिंता न करें। हाईकोर्ट में अपील कर दी गईं है। वकील ने कहा है, कुछ ऐसे कानूनी मुद्दे हैं, जिनपर प्रेम के बरी होने की पूरी आशा है।"

"पर रमेश, यहां वकीलों को देने के लिए मेरे पास फीस नहीं। यदि पूरी फीस न दी गईं तो वे पूरा प्रयत्न भी नहीं करेंगे।"

"आप निश्चिंत रहें। प्रेम के सहपाठियों ने खूब धन इकट्ठा कर लिया है। चंडीगढ़ के प्रसिद्ध वकील को नियुक्त किया है। इसमें किसी प्रकार की कमी नहीं रहेगी। बस, आप धैर्य रखें।" रमेश ने तसल्ली देते हुए कहा।

"भई रमेश, उस पापी भगतराम को सज़ा ही देनी थी तो मुझे कहते। मैं सारी ज़िंदगी जी चुका हूं, अब कोई उमंग बाकी नहीं। इस पुण्य काम में मुझे फांसी लग जाती तो मेरा अगला लोक भी सफल हो जाता। बेचारा प्रेम इस काम में क्यों गया?" भीखूराम ने अपनी आंखें पोंछकर कहा।

"चाचाजी, उसने किसीको कुछ बताया ही नहीं। वह यहां से सीधा दाड़ी गया। वहां से कुछ दिन बाद पालमपुर चला गया। मेरा वह इतना नज़दीकी मित्र है, पर इस सम्बन्ध में उसने मुझे भी कुछ कभी नहीं बताया।" रमेश ने सफाई देते हुए कहा।

"पापी तो मैं हूं। अपने पुत्र को मारने वाला तो मैं हूं। मैं उसे उस दिन घर से न निकालता तो वह भागकर बाहर जाने के लिए विवश न होता। यदि

मैं उसकी इच्छा के अनुसार विवाह ही कर देता तो भी कौन-सा आसमान गिर जाता? मैंने ही...मैं ने ही अपने इकलौते पुत्र को यूं गंवा दिया।" दीनानाथ फिर बिलख पड़ा। पास बैठे लोग उसे सान्त्वना देने का प्रयत्न करने लगे।

"रमेश, दीने ने उसे गुस्से में आकर निकाल दिया, तो तू ही प्रेम को अपने घर रख लेता।" भीखूराम बोला। रमेश के उत्तर देने से पहले ही दीनानाथ कह उठा, "यह उसे अपने पास कैसे रखता? मैंने इसके बाप को भी डांटा था। इसके बाप ने इसे कह दिया था कि उसे अपने पास रखेगा तो इसे भी घर से निकाल दिया जाएगा।"

"दीने, तू मेरा कहना मान जाता तो...चलो, जो ईश्वर को स्वीकार था।" भीखूराम ने लम्बी सांस ली और फिर बोला, "अच्छा, अब रोना-धोना बन्द करो। तुम्हारे पुत्र ने बहादुरी का काम किया है। उसने सारे गांव की नाक ऊंची की है। इस गांव के लोग यदि सरहद के मोर्चे पर देश के शत्रुओं को गोली से उड़ा सकते हैं तो वह अपने गांव की बहू—एक शहीद की अमानत की बेइज़्ज़ती का बदला भी ले सकते हैं। प्रेम ने यह सब कर दिया है। भगवान उसे अवश्य बचाएगा।"

भीखूराम ने रमेश को साथ लिया और लाजवन्ती के घर गया। कुछ स्त्रियां उसे भी दिलासा दे रही थीं। वहां पर एक स्त्री ने बताया कि लाजवन्ती ने जब से प्रेम की फांसी की बात सुनी है, तब से उसने खाना-पीना छोड़ दिया है।

भीखूराम बोला, "बेटी, ऐसा मत करो। प्रभु प्रेम को बचाएंगे और मैं तुम दोनों का स्वयं विवाह करूंगा। खाना-पीना मत छोड़ो। बस, ईश्वर से उसके जीवन की प्रार्थना करो।"

आसपास के कुछ लोग लाजवन्ती को भी सांत्वना देकर चले गए। कुछ उसे ही प्रेम की फांसी का कारण समझने लगे। बड़ी दादी तो यही कहती थी कि प्रेम ने यह सब कुछ लाजो के कारण ही किया है।

रात पड़ी तो लाजो प्रतिदिन की तरह बिलकुल अकेली थी। कुछ भी करने को उसका दिल नहीं कर रहा था। उसने चूल्हा नहीं जलाया। दूध दुहा, पर गरम नहीं किया गया। प्रातः का दूध भी पड़ा-पड़ा खराब हो गया था। उसने घर-आंगन में झाड़ू भी नहीं लगाया था। सब कुछ उसी तरह अस्तव्यस्त पड़ा

था, जैसे स्वयं लाजो का जीवन अस्त-व्यस्त था। पिछली रात से वह भूखी थी। आज सारा दिन पानी की बूंद तक भी उसने नहीं पी थी। रात गहरी होती गई, पर वह सोचती-सोचती अपने बिस्तर पर लेट गई।

अब उसकी आंखों से आंसू निकलने भी बन्द हो गए थे। भूख व थकान से शरीर चूर-चूर हो गया था। बिस्तर पर पड़ी तो आंख लग गई।

उसने देखा, दरवाज़े पर आवाज़ हुई। वह उठी और दरवाज़ा खोला तो प्रेम था। उसने प्रेम की छाती में अपना सिर छिपा लिया। प्रेम की बाहुपाश में वह घिर-सी गई। तभी धड़ाम-धड़ाम गोली की आवाज़ गूंजी। उसकी आंखें एकदम खुल गईं। वह उठ बैठी, सपना टूट गया। इधर-उधर देखा, महाअंधकार छाया था। ओबरी की खिड़की के बाहर चमकते चांद की चांदनी भीतर आ रही थी।

'कितना ही अच्छा होता, मैं अपने शहीद पति की शहादत के बाद ही आत्महत्या कर लेती !' लाजो ने मन ही मन कहा। वह फिर बड़बड़ाई—कितनी अभागिन हूं ! पति शहीद हो गए। फिर मेरी जिंदगी में प्रेम आया, वह भी अब फांसी का इन्तज़ार कर रहा है।...इस प्रकार के जीवन का भार ढोने से आखिर लाभ ही क्या है?' सोचते-सोचते उसे याद आया कि वह कल रात की भूखी है। उसे भूख भी सताने लगी, दिल का दर्द भी कसक मारने लगा।

वह उठी। उसने एक बड़ी चादर हाथ में ली, फिर छत की ओर देखा। छत की कड़ियां बहुत ऊंची थीं। वह रसोई में आ गई। एक बक्से पर खड़ी हो चादर का एक किनारा ऊपर छत की कड़ी से बांधा और दूसरा किनारा अपने गले में ज़ोर से बांध दिया। बक्से पर उसके पैर थे। बक्से से कूदकर आत्महत्या करनी चाही। ज्योंही उसने अपनी टांगें उठाईं, एक विचार बिजली की तरह कौंध उठा :

'यदि किसी प्रकार वह फांसी से बचकर ही आ जाएं तो मुझे न पाकर वह क्या करेंगे?' यह सोचते ही वह रुक गई। खड़ी-खड़ी सोचने लगी। फिर स्वयं से बोली—'नहीं, मुझे और प्रतीक्षा करनी होगी। मुझपर अब उनका अधिकार है। यदि वह आए तो मुझे उनके लिए कुछ दिन और यह सब कुछ सहना होगा।'

लाजो ने चूल्हा जलाया, रोटी बनाकर खाई और फिर बड़े सन्तोष के साथ सो गईं। दूसरे दिन से वह नियमित अपना काम करने लग पड़ी।

२४

रमेश प्रेम से मिलने जेल गया तो उसे देखते ही फूट पड़ा। प्रेम ने उसके आंसू पोंछे। बोला, "रमेश, रोना व्यर्थ है। मैं अकेले खूब रो चुका हूं। कुछ भी बना नहीं रोने से। दोस्त, हिम्मत करो।"

"प्रेम, तुमने यह सब क्यों कर दिया? मुझे भी बताया नहीं। तुममें यह बदले की भावना क्यों आ गईं?"

"मैं पागल-सा हो गया था। मैंने खूब सोचा है। वास्तव में यह मेरी कमज़ोरी थी। लाजो से प्यार की कसक व गांव-घर के विरोध ने मुझे हताश व निराश बना दिया था। चारों ओर की इस निराशा से मैं पूरी तरह जकड़ा रहा। इस निराशा में मेरे सामने भगतराम आ गया। मैं समझता हूं, परिस्थितियों की उस विवशता की भावना ने ही मुझे उसकी हत्या के लिए प्रेरित किया। मुझे लग रहा था कि लाजो से मेरा विवाह संभव नहीं और यदि यह सम्भव नहीं तो जीना भी सम्भव नहीं। मैं लाजो के बिना अपने जीवन की कल्पना भी नहीं कर सकता था। उस निराशा की स्थिति में ही मैं यह सब कुछ कर बैठा।"

"गांव में कुछ लोग तो इस कार्य के लिए तुम्हारी प्रशंसा कर रहे हैं।"

"वे गलत कर रहे हैं रमेश !"

"क्यों?"

"किसी एक व्यक्ति के मरने से बुरी भावना नहीं मरती। भगतराम के उठ जाने से किसी अबला की ओर बुरी नज़र से देखने की बुरी नीयत समाप्त नहीं होगी। इसके लिए समाज को शिक्षित करने की आवश्यकता है। फिर एक पढ़ा-लिखा व्यक्ति कानून को अपने हाथ में ले, यह भी कौन-सी बुद्धिमत्ता थी?"

"पर जब कानून अपराधी के साथ हो तो?"

"तो कानून को सुधारने का यत्न किया जाना चाहिए। रोगी को मारकर रोग को नष्ट नहीं दिया जा सकता।"

"तो तुम्हें पश्चात्ताप है?"

"बिलकुल है। मुझे दंड मिला है, मिलना चाहिए था। इसीलिए मैंने अपना अपराध स्वीकार कर लिया था।"

"प्रेम, यह कमज़ोरी दिखाने के बाद और यह अपराध करने के बाद भी तुम कितने महान हो!"

"छोड़ो रमेश! गांव में सब कैसे हैं? पिताजी और माताजी तो मुझे मिल गए थे। लाजो कैसी है?" प्रेम की आंखों में इकट्ठे हुए आंसू ढुलक पड़े।

"तुम्हारी याद व तुम्हारी इन्तज़ार में जी रही है।"

"इन्तज़ार...?" प्रेम की आंखों से बहते आंसू कुछ रुके और एक अजीब हंसी निकल पड़ी।

"हां; उसे विश्वास है।" "और यदि फांसी लग गई तो?"

"तो...तो..."

"रमेश, मेरी मां, पिता और लाजो का ध्यान रखना। मैं तो अब फांसी चढ़ूंगा, मुझे अब कौन बचाएगा!"

"नहीं प्रेम, अपील हुई है। वकीलों का विश्वास है कि तुम बच जाओगे।"

समय समाप्त हो गया था। पास खड़े वार्डर ने इशारा किया तो रमेश विदा लेकर चला आया।

वापसी पर रमेश पालमपुर रुका तो उसे पता चला कि अब सरकार ने नियमों में संशोधन कर दिया है। यदि किसी शहीद की विधवा विवाह करती है तो उसे मिलने वाली सुविधा बन्द नहीं होगी। रमेश ने माथा ठोका और सोचा कि यह सब प्रेम की फांसी के बाद ही होना था। अब इस समाचार का उसके लिए कोई विशेष महत्त्व न था।

वापसी पर उसने लाजो को प्रेम का कुशल-समाचार दिया। वह बोला, 'भाभी, प्रेम ने कहा है कि आप ठीक रहना।"

लाजो एक अजीब हंसी हंसी और बोली, "अब इस जीवन में बाकी है। ही क्या?"

"भाभी, निराश किसलिए हो? प्रेम को बचाने की हम पूरी कोशिश करेंगे।"

"इसी इन्तज़ार में तो मैं जी रही हूं। हां, आप एक काम अवश्य करना।"

"बताओ।"

"यदि वह न बच सकें, उन्हें फांसी ही लगनी हो तो मुझे एक बार उनसे ज़रूर मिला देना। परलोक में मिलने से पहले मैं इस शरीर में भी एक बार अवश्य मिलना चाहती हूं।"

"क्या मतलब आपका?"

"उनकी फांसी के बाद मैं भी तो जीवित नहीं रह सकूंगी।"

तभी सामने से दौड़ती हुई कान्ता आईं। वह दूर से रोती हुई, 'भाभी-भाभी' कहती हुई आईं और लाजो से लिपट गईं। दोनों ने कितने ही आंसू धरती पर गिरा दिए। कान्ता ससुराल से लाजो से विशेष रूप से मिलने आईं थी। लाजो व रमेश ने उसे सारा हाल कह सुनाया।

कुछ दिन के बाद हाई कोर्ट ने भी प्रेम की फांसी की सज़ा बहाल कर दी। अब प्रेम को अम्बाला जेल में फांसी की कोठरी में बन्द कर दिया गया। वह जीवन के दिन गिनने लगा।

जेल से ही सुप्रीम कोर्ट में अपील की गई। वह भी रद्द हो गई। फांसी का दिन निश्चित कर दिया गया।

२५

अम्बाला जेल की छोटी-सी कोठरी में प्रेम अपनी मृत्यु की घड़ियां गिन रहा था। अब धीरे-धीरे वह इस दुनिया से अलग होता जा रहा था। उसने स्वयं को समझा लिया था। वह सोचता, मेरे भाग्य में ऐसा ही था। लाजो का इतना ही प्यार मेरे लिए लिखा था। तभी तो यह मेरे हाथों हत्या हो गई। अब प्रेम अगले जन्म की बात सोचने लगा था।

उसके साथ की कोठरियों में भी कुछ साथी थे, वे भी फांसी की प्रतीक्षा में

थे। वे उससे बात करना चाहते तो प्रेम विशेष उत्साह न दिखाता।

फांसी की अंधेरी छोटी-सी नारकीय कोठरी में रहते-रहते मन व शरीर से भी वह टूट चुका था। आठ फुट लम्बी-चौड़ी कोठरी में चौबीस घण्टे बन्द रहना पड़ता था। वहीं पास मल-मूत्र पड़ा रहता था। जीवन-मृत्यु नरक की दुर्गन्ध में आंखमिचौनी करते रहते।

"प्रेम, तैयार हो जाओ, तुम्हारी मुलाकाती आई है।" वार्डर के यह शब्द सुनकर प्रेम चौंक पड़ा। उसके माता-पिता तो पहले ही उससे मिल चुके थे। यह कौन आया होगा?

हथकड़ियों और बेड़ियों से जकड़ा हुआ छन-छन करता प्रेम जब मुलाकात के लिए आया तो सामने लाजो खड़ी थी। प्रेम को अगले दिन फांसी दी जानी थी। उसकी यह आखिरी मुलाकात थी। उसके माता-पिता, भाई-बहन प्रेम को आखिरी बार देखकर, मिलकर फूट-फूटकर रोते हुए जा चुके थे। उसके माता-पिता अम्बाला में ठहर गए थे ताकि दूसरे दिन प्रेम की लाश ले जा सकें।

लाजो सामने खड़ी थी। दोनों ओर से आंसू गिरते रहे। शब्द नहीं निकले। मौन बोलता रहा, हृदय धड़कते रहे, अरमान फड़फड़ाते रहे। शब्द मानो वहां से यह देखकर भाग गए हों।

"मुझे किसे सौंपकर जा रहे हो?" आंसुओं से भीगे हुए शब्द लाजो के मुंह से निकले।

"मैं स्वयं नहीं जा रहा लाजो, यह मेरा भाग्य है। तुम्हें साहस, धैर्य..."

लाजो की एक अजीब हंसी निकली। ठीक वैसे ही, जैसे कई बार पहाड़ों के एक तरफ वर्षा होती रहती है और दूसरे किनारे पर धूप चमक जाती है।

"साहस...धैर्य ...क्यों, मैं भी तो आपके साथ-साथ आ रही हूं।" 'क्या मतलब?"

"जब आपका शरीर गांव पहुंचेगा तो उस समय मैं भी अपना जीवन। समाप्त कर चुकी हूंगी।"

"नहीं लाजो, तुम ऐसा मत करना।"

"तो मैं किसके लिए ज़िन्दा रहूंगी?"

प्रेम चुप था।

"अब रहा ही क्या है? भगवान ने सब कुछ मुझसे छीन लिया है। मैं तो तभी आत्महत्या कर रही थी, जब आपको निचली अदालत से फांसी की सज़ा हुई थी; पर यह सोचकर कि शायद भगवान आपको वापस भेज दें, मैं इन्तज़ार करती रही।"

"लाजो, मुझे क्षमा कर देना..."

"आप क्षमा करना मुझ। मुझ अभागिन से मिलकर आप भी अपना सब कुछ गंवा बैठे।"

"अब इन बातों में क्या है लाजो ! तुम जीवित रहो। तुम एक शहीद की निशानी हो। मैंने तुम्हारे ससुर को वचन दिया था..."

"आपने वचन पूरा निभाया है—अपने प्राण देकर भी। इसलिए मैं आपकी हूं, केवल आपकी और आपके साथ ही जाऊंगी।"

लाजो चुप हो गईं, प्रेम भी मौन होकर देखता रहा। लाजो फिर बोली, "मेरी एक बात मानोगे?"

"आज इस अन्तिम मुलाकात में भी यह पूछने की ज़रूरत है लाजो !"

"तो अपने हाथ आगे करें।"

प्रेम ने विस्मय से देखा और अपने हाथ आगे बढ़ाए। लाजो ने एक कागज़. की पुडिया में से कुछ सिंदूर प्रेम की हथेली पर रखा और बोली, "यह मेरी मांग में भर दें।"

प्रेम के हाथ कांपने लगे।

"देखिए, हिचकिचाइए मत, आज...बस, आज...मेरी यह अन्तिम साध भी पूरी कर दीजिए।"

प्रेम के हाथ आगे बढ़े और लाजो की मांग का सिन्दूर चमक उठा। लाजो ने एक कागज़ और खोला और बोली, "हाथ फिर बढ़ाइए।" उसने प्रेम के हाथों में लाल रंग की चमकती चूड़ियां रखीं और कहा, "इन्हें मेरे हाथों में पहना दीजिए।"

"लाजो, यह क्या पागलपन सवार हो गया है तुम्हें !"

"यह पागलपन नहीं है, मेरे जीवन की आखिरी शाम है। मैं सब साध पूरी करना चाहती हूं।"

प्रेम ने लाजो के छोटे-छोटे गोरे हाथ अपने हाथों में लिए और झिझकते

हुए वे चूड़ियां उसे पहनाईं। लाल चूड़ियां पहने हाथ को एक बार फिर पकड़ा, देखा और रो पड़ा। उसने उन हाथों को चूम लिया। लाजो के हाथ प्रेम के आंसुओं से नहा उठे।

"मैं अब आश्वस्त हूं।"

"क्यों?"

"मैं अब आपकी पत्नी के रूप में मर सकूंगी।" लाजो के चेहरे पर एक दिव्य आनन्द चमक उठा।

पास खड़ा वार्डर यह सब कुछ देखकर अपनी आंखें पोंछ रहा था। किसी दूसरे के उधर आने की आहट हुई। मुलाकात का समय समाप्त हो गया था। बार्डर ने कहा तो लाजो बोली, "भाई साहब, थोड़ा और समय दें, आज आखिरी मुलाकात है।"

वार्डर यह सब देखकर पसीज गया था। उसने और समय की अनुमति दे दी।

लाजो प्रेम को अपलक देख रही थी।

"कुछ बोलती नहीं?" प्रेम ने कहा।

"बोलने के लिए नहीं, आपको देखने के लिए समय मांगा है।"

"अब देखने से भी क्या होगा?'

"अच्छा, मेरा इन्तज़ार करना। मैं आपके साथ ही चलूंगी। मुझे यहां अकेली छोड़ जा रहे हैं, पर अगले लोक में साथ रखना।"

लाजो के धैर्य का बांध टूट पड़ा, और बिलख-बिलखकर रो पड़ी। उसकी चीख निकल पड़ी। प्रेम ने उसकी आंखों के आंसू पोंछे।

अब विदाई ज़रूरी हो गईं। प्रेम जाने को उठा। खड़ी हो लाजो नीचे झुकी और प्रेम के पैर छू लिए।

ऐसा लगा, जैसे चांद से उसकी चांदनी छीनी जा रही हो। दो दिल तड़पतड़। छटपटाते अलग हो गए। आंसू अविरल गिर रहे थे, पर लाजो की मांग का सिन्दूर और हाथों की लाल चूड़ियां चमक रहे थे।

२६

प्रातः चार बजे प्रेम को उठाया गया। उसने स्नान किया, फिर उसे काले कपड़े पहनाए गए। उसे फांसी की कोठरी से निकालकर हाथों में हथकड़ियां पहनाई गईं। एक हेड बार्डर और चार अन्य वार्डरों से घिरा प्रेम फांसी-घर की ओर ले जाया गया।

एक मैजिस्ट्रेट, जेल के अधीक्षक, एक डॉक्टर व अन्य लोग तैयार खड़े थे। प्रेम की गर्दन की पैमाइश दो दिन पहले ले ली गईं थी। उसीके अनुसार फांसी का फंदा भी तैयार किया जा चुका था।

जल्लाद आगे बढ़ा। रस्सा पकड़ प्रेम की गर्दन में डालने लगा। प्रेम साहस से सामना कर रहा था। उसके चेहरे पर घबराहट का कोई भी चिह्न न था। वह स्वयं जल्लाद की ओर गर्दन बढ़ाकर आगे चला गया।

प्रेम की गर्दन में रस्सी अच्छी तरह बांध दिया गया। जल्लाद ज्योंही प्रेम के पैरों के नीचे लकड़ी के फट्टे को खींचने के लिए आगे बढ़ा, तभी पीछे से ज़ोर की आवाज़ आईं, "ठहरो !"

सबकी नज़रें उधर मुड़ीं। जेल के उप-अधीक्षक एक कागज़ लेकर अधीक्षक के पास लपककर पहुंचे।

राष्ट्रपति ने प्रेम की दया-याचना पर उसे बिलकुल मुक्त कर दिया था।

प्रेम की लाश नहीं, बल्कि प्रेम को ही लेकर उसके माता-पिता घर पहुंचे।

सारा गांव खुशी से झूम उठा, स्वागत हुआ, धूम-धाम के साथ लाजो का प्रेम से विवाह हो गया।

रात अंधेरी थी, बिजली चमक रही थी, बादलों की भयंकर गरज से दरवाज़े व खिड़कियां भी कांप रहे थे। वर्षा की बौछारें छत को मानो तोड़ देना चाह रही थीं। नदी-नालों में बाढ़ आ गईं थी। सब कुछ पानी में बहा जा रहा था; पर आज लाजो को इस सबका कुछ भी पता न था। वह अपने मकान में अकेली नहीं थी। वह तो आज अपने पति के साथ थी—सुहाग—सेज पर...। □□